完本

密命

巻之八　悲恋　尾張柳生剣

佐伯泰英

祥伝社文庫

目次

序章　9
第一章　暁闇《ぎょうあん》の道場破り　22
第二章　以心流鳥羽冶助《いしんりゅうとばやすけ》　89
第三章　桐十郎《とうじゅうろう》の祝言《しゅうげん》　150
第四章　清之助《せいのすけ》修行行　214
第五章　湯島天神《ゆしまてんじん》の恋　277
第六章　仙台坂《せんだいざか》梅寺の決闘　348
終章　415

主な登場人物

◆金杉惣三郎一家

金杉惣三郎　相良藩の下級武士の出で、綾川辰信道場に学んだ直心影流の剣の達人。藩主・斎木高玖とは特別な主従関係にある。脱藩して浪々の身となって以来、狭い長屋暮らし。しのと結婚し、結衣を加えた五人家族となった。不敗の秘剣は〝寒月霞斬り〟。

前妻あやめ（故人）

金杉清之助　惣三郎の長男。いつ戻るとも知れぬ廻国修行中。

金杉みわ　惣三郎の長女。

金杉結衣　惣三郎の次女。

しの　京橋の小料理屋夕がおで女将を務めていたが、父の療養のため店を畳んだ。父の死後、惣三郎と祝言を挙げる。

◆豊後相良藩

斎木高玖　豊後相良藩主。惣三郎に全幅の信頼を寄せている。聡明で探求心が強く、実直な性格。

◆幕府

徳川吉宗　江戸幕府の第八代将軍。元紀州藩主。

水野忠之　老中。享保の剣術試合を終えた後も、惣三郎を剣術指南役として召し抱える。

徳川御三家

◆尾張藩

徳川継友　徳川御三家筆頭の尾張藩主。吉宗を敵対視している。

徳川通春　継友の弟。兄が八代将軍になれなかったことに恨みを抱く。

（関係：斎木高玖―主従関係→金杉惣三郎／徳川吉宗―密命→金杉惣三郎／水野忠之―召し抱える→金杉惣三郎／金杉惣三郎―暗闘―徳川御三家／幕府―暗闘―尾張藩）

◆札差　冠阿弥

冠阿弥膳兵衛
芝神明町に店を構える札差の旦那。廻船問屋なども営む豪商。顔が広く、諸国に知己がいる。

◆火事場始末　荒神屋

荒神屋喜八
大川端で火事場始末を営む親方。脱藩した惣三郎を働かせる。武家の生まれ。

◆南町奉行

大岡忠相
南町奉行。越前守。吉宗に認められ、取り立てられた能吏。吉宗の密命を惣三郎と遂行する。

西村桐十郎
南町奉行所で切れ者と謳われる定廻り同心。長らく独り身であったが、野衣と祝言を挙げる予定。

花火の房之助
西村の手下の岡っ引き。典型的な江戸っ子で、花火師の三男。女房は静香。

◆一刀流道場

石見銕太郎成宗
江戸の車坂町に道場を構える剣術の師。

米津寛兵衛
鹿島の道場を束ねる高名な長老。石見の師として、清之助を預かる。

◆め組

辰吉
江戸の火消しに携わるめ組の頭取。

登五郎
め組の纏持ち。辰吉の後継者。

お杏
冠阿弥膳兵衛の娘。芝鳶の半次郎と結婚するが死別し、め組の登五郎と再婚した。

昇平
一番若手の走り使い。大きな体に図抜けた力持ちで、ついたあだ名は「鍾馗の昇平」。

◆伊吹屋

葉月
京橋の薬種問屋伊吹屋の娘。

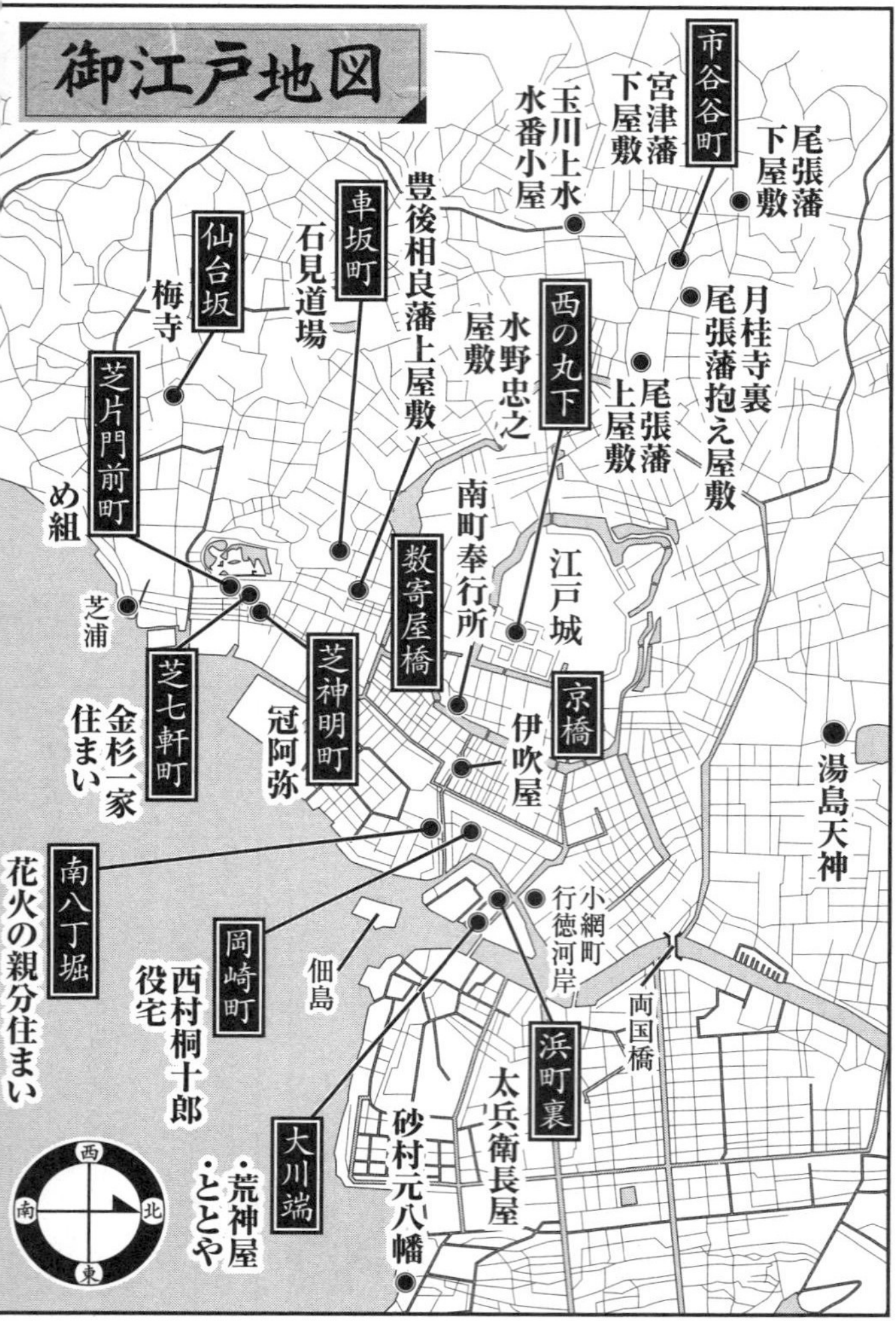
御江戸地図
市谷谷町
宮津藩下屋敷
尾張藩下屋敷
玉川上水水番小屋
豊後相良藩上屋敷
車坂町
石見道場
仙台坂
梅寺
西の丸下
水野忠之屋敷
月桂寺裏
尾張藩抱え屋敷
尾張藩上屋敷
芝片門前町
め組
南町奉行所
江戸城
芝浦
数寄屋橋
芝神明町
芝七軒町
金杉一家住まい
冠阿弥
京橋
伊吹屋
湯島天神
南八丁堀
花火の親分住まい
岡崎町
西村桐十郎役宅
佃島
小網町行徳河岸
両国橋
浜町裏
太兵衛長屋
大川端
・荒神屋
・ととや
砂村元八幡
西
南
北
東

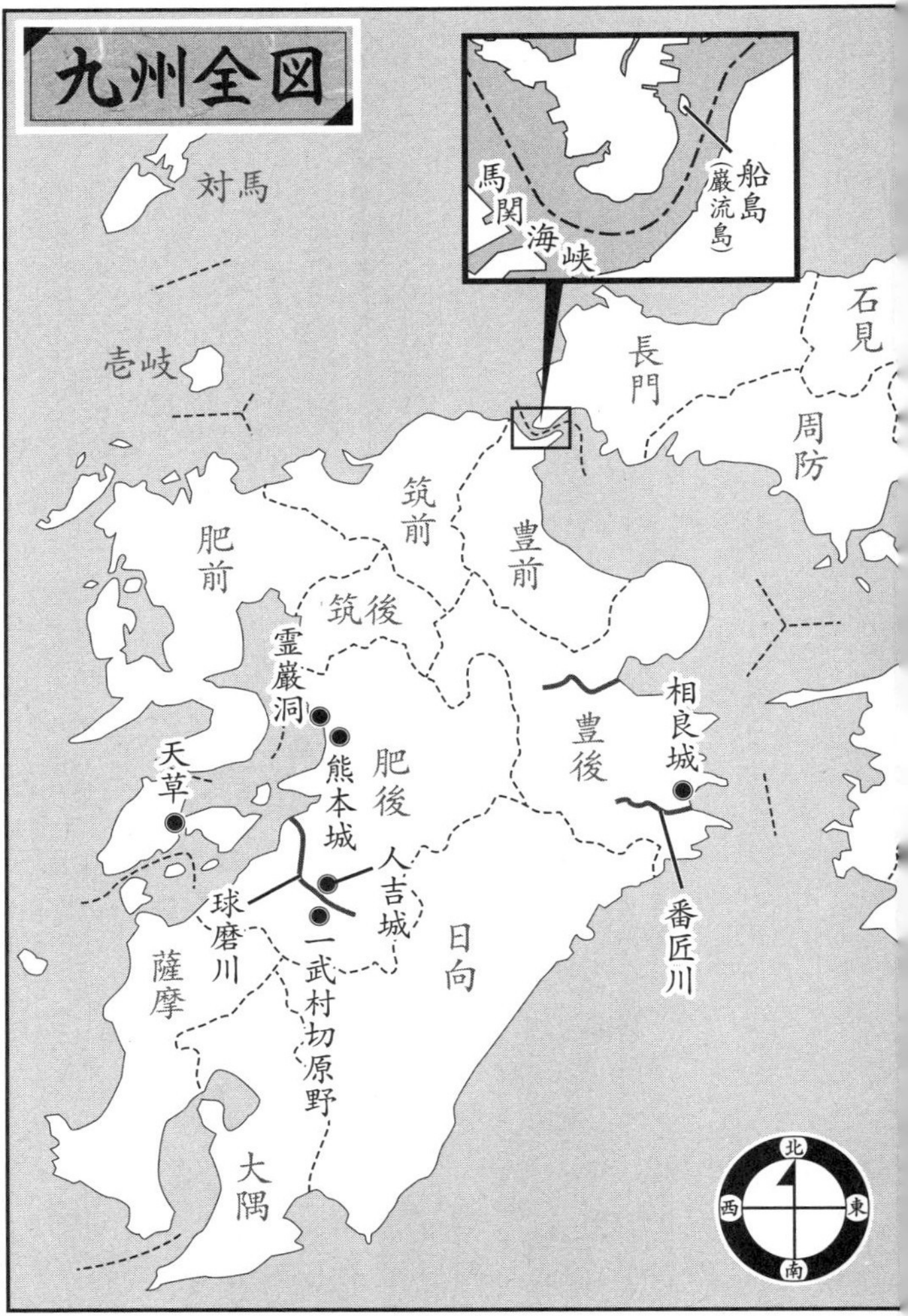
九州全図
船島（巌流島）
馬関海峡
対馬
壱岐
長門
石見
周防
筑前
豊前
肥前
筑後
霊巌洞
相良城
豊後
天草
熊本城
肥後
人吉城
球磨川
一武村切原野
日向
番匠川
薩摩
大隅
北
西
東
南

序　章

三縁山増上寺《さんえんざんぞうじょうじ》の切通《きりどお》しの時鐘《じしょう》が、暮れ六つ（午後六時）を告げて芝浦《しばうら》の浜に伝わってきた。

汐留橋《しおどめばし》から高輪《たかなわ》あたりの海岸を芝浦と呼び、漁師たちが多く住んでいる。

この近辺の海は、雑魚場《ざこば》と呼び習わされ、のちにはこのあたりで獲《と》れた小魚を「江戸前」と称するようになった。

芝界隈《かいわい》の住人たちは、

（魚はなんたって雑魚場でなきゃあ、うまくねえ）

と朝獲りや夕獲りの魚を浜まで求めにくるほどだ。

この夕刻、め組の若い衆である鍾馗《しょうき》の昇平《しょうへい》とみわは浜に立ち、芝浦の漁師、万作《まんさく》の舟の戻りを待っていた。

万作は昇平の幼馴染《おさななじ》みだ。

芝浦の北側には浜御殿《はまごてん》があって、その沖合いには水位を示す御留杭《おとめぐい》が海中に何本も並んで立っていた。潮位《ちょうい》の高低を知らせ、浅瀬を告げる御留杭を見て船は安全に往来する。

白波の立つ海を都鳥《みやこどり》が高く低く飛んでいく。

千石船《せんごくぶね》が白帆を孕《はら》ませて、今日の停泊地を目指していく。大方、佃島沖《つくだじまおき》に帆を休める船だろう。

「おおっ、帰ってきやがったぜ」

昇平が沖合いを指した。

万作の漁師舟は艫《とも》に小さな三角帆を張って、海からの風を受けて帆走《はんそう》してきた。

「昇平！　みわ様！」

小柄な万作が浜に立つ二人に手を振った。

舳先《へさき》が砂を噛《か》んで、ざざざあっ、と浜に乗り上げた。待っていた仲間の漁師が丸太《コロ》を船底に次々に噛ませた。昇平も手伝って、浜に船体を引き上げる。

手馴れた作業だ。

帆を畳んだ万作が舟から浜に飛び降りた。

「みわ様がお迎えとは、どういう風の吹き回しだ」

六尺三寸（約一九一センチ）を超える昇平と並ぶと、万作は一尺（約三〇センチ）以上も背丈が低い。だが、足も腰もしっかりと張って、大地に根が生えたような体付きをしていた。それになにより敏捷《びんしょう》だ。

「うちの姐《あね》さんがなんぞ鍋《なべ》にする魚はないかねと言いなさるんでさ、たまたま遊びに来ていたみわ様を誘ってきたんだ。なにか獲れたか」

「鍋ならばよ、いいかたちの魴鮄《ほうぼう》が釣れたぜ。め組は、大勢だ。全部、持ってけ」

昇平が長身を利して舟の中の竹籠《たけかご》を覗《のぞ》き込み、一匹の赤い魚を摑《つか》み出した。

「みわ様、かっこは悪いが、味は抜群だ」

「なんでもでっかきゃあ、いいってもんじゃあないぜ、みわ様。おれみてえに山椒《さんしょ》も小粒でぴりりと辛《から》いくらいが味もよければ、おもしろい」

万作が胸を張った。

「独活《うど》の大木と言わなかっただけ許してやろうか」

幼馴染みは好き放題に言い合った。

「万作、あとでめ組に来ねえか。たまには大勢で鍋を囲んで、酒を飲もうぜ」

いいな、と答えた万作が、

「頭取《かしら》に石がれいを持ってけ、刺身にするとうまいぜ」

万作は獲物が入った竹籠を下ろすと別の空籠に石がれいと魴鮄をより分けた。

「みわ様もおっ母《か》さんに持っていきねえ。め組の分と一緒にしておくぜ」

「お代を持ってないの、明日でもいい」

「銭なんぞ心配するねえ。め組のお杏《きよう》さんが晦日《みそか》晦日に払ってくれらあ」

万作が言ったとき、
じゃんじゃんじゃん
と半鐘が鳴り出した。

「畜生、風が強いときに限ってよ、火が出やがる。みわ様、万作、あとでな」

竹籠を片手にぶら下げた鍾馗の昇平が芝浦の浜から韋駄天《いだてん》走りに姿を消した。

「鍋どころじゃねえっていうのによ、魚を担いでいってどうしようてんだ」

万作が昇平の消えた陸奥会津藩《むつあいづはん》の下屋敷の方角を見て呟《つぶや》き、

「みわ様、置いてけぼりを食ったな」

「火事では仕方がないわ」

「そこまで送っていこうか」

「万作さん、ありがとう。でも、刻限は早いし、大丈夫よ」

後片付けのある万作の申し出をみわは断わった。

辺りはいつの間にか師走《しわす》の日がとっぷりと暮れていた。

「鍋は次の機会にしましょうか」

「そうだな、気をつけて帰りなせえよ」

万作の言葉に送られて、みわは芝浦の浜から金杉浜町《かなすぎはまちょう》へと上がった。そして、来たときと同じ道、会津藩下屋敷と町家の間を抜ける道を選んだ。

二本西側には並行して東海道が走っていた。

だが、みわは昇平が消えた道を無意識のうちに選んでいた。

朝の早い漁師町のせいか、芝金杉一帯にはすでに人の往来はなかった。それに海との間に広がる会津藩の屋敷の塀が延々と続いて、寂《さび》しかった。

みわは足を早めた。

会津藩の屋敷の塀の前に葉をすっかり落とした大銀杏《おおいちょう》の木が並んで、風にかたかたと枝を打ち鳴らしている。

長い長いお屋敷の塀の中ほどに差しかかったとき、みわは前方に歩みくる四、五人の侍を見かけた。

この界隈《かいわい》には大名家の中屋敷や下屋敷が門を連ねている。勤番《きんばん》の侍たちが品川宿《しながわじゆく》へでも遊びにいくのか、そんなことをみわは考えながら、道の端に身を避けた。

その日、みわは母親の使いで、め組に来ていた。そこを昇平に浜に行かないかと誘われたのだ。同じ町内の、家族同様のめ組へ立ち寄っただけだ。胸に守り刀を持参していなかった。それがみわを不安にした。

足音が近付いてきた。そして、すれ違うまでに接近した。

みわがそのかたわらをすり抜けようとしたとき、

「ちと待ってもらおう」

と影がみわの前に立ち塞《ふさ》がるや腕を掴んだ。

「なにをなさるのです」

みわは腕を振り払った。

遠くから常夜燈《じようやとう》の明かりがかすかにみわの顔を照らしていた。

「これはひなにはまれな美形じゃぞ」

透《す》かし見ていた中年の侍が仲間に言った。どうやら頭分《かしら》のようだ。体から酒の臭いがした。

「女、われらはこれより岡場所に繰り込むところだ。その前に一杯な、景気付けをしたいと思っておったところ、付き合え」

みわがきっと顔を上げて、相手を睨《にら》んだ。勤番侍と見た五人は、どうやら浪人者のようだ。

「重ね重ね無礼な雑言《ぞうごん》、許しませぬぞ」

「屋敷勤めの女中ではなし、貧乏浪人の娘だな。ますますおもしろい。緒方《おがた》、女の手を引け」

みわは町家へと逃れようと金杉片町《かたまち》を振り見た。

武家屋敷と町家との間を塞ぐように植え込みがあった。

仲間の一人が逃れようとしたみわの行く手を塞いだ。

「狼藉《ろうぜき》を致さば許しませんぞ！」

みわは身構えて、なんとか虎口《ここう》を脱する術《すべ》はないかと策を巡らせた。

だが、大の男の五人に囲まれては、逃げ場所など見出《みいだ》せなかった。

（なぜ東海道を選ばなかったか）

その悔《く》いがみわの頭を走り回った。

緒方と呼ばれた大男の侍が、

「じたばたしても仕方あるまい」

と言いながら、みわの手首を摑もうとした。

みわは相手の手を払い、緒方のかたわらをすり抜けようとした。すると巧妙にもくるりと身を回した巨漢がみわの体を抱え込むように摑んだ。

「なにをなさるのです！」

みわの鼻腔《びこう》に汗と酒の染みた臭いが流れてきた。

「よし、高松《たかまつ》、足を抱え上げよ」

緒方が命じて、高松がみわに近付いた。

慣れた手合いだ。

「無礼は許しませぬ」

みわの抵抗も言葉も風が吹く闇《やみ》に搔《か》き消えた。

高松がみわの膝《ひざ》を摑もうとした。

みわは恥ずかしさを忘れて、しゃがみ込んだ高松の顔を足で蹴《け》り上げた。

「うわわっ！」

高松が尻餅《しりもち》をついて、

「おのれ、武士の面体《めんてい》を」

と顔を歪《ゆが》めて飛び起きた。

「もはや、容赦《ようしゃ》はせぬ」

二人がかりでみわの体が担ぎ上げられようとしたとき、

「その方《ほう》ら、なにを致す気か」

という静かな声がした。

五人がぎくりと声に振り向いた。

「見れば、お女中一人を無体《むたい》にも連れ去ろうという所業、武士にもあるまじき行為かな」

若い声が清々《すがすが》しくも言い切った。

「邪魔を致すでない。怪我《けが》をしては、その方ののっぺりした面《つら》に傷がつく。屋敷の女衆が見向きもせぬようになるぞ」

頭分が言い放ったほど若い侍の顔は整っていた。

「腹を空《す》かせた浪人ども、いかほどのことがあろうか」

「抜かしおったな」

緒方がみわの耳元で息巻き、

「猪狩《いかり》どの、こやつも畳んで品川の海に流そうか」

と頭分に聞いた。

「よかろう、こやつから始末せえ」

頭分の猪狩が仲間に命じ、みわはふいにその場に投げ出された。

みわは囲みの外に必死で逃れ、暗がりで乱れた裾《すそ》を直して身繕《みづくろ》いをした。すると、ようやく気持ちに余裕が出た。

若い侍はどこか大名家の家臣に見えた。それも浅黄裏《あさぎうら》と呼ばれる国許《くにもと》から江戸に上ってきた勤番侍ではない。江戸屋敷で生まれ育ったと思える若侍だ。そのことを着物や細身の差し料が示していた。

すらりとした細身の体が五人の餓狼《がろう》のような浪人者の五本の剣に囲まれて、平然としていた。

「やれ!」

猪狩の命に巨漢の緒方が八双《はっそう》に構えた剣を振り下ろしながら突進した。

若侍は腰を屈《かが》めて、刃の下を風のように潜《くぐ》り抜けると緒方の 懐《ふところ》 に飛び込んだ。

「こやつ」

緒方は躱《かわ》された攻撃に二の手を送ろうとした。

巨体を利して、細身の相手にぶちかまそうというのだ。

若侍が、
ふわり
と身を躱しつつ、緒方の手首を摑むと無音の気合いとともに捻《ひね》り上げた。

緒方の巨体がどさりと地面に叩《たた》き付けられた。

若侍の手には、緒方の刀が残されていた。

「おのれ！　やりおったな」

高松が突きを見せて、突っ込んだ。

若侍は峰に返した剣で伸びてきた切っ先を叩くと、踏み込みざまに峰打ちを肩口に決めていた。

高松の腰がずるずると砕《くだ》け落ちた。

さらに三番手、四番手が襲いかかるのを峰に返した剣で防ぐと腰や脇腹を叩いて、転がした。

一瞬の早業だ。

だが、四番手の浪人の剣と絡《から》んだまま相手の脇腹を強打したとき、刀がぽっきりと二つに折れた。

残るは頭分一人だ。

若侍は、折れた刀を投げ捨てると、黒蠟塗鞘大小拵《くろろぬりざやだいしょうごしらえ》の大刀の黒糸巻の柄《つか》に手をかけ、猪狩を睨《にら》んだ。

「それがしが剣を抜くとき、血を見ないではすまぬ」

若侍の口調には誇張もなければ、脅迫めいたものもなかった。ただ淡々と述べるだけに凄《すご》みが漂った。

猪狩は機先を制せられ、腰が引けていた。

「今宵《こよい》は見逃して遣《つか》わす。仲間を連れて立ち去れ」

若侍が柄から手を離すと五人の浪人たちはその場から逃げ出した。

まるでそよ風が吹き抜けたような爽《さわ》やかさであり、鮮やかな言動であった。

「ま、誠《まこと》に危ないところをお助けいただきまして」

と頭を下げるみわに、

「まずは人通りのある東海道まで出ようか」

と言うとふいにみわの手を引き、町家の間の路地を抜けて、東海道は金杉橋まで連れていった。

「ここなれば、もはやあのような者もおるまい。気をつけていかれよ」

若侍はみわの手を離すとその場から去りかけた。

「お待ちください。私は芝七軒町《しちけんちょう》の裏長屋に住まいします……」

と礼を述べようとするみわを制して、

「そなたになんの落ち度もない」

「いえ、お助けくださいませんでしたら、私はどうなっておりましたか。せめてお名前だけでもお教えくださいませ」

「縁がござればその折りに、申し上げようか」

若侍は端整な顔に笑みを湛《たた》え、

「気をつけて戻られよ」

ともう一度言い残し、再び町家の路地へと姿を消した。

まるで五人の浪人たちに拉致《らち》されようとしたことも、若侍に助けられたこともすべてが一瞬の夢と思えた。

みわは呆然《ぼうぜん》と若侍が消えた路地を見ていたが、

（香《こう》の匂《にお》いが……）

と先ほどまで握られていた手を見詰めた。

享保《きょうほう》六年（一七二一）師走二十六日夕刻、六つ半（午後七時）のことだ。

第一章　暁闇《ぎょうあん》の道場破り

一

その夕刻、越前堀永島町《えちぜんぼりながしまちょう》の豆腐屋から火を発した。

終《しま》い火がなにかの拍子《ひょうし》に油揚げを揚げる鍋に入って、板壁から天井へと燃え広がったのだ。あいにく火が入ったとき、その場にだれもいなかった。

気が付いたときは、もはや作業場は火の海で手がつけられなかった。

金杉惣三郎《かなすぎそうざぶろう》は半鐘の音を大川端の火事場始末、荒神屋《こうじんや》の帳場で聞いた。

表に出てみると小頭の松造《まつぞう》が、

「金杉の旦那、火元は近いぜ」

と夜を焦がす空を指し、風の具合を確かめた。

風は海から陸へ、御城の方角に向かって吹いていた。

「小頭、火元は越前堀あたりだぜ」

作業場の片隅に手造りされた火《ひ》の見櫓《みやぐら》があって、若い衆がその上に登って火元を確かめながら叫んだ。

「まずいな」

親方の喜八《きはち》も外に出てきて呟《つぶや》く。

風上の大川端に火が広がってくる心配はない。だが、越前堀の風下には八丁堀《はっちょうぼり》が、そして、楓川《もみじがわ》を越えたところに江戸の古町が広がり、その西側には御城があった。

「嫌な感じの風だ」

「様子を見て参ろうか」

金杉惣三郎が言うと松造が、おれも行こうと言い出した。

「こっちはいつ押し出してもいいように準備をしておこう」

親方の喜八の言葉に惣三郎と松造は、大川端から土手を上っていった。

二人が越前堀に架かる高橋《たかばし》を渡ると、日比谷町《ひびやちょう》から永島町一帯には町火消しや定《じょう》火消したちが駆けつけて、すでに消火を始めていた。

惣三郎と松造は遠巻きにした野次馬の背後から、火消したちが破壊消防に挑む姿を見た。

夜が深まり、寒気が激しさを増した。その分、風が弱まった。

「幸町《さいわいちょう》には材木屋の越中屋《えっちゅうや》さんがあるんだが、この分だと火から逃れようがないな」

松造が懇意《こんい》の店のことを心配した。

「八丁堀に回ってみるか」

二人は火から逃れてくる人たちに混じって、八丁堀に架かる稲荷橋《いなりばし》を渡り、その対岸を花火の親分の家がある南八丁堀へと向かった。

「わあっ、駄目だ。一段と火の勢いが激しいところが越中屋さんの材木置き場だぜ」

松造が叫んだのは中之橋《なかのはし》付近でだ。

風は弱まり、夜空を焦がす火が真っ直ぐ上に立ち昇っていた。しばらくすると、ぽつんぽつんと雨が落ちてきた。

「いい按配《あんばい》に降ってきたぜ」

「八丁堀界隈に燃え移らねばいいがな」

惣三郎は西村桐十郎《にしむらとうじゆうろう》ら懇意の与力同心たちの組屋敷のある八丁堀に燃え広がることを懸念《けねん》した。

雨のおかげで火の勢いが幾分弱まったようだ。反対に勢い付いたのは、火消したちだ。その意気込みが二人のいる対岸まで伝わってきた。

「越中屋の皆さん、うまく逃げておられればいいがな」

惣三郎の声を聞きつけた者が言った。

「女子供は本願寺《ほんがんじ》に避難させましたよ」

対岸の火に男の顔を透かし見た松造が、

「越中屋の旦那、ご無事でしたか」

と喜びの声を上げた。

刺子頭巾《さしこずきん》に長半纏《ながばんてん》を着た越中屋季右衛門《きえもん》が頭巾をずらして顔を見せた。煤《すす》だらけの顔だった。

「旦那、とんだ災難だ」

「火事は、江戸に住む人間の宿命《さだめ》だ、仕方がありませんよ」

季右衛門の声には高ぶりがあった。

「松造さん、喜八親方に伝えておくれ。なにがなんでも一番で後始末を頼むとね」

「へえ、合点承知《がってんしょうち》だ」

「わっしはこれから木場《きば》に走って、いつでも木組みした材木を運び出せるようににしておくからねえ」

「旦那、お気をつけて」

松造の声を背に聞いた季右衛門は人込みに消えた。

江戸の豪商大店《おおだな》は、木場に店屋敷とそっくりの材木をもう一組確保していた。直《す》ぐにも組み立てが出来るように鑿《のみ》が入り、鉋《かんな》がかけられている資材だ。

木場にある越中屋の地所と堀には得意先から預かった資材が何組もあった。火が収まれば、いつでも出荷できるようにしておこうと季右衛門は走ったのだ。むろん自分の店の木組みも用意されていた。

火事場始末の荒神屋が出動して後片付けを終えれば、いつでも出入りの大工が燃えた屋敷と同じ建物を組み立てる寸法だ。

「越中屋の季右衛門さんの店が燃えたのは大損害だがよ、材木を売って一稼ぎできらあ。火事は怖いが、儲《もう》け口でもあるしな」

松造が不謹慎《ふきんしん》な言葉を呟き、

「おれは大川端に戻るぜ。旦那、しの様が心配していなさろう、早く芝七軒町に戻りな」

　と惣三郎に言った。

　昔は火事場の後始末に出ていたが、もはや惣三郎が現場に出ることはない。今では帳簿付けが荒神屋での仕事だ。

「それがし、花火の親分の家に火事見舞いに寄っていこう」

「姐《あね》さんによろしくな」

　松造が走って稲荷橋へと戻っていった。

　それを見送った惣三郎は八丁堀の河岸《かし》伝いに西に走り、南へと折れた。すると急に火事場の喧騒《けんそう》が薄れていった。

　花火の房之助《ふさのすけ》親分の家には玄関先に明かりが入り、緊張感が漂っていた。風の具合では飛び火してくる近間の火事だ。

「静香《しずか》どの」

　惣三郎が声をかけると房之助の恋女房の静香と野衣《のえ》が顔を出した。二人とも姉《あね》さん被《かぶ》りに襷《たすき》がけ、避難の用意でもしているのか。

「野衣どのもおられたか」

春には西村桐十郎と祝言《しゅうげん》を挙げることになっている野衣が、

「こちらにお邪魔しているときに半鐘が鳴り出しまして、桐十郎様も親分さんも飛び出していかれました」

と答え、静香が聞いた。

「火事の具合はどうですえ」

「雨が落ちてきたでな、勢いが止まったように思える。鎮《しず》まってくれるとよいのだがな」

惣三郎は静香に招《しょう》じられるままに居間に通った。住み込みの女中のうめが茶を運んできた。

「うめ、茶もいいが、金杉様は腹を空《す》かしておられよう。握りめしを持ってきな」

伝法《でんぽう》な口調で静香が指図した。

手踊りの師匠が本業だが、普段は手先たちが相手、言葉も自然と乱暴になる。

台所では手先たちがいつ戻ってきてもいいように、汁が大鍋に煮られ、めしが炊《た》かれて、握りめしが作られていた。

静香と野衣の格好は、台所で握りめしを作っていたせいだ。

「今直ぐに」

うめが台所に走っていき、作りたての握りめしと浅蜊汁《あさりじる》に大根の古漬けを膳《ぜん》に載せて運んできた。

うめの祖父も父親も花火の親分の下っ引きだった。その二人が捕り物の最中に斃《たお》れて、うめは一人になった。そこで房之助と静香が家に引き取ったのだ。

「これはうまい」

惣三郎は浅蜊汁を啜《すす》りながら握りめしを三つ食べて、落ち着いた。

縁側の雨戸を開けて、外を覗《のぞ》いていた静香が、

「先ほどより火の勢いが弱まったようだよ。うまく鎮まってくれるといいんだがね」

と祈るように言う。

野衣は西村桐十郎の戻りまで待つという。

惣三郎も付き合うことにした。

花火の房之助一行が戻ってきたのは、九つ（午前零時）前だ。

「まだおられたか」

西村桐十郎の目はまず野衣にいった。

「桐十郎様、お怪我はございませんか」

野衣も桐十郎の身を案じた。

「なんだ、待った甲斐《かい》がないな。それがしなど眼中にないらしい」

惣三郎がぼやくと、

「金杉様、祝言が終わるまで無理ですぜ」

房之助親分が苦笑いした。

「かなり燃えましたかな」

「日比谷町、永島町、幸町に火が入り、北紺屋町《きたこんやちょう》のあたりで食い止められました。運がようございましたよ、八丁堀に火が入ったら、事でしたからね」

「となれば、桐十郎どのと野衣どののもこうはしておられなかったな」

「そういうことで」

惣三郎は親分たちが引き上げてきたのを潮に立ち上がった。

「静香どの、うめ、握りめしがうまかったぞ」

「お帰りですかえ」

「うちも心配しておろう。それに帰り道にめ組にも顔を出していこうと思うてな」

手先たちはまだ玄関先にいて、濡れた半纏などを乾かしていた。

「旦那、来ていなさったか」

煤だらけの顔で三児《さんじ》が言った。

「いい按配《あんばい》に火が収まってよかったな」

「荒神屋は仕事がとれたか」

「材木屋の越中屋さんの仕事を貰《もら》えた」

「雨の中での仕事で大変だ」

三児が番傘《ばんがさ》を貸してくれた。

南八丁堀から伊予吉田藩《いよよしだはん》の上屋敷のそばを抜けて、三十間堀《さんじっけんぼり》に架かる紀伊国橋《きのくにばし》を渡り、東海道新両替町《しんりょうがえちょう》に出た。

南に下る東海道にはまだ人の通りがあった。

火事の余波だろう。荷物を抱えてうろつく男やら、火事場から引き上げる町火消しがいて、頭分の刺子長半纏の背はいなせにも龍虎《りゅうこ》模様が染め抜かれていた。

だが、め組ではなかった。

芝口橋《しばぐちばし》を渡り、芝口、源助《げんすけ》、露月《ろうげつ》、柴井《しばい》、宇田川《うだがわ》、神明町《しんめいちょう》までくると札差《ふださし》の冠阿弥《かんあみ》の堂々とした店構えが見えてきた。だが、火が収まったせいで大戸は下ろされていた。

惣三郎は、増上寺の大門《だいもん》へと曲がり、片門前町《かたもんぜんちょう》のめ組の表に立った。戸口は大きく開け放たれ、明かりが煌々《こうこう》と点《とも》されていた。まだめ組の連中が帰ってきた風はない。

「お杏どの、おられるか」

「かなくぎ惣三どののご入来《にゅうらい》だわ」

お杏が姿を見せた。

かなくぎとは、かなくぎ流のことだ。昔、惣三郎が豊後相良藩《ぶんごさがらはん》の右筆《ゆうひつ》に出仕していたとき、分家の当主にあまりにも下手《へた》な字を、

「そなたは金杉惣三郎ではない、かなくぎ惣三郎じゃ」

と誹《そし》られたことに由来する。今では、

「かなくぎ惣三」

の由来を承知で呼ぶのはお杏くらいだ。

「火事は鎮まったようでな、もう戻っておられるかと立ち寄ってみた」

「おっつけお父つぁんもうちのも戻ってきますよ。上がって一杯飲んで待ってなさいな」

「明日の朝がつらくなるでな」

「ご老中水野《ろうじゆうみずの》様の剣術指南がなにを言ってんの」

「明日は車坂町《くるまざかちよう》の番だ」

金杉惣三郎には、荒神屋の帳簿付けと車坂の鹿島派一刀流《かしまはいつとうりゆう》の石見銕太郎《いわみてつたろう》道場の師範の他に、この夏から老中水野忠之家《ただゆきけ》の剣術指南役の仕事が加わっていた。享保の大試合が取り持つ縁で、指南役を務めることになったのだ。

「車坂か、明日は休んじゃいなさい」

お杏があっさりと言い、

「そうもいき申さぬ」

と答えたとき、片門前町に明かりが入ってきて、低い声の木遣《きや》り歌が響いてきた。

江戸四十七組の町火消しの総頭取を務める辰吉《たつきち》と婿《むこ》養子の若頭登五郎《とうごろう》に率いられため組の面々が凱旋《がいせん》してきたのだ。

惣三郎は表に出て、

「ご苦労にござったな」

と迎えた。

師走の寒さに濡《ぬ》れ鼠《ねずみ》になった登五郎が、

「おおっ、来てなすったか」

「陣中見舞いに立ち寄った。顔を見たで、安心致した。それがしはこれにて失礼致そう」

「金杉様、一杯やっていかれませんかえ」

辰吉が言った。

「お杏どのにも勧められたが、明日を思うと少しでも体を休めておきたい」

「師匠、明朝迎えに行くぜ」

鍾馗の昇平が惣三郎に声をかけた。

「ほれ、休みたくともこの鍾馗様が許してはくれぬ」

剣術好きの昇平は、金杉惣三郎の口利きで石見道場の門弟の端に加えられた経《い》緯《きさつ》があって、惣三郎を「師匠」と呼ぶ。

「ああっ、忘れていた。姐《あね》さん、雑魚場の万作は来なかったかえ。鍋に誘っておきながらよ、半鐘の音に芝浦に万作とみわ様を置き去りにしてきたんだ」

「二人とも顔を見せなかったねえ」

と言ったお杏が、

「かなくぎの旦那、ちょいとお待ち」

と台所に走ると、昇平が芝浦の浜から持ち帰った石がれいと鮄鮄を竹笊《たけざる》に入れて、

「しの様にお持ちなさいな」

「これはいつも相すまぬことだ」

「師匠、それはよ、万作がみわ様のおっ母様にとくれた魚だ。石がれいはおまけだがよ」

と言い添えた。

「ありがたく貰って参る」

惣三郎は、何十人もの火消したちが道具の始末と後片付けをする土間先から表に出た。

片門前町から七軒町はすぐそこだ。いったん増上寺の門前を東海道へと戻り、左手に折れれば、冠阿弥の長屋だ。

惣三郎が七軒町に折れようとしたとき、通りから女物の傘を差した若侍が姿を見せた。惣三郎に視線をちらりと這《は》わせると会釈《えしゃく》をして、背を向けた。

（あのような若侍が住んでいたか）

惣三郎は何気なくそんなことを考えながら馴染みの魚常《うおつね》や八百久《やおきゅう》の前を通り、長屋へと曲がった。すると力丸《りきまる》が主《あるじ》の帰宅を察知して、吠《ほ》えた。

「これこれ、もはや夜中だぞ。吠えるでない」

惣三郎は、飼い犬の頭を撫《な》でて宥《なだ》めると、まだ明かりの点る長屋の障子戸を引き開けた。すると座敷からしのが立ち上がってきた。

「まだ起きておったか」

「火事はいかがにございました」

「大火にならずに済んだようだ。花火の親分の家とめ組に立ち寄って遅くなった」

しのの目が惣三郎の抱える竹笊にいった。

「お杏どのが下された。雑魚場で獲れた魚だそうな」

惣三郎はしのに竹笊を渡した。

「昇平さんに誘われて、みわも芝浦の浜に行ったそうです。半鐘の音に昇平さんだけが片門前町に駆け戻ったのだそうにございます」

「昇平も気にしておった」

しのはみわが戻ってきたときの気の高ぶりを脳裏に蘇《よみがえ》らせた。

みわはそのとき、昇平に芝浦の浜に置いてきぼりにされたことだけを義理の母親に話して二階に上がった。

（昇平さんと口喧嘩《くちげんか》でもしたのであろうか）

年頃の娘のことだ。あまり穿鑿《せんさく》してもと、みわの方から言い出すのを待とうと考えていた。

父親に話すべきか、しのは一瞬迷った末に、

「空腹ではございませぬか」

と酒の気もさせていない惣三郎に問うた。

「花火の親分の家で浅蜊汁と握りめしを馳走《ちそう》になった。そうだ、野衣どのが見えていてな、火事場から戻ってきた西村どのの世話を甲斐甲斐《かいがい》しくなさっていたわ」

「年が明けて十五日になれば、いよいよ祝言でございますねえ」

と遠い昔を思い出すようにしのが言い出した。

「迂闊《うかつ》にも忘れるところにございました。庵原三右衛門《いおりはらさんえもん》様がお見えになりまして、おまえ様に藩邸までご足労願えぬかと言い残されていきました」

庵原は豊後相良藩の江戸留守居役《るすいやく》だ。

その昔、金杉惣三郎は豊後相良藩の留守居役を務めていたから、庵原は後任ということになる。

「またなんぞ相良藩に危難が降りかかったのであろうか」

「いいえ、その様子もございませんでした。殿様がお目にかかりたいとの仰《おお》せだそうにございます」

と言うしのの言葉に、何事であろうかと惣三郎は考えを巡らせた。

「庵原様はこうも申されました。もはや面体を隠して屋敷を訪問する要はなし、堂々と表門から訪問されよ、これは殿の厳命にございますと、わざわざ付言なさいました」

ということは豊後相良藩に新たな危難が襲いかかっているということでもなさそうだ。

「ならば、明日にもお屋敷に罷《まか》りこそうか。羽織《はおり》袴《はかま》を用意しておいてくれぬか」

「火熨斗《ひのし》をあててございます」

「さすがに女房どのだ」

惣三郎は、大欠伸《おおあくび》を漏《も》らした。

みわは父が戻ってきた様子を寝床の中でじいっと聞いていた。

(なぜ母にも父にも乱暴狼藉《らんぼうろうぜき》されそうになったことと、若侍に助けられたことを話さないのか)

自分の気持ちが不思議でならなかった。だが、みわは一人、胸に秘めておきたいと、若侍に握られた手を闇の中でさすった。

二

車坂の一刀流石見銕太郎道場の朝稽古《あさげいこ》には、このところ、他道場から大勢の門弟が出稽古にやってくる。

それは享保の大試合で決勝まで勝ち上がり、将軍吉宗《よしむね》直々に賞賛の言葉を与えられた若武者金杉清之助《せいのすけ》の存在が大きい。今や車坂は清之助が剣の修行を始めた道場として有名になっていた。だが、もとを正せば石見銕太郎の、

「剣の修行に垣根があってはならぬ。どこの門弟であっても受け入れよ」

という考え方と磊落《らいらく》な人柄が江都《こうと》の剣者たちの人気を集めたのだった。

この朝も初めての者が三人、石見道場の門下生に混じって稽古をしていた。

その上、老中水野忠之の家臣、弓削辰之助《ゆげたつのすけ》、佐々木次郎丸《ささきじろうまる》、三郎助《さぶろうすけ》の兄弟らも姿を見せていたから広い道場のそこここに熱気溢《あふ》れる打ち込み稽古が展開されていた。

指導する石見銕太郎をはじめ、客分格の金杉惣三郎と棟方新左衛門《むなかたしんざえもん》、それに石見道場の師範伊丹五郎兵衛《いたみごろべえ》らは大忙しだ。

享保の大試合に出場して健闘した津軽卜伝流《つがるぼくでんりゅう》の棟方新左衛門は、試合の後も石見道場に居着いていた。

そんな中、一際大きな体と気合いで長い袋竹刀《ふくろしない》を振り回して動き回る鍾馗の昇平の姿が目についた。

休みない稽古の物音を縫《ぬ》って、

「頼もう」

という声がした。玄関近くで稽古していた昇平が玄関に出て、

「どうれ」

と応対した。

諸国を武者修行中といった趣《おもむき》の武芸者が破れた菅笠《すげがさ》を被《かぶ》って立っていた。背丈は五尺三寸（約一六一センチ）あるかなしか。肩幅が張り、胸の厚い体をして

いた。

「石見銕太郎どのに一手ご指南を仰ぎたい」

昇平はしばし無言で破れ笠の下の顔を見下ろすと、

「お侍さん、道場破りに来なさったか」

と問うた。

「さように考えられても差し支えない」

驚いたな、と正直な気持ちを口にした昇平は、

「うちはさ、他流の門弟衆の稽古は自由だが、立ち合いは許されてねえんだ」

と告げた。だが、相手は平然と立っていた。

「おまえさんの名と流儀を教えてくんな。石見先生に念のため、お尋《たず》ねしてくるからよ」

「甲源《こうげん》一刀流、速水左馬之助雪雅《はやみさまのすけゆきまさ》」

「長い名だねえ、覚え切れたかな」

昇平は、待っていなせえよと言い置いて道場に戻った。

上段の見所《けんぞ》から石見銕太郎が道場の四隅に睨《にら》みを利《き》かせていた。

昇平は正座すると、

「先生、甲源一刀流の速水左馬之助という剣客が道場破りに見えておるぞ」

「道場破りとな」

石見がそれは珍しいという顔でなにか言いかけたとき、後方で悲鳴が上がった。

「何事か」

師範の伊丹五郎兵衛が声を張り上げ、打ち込み稽古の門弟衆が竹刀を引いて左右の板壁に下がった。すると道場入り口に袋竹刀を握った破れ笠の武芸者が立ち、床に佐々木三郎助が倒れていた。

師範の伊丹五郎兵衛がその場に走り寄っていった。

あっ、と叫んだ昇平も道場の真ん中を突っ切ると、

「おまえさん、先生にお伺いするまで式台《しきだい》前にて待ってくだせえと言ったはずだぜ」

と詰《なじ》った。

三郎助が床から飛び起きた。

「その上、稽古の門弟衆に乱暴するとはどういうことか」

威勢で鳴らした江戸の町火消し、それもめ組の鍾馗の昇平が血相変えた。

「三郎助様、どうしなさった」

昇平が若い水野家の家臣を心配して聞いた。

「いきなり腰を払われ、不覚にも床に倒れました」

「道場破りにしても作法があらあ。石見道場をなんと心得る、破れ草鞋《わらじ》で踏み込むつもりか」

昇平の火の出るような啖呵《たんか》に門弟衆がどよめいた。

速水左馬之助はつかつかと道場の奥へと進もうとした。

「待て、待ちやがれ！」

昇平が大手を広げて、立ち塞《ふさ》がった。

速水が一尺余りも高い昇平を睨むと袋竹刀を手にすいっと歩を進めた。

昇平も袋竹刀を構えた。

間合いが切られ、殺気が漂った。

「待たれよ」

金杉惣三郎が声をかけたのは、その瞬間だ。

速水の足が止まった。

「師匠、許せねえ。こやつの相手をさせてくんな」

「昇平、そなたの太刀打ちできる相手ではないわ」

惣三郎に言われ、昇平が、

「だってよ、こんな小男、おれの面撃ちで一撃だ」

「そう思うか」

「あったりめえよ」

鍾馗の昇平が胸を張った。

惣三郎が石見銕太郎を振り向くと許しを請うた。

「おのれの技量を知ることも大事であろう」

と石見が言うと、

「速水どの、ただし、礼儀は心得てもらおう。草鞋を脱いでこられよ。試合は袋竹刀と致す。それでよいなら、うちの鍾馗様が相手致す」

しばし迷っていた速水が玄関口に戻った。

「速水を甘く見てはいかぬ」

惣三郎が昇平に注意を与えた。

「そんなに強いか、師匠」

「修羅場《しゅらば》を潜り抜けた剣だ。体じゅうが血に染まっておるわ」

「そんなに凄《すご》いかねえ」

昇平の声が心なしか小さくなった。

「昇平、そなたの芸は面撃ち一本だ。それだけに専心せよ」

「へえっ」

と惣三郎の言葉に昇平が畏《かしこ》まった。

速水左馬之助が戻ってきた。

「速水どの、それがしが立ち会い人を務めよう」

惣三郎が言うと速水がじろりと見て、

「そなたの名は」

「金杉惣三郎にござる」

「茶番試合の審判《しんばん》か」

「ほう、上様ご上覧の試合を茶番と申されるか」

「子が出る試合の審判を親が務めたというではないか。これを茶番と申さずしてなんという」

「どうやらそこもとは、石見銕太郎先生かそれがしに遺根《いこん》があって、道場破りを企《くわだ》てられたようだな」

速水は惣三郎の問いに答えなかった。

「立ち合いは一本にござる。すべて勝敗はそれがしの指図に従っていただく。両者、承知だな」

「師匠、承知だ」

速水は答えない。

「速水どの、いかが」

惣三郎の静かだが、気迫の籠《こ》もった声が返答を迫った。

「承知」

速水が吐き捨てた。

両者は二間（約三・六メートル）の間合いで腰を下ろした。

弟子たちが左右の壁際に居流れて注視した。

鍾馗の昇平の手には、四尺一寸（約一二四センチ）余の袋竹刀が、速水の手には三尺三寸（約一〇〇センチ）の定寸の竹刀があった。

二人が袋竹刀を構えながら立ち上がった。

「お待ちあれ」

惣三郎が制止し、

「五郎兵衛どの、速水どのの袋竹刀の先がささくれておる。代わりを持たれよ」

と師範に命じた。

「かまわぬ」

速水が勝負を急いだ。

「石見道場は道具には厳しい」

惣三郎の言葉に見物の門弟たちが訝《いぶか》しそうな顔をした。速水の袋竹刀が格別ささくれてもいなかったからだ。

伊丹五郎兵衛が新しい定寸の竹刀を運んできて、速水に差し出した。

「これにて結構」

速水がさらに言い張り、五郎兵衛も袋竹刀に不都合があるとも思えないが、と惣三郎の顔を見た。

「いや、替えていただこう」

惣三郎の視線が速水を射竦《いすく》めた。

仕方無しに速水が袋竹刀を取り替えた。速水の袋竹刀を受け取った五郎兵衛は、

「な、なんと……」

と驚きの声を漏らした。

「お待たせしたな」

両者が仕切り直しに入り、昇平と速水が立ち上がった。

「おりゃ！」

上段に袋竹刀を構えた昇平が気合いを響かせ、速水は正眼に構えて対峙《たいじ》した。

昇平の面撃ちは石見道場の名物だ。

爪先《つまさき》立ちになった六尺三寸の背丈が高々と長寸の袋竹刀を構え、体で威圧しつつ追い込んで、頭上から面撃ちを叩《たた》きつける。

面撃ち一本と分かっていても、天から容赦なく落ちてくる面撃ちを食らって、脳震盪《のうしんとう》を起こす門弟は数知れない。だが、一の太刀を外されると昇平は、反撃を食うことになる。

昇平はいつものように摺《す》り足で前後に体を動かしながら、面撃ちの機を窺《うかが》った。

速水は正眼の袋竹刀を泰然《たいぜん》と構えて動かない。

昇平の前後への動きが激しくなり、速水の切っ先が攻撃を誘うように小刻みに動かされた。

「とりゃあ！」

昇平が突進すると頭上の袋竹刀を速水の脳天に叩き落とした。

速水の腰がわずかに沈み込み、昇平の果断な攻撃を迎え撃つように走った。

昇平の袋竹刀は鉈《なた》でも振り下ろす勢いで重く雪崩《なだ》れきた。

速水は懸河《けんが》の勢いの攻めを潜《くぐ》り抜けると、昇平の肩を袈裟《けさ》に見舞った。

敏捷果敢《びんしょうかかん》な動きだ。

重厚な鉈の攻撃に軽やかな光のように伸びた一手が、鋭くもびしりと決まり、
昇平は腰砕けに転がった。さらに速水は倒れた昇平の眉間《みけん》に二撃目を送り込もうとした。

「勝負あった、それまで！」

惣三郎が体を入れて、速水の攻撃を止めた。

速水が無腰の惣三郎へ一瞬仕掛ける気配を見せたが、惣三郎を一瞥《いちべつ》して、がらりと袋竹刀を投げ出すと玄関へと去っていった。

朝稽古の後、惣三郎は石見銕太郎、棟方新左衛門と一緒に朝餉《あさげ》を馳走になる。

三人が熱い茶を喫《きっ》して、箸《はし》を取ろうとしたとき、伊丹五郎兵衛に連れられて昇

平が大きな体を小さくしてやってきた。

五郎兵衛の手には速水の残した袋竹刀があった。

「石見先生、師匠、面目《めんぼく》ねえ」

「鍾馗も度肝《どぎも》を抜かれたか」

石見が笑った。

「あのちび、すばしっこいや。まるで動きが見えなかったぜ」

「そなたにはよい薬であろう。どうだ、剣術の稽古は止《や》めにして、鳶《とび》と火消しに専念せぬか」

惣三郎にそう言われて、

「師匠、それは勘弁してくんな。ここでしっぽを巻いたとあっちゃあ、芝界隈《かいわい》を歩けねえや」

昇平はでかい体を二つに折って頼み込んだ。

「肩はどうだ」

「小さい体のどこにあんな力があるのかねえ、じんじんと痛いや」

「冷やしておけ。二、三日は肩が回らぬやもしれぬ」

と昇平の身を案ずると、

「へえっ」

　と昇平は奥座敷から下がっていった。

「袋竹刀には、鉄の棒が仕込んであるようでございます」

　五郎兵衛が鋏太郎に差し出した。受け取った鋏太郎が、

「これで肩を殴《なぐ》られていたら、昇平の肩は使いものにならなくなったであろうな」

「間違いなく」

　惣三郎と頷《うなず》き合った。

「あの者、なんの曰《いわ》くがあって、わが道場に嫌がらせに参りましたのでしょうか」

　五郎兵衛が心配した。

「大試合のあと、あらぬ噂《うわさ》も江戸に流れておるそうな」

「石見道場は情実で弟子を勝ち上がらせた、とかの類《たぐい》にございますな。嫉《ねた》みにございますよ」

「それは承知だが、このような心の捻《ね》じ曲がった武芸者も現われる。困ったことよ」

惣三郎は鋏太郎の言葉を聞きながら、

(速水の背後にだれぞが潜んでいるのではないか)

と考えていた。

「五郎兵衛、あのような手合いが今後も現われぬとも限らぬ。隙《すき》を見せぬことが肝要じゃぞ」

と鋏太郎が言った。

「はい、承知しました」

五郎兵衛の言葉でその朝の会話は終わった。

朝餉を馳走になった後、金杉惣三郎は、愛宕下《あたごした》の豊後相良藩の上屋敷を訪ねた。

佐久間小路《さくまこうじ》と田村《たむら》小路の間に広がる屋敷の表門で門番に訪《おとな》いを告げた。

惣三郎が江戸留守居役を務めていたのは五年前のことで、若い門番は惣三郎の顔も知らぬようであった。

「こちらにて待たれよ」

しばらく待たされた後、庵原三右衛門が門前に飛び出してきた。

「金杉様、早々のお出《い》でとは、恐縮至極《しごく》にございます」

門番たちは江戸留守居役がこれほどに恐縮する惣三郎を他藩の公儀人かと考えた。

三右衛門に案内されて、玄関から奥へと通った。

相良藩の上屋敷は、大名家の中ではさほど広いものではない。それでも敷地は四千四百余坪あった。曲がりくねった廊下にも座敷にも庭にも、惣三郎は記憶があった。が、行き交う家臣たちの半分も見知った顔はなかった。

見知った顔が慌《あわ》てて会釈し、

(おや、藩金費消の咎《とが》で解職された留守居役がなぜ)

という顔をした。

奥庭に面した書院に藩主の斎木《さいき》高玖はいた。そのかたわらには急に老いが見え出した江戸家老の古田孫作《ふるたまごさく》が従っていた。

「よう参ったな、惣三郎」

と懐かしそうな声をかけられた。

斎木高玖とは春先に会ったきりだ。旧主の言葉には、喜びが滲《にじ》んでいた。

「殿にはご機嫌麗《うるわ》しゅう拝察されます。惣三郎、これに勝《まさ》る慶《よろこ》びはございません」

「元気じゃが、ちと気持ちが萎《な》えておる」

「それはいけませぬな、ときに気晴らしも必要かと思います。古田様、庵原三右衛門様とご相談の上、下屋敷にて静養なさいませ」

「そのようなことで気が晴れると思うか」

「なんぞ気弱の因《もと》が思い当たられますので」

「はっきりとしておる」

「ほう、それは」

「惣三郎、そなたゆえじゃ」

「それがしにございますか」

「上様のご命令ゆえ、そなたを豊後相良藩の家臣に戻すことを断念致した。町奉行大岡忠相《おおおかただすけ》どのの下で極秘の任についておるかと思えば、そなたは、過日の大試合の審判をなし、倅《せがれ》の清之助は、その試合に出たばかりか、上様よりお褒《ほ》めのお言葉の上に御差し料の脇差を与えられ、御名の一字を授けられ、宗忠《むねただ》と名乗ることを許されたというではないか。その方ら親子、実に不届きである。余をないがしろにするにも程があるぞ」

高玖は考えていたことを一息に吐き出した。

「とは申されましても」

惣三郎が困惑の顔で古田孫作と庵原三右衛門を見た。

「殿は殿中でな、詰めの間の大名衆に、なぜ金杉親子を豊後相良から出すような真似《まね》をしたと詰問《きつもん》されたそうだ。むろん、そなたが上様と大岡様に懇願されて外に留まったなど答えられるわけもない。お答えようのない殿のお気持ちも分からぬではない」

孫作が高玖の気持ちを忖度《そんたく》して補足した。

「そなたは老中水野家の剣術指南として召し抱えられているというではないか。そのような話は、知らぬぞ」

「それがし、水野和泉守様の家臣になったわけではございません。大試合の折り、浪々のそれがしに肩書きがなければと与えられた、かたちばかりの剣術指南役にございますぞ」

「ならば、ただ今は通ってないか」

「いえ、それは……」

「通っておろうが」

「これまでの縁もございますれば、簡単にはお断わりもできず。金杉惣三郎は一介の剣士として晩年を全《まっと》うしたく覚悟致しました。それゆえ、剣を教えるは、使命と心得てございます」

「清之助はどうしておる」

高玖がさらに詰問した。

「大試合の後、武者修行に出ましてございます。今ごろは山野《さんや》に寝起きして修行に励んでいることと存じます」

「その清之助、江戸に戻った暁《あかつき》には、水野様に召し抱えられるというではないか」

「そのような話は……」

「根も葉もなき話か」

「殿、清之助は未だ剣術家として厳しい修行の日々が際限なく続く身にございます。仕官とか奉公とかは、まだまだ叶《かな》いませぬ」

十一月の大試合の後、清之助の身柄を水野に預けよとの申し出があったのも事実だ。だが、惣三郎は清之助にはやるべきことがあると断わっていた。

「それがしにどうせよと仰せで」

「それがしも歳じゃ。気力も体力もとみに落ちた。そこでな、殿にお願いして隠居することになった」

高玖に代わって孫作が言い出した。

惣三郎も孫作の言動を見れば、そのことがよく分かった。

「惣三郎、それがしの後任として戻ってくれぬか」

孫作が悲痛な顔で言い出した。

惣三郎は息を呑むとしばし瞑想《めいそう》した。そして、ゆっくり目を見開いた。

「殿、古田様、ありがたきお言葉にございます。金杉惣三郎はなんという幸せ者にございましょうか。ですが、お考え下さいませ。策があってのこととは申せ、それがしはいったんは藩の外に出た身にございます。それも享保元年（一七一六）の秋のこと、もはや、五年の歳月が流れております。藩の家臣も半分ほどは、見知らぬ者たちに替わっておりましょう。なにより、いったん外に出た人間が江戸家老の要職に就《つ》くなど、相良藩にとって、為《ため》になることではありませぬ」

高玖と孫作に言い聞かすように説いた惣三郎は、

「それがし、どこに身を置こうと生涯、殿お一人が主にございます。これまでもそう致しましたようにいったん事が起これば、どの場にも馳《は》せ参《さん》じまする。それが金杉惣三郎のご奉公にございます、ご納得くださいませ」

　と高玖に平伏した。

「やはり駄目か」

　高玖のがっかりした声が聞こえ、

「ならば、相良藩の家臣たちに剣術を指南せよ」

　と言い出した。

「先にも申しましたが、いったん藩を離れた者が再び藩に関わりを持つのは決してよいことではございませぬ」

「それもいかぬか」

「ですが、家臣たちが切磋琢磨《せっさたくま》して武術を競うことはよきことにございます。もし、うってつけの指南役を推挙《すいきょ》せよと申されますなら、剣技、人格、識見ともに優れた人物に心当たりございます」

「あるか」

「先の上覧の大試合にて八人の中に勝ち残られた津軽卜伝流の棟方新左衛門どのが江戸に滞在なされ、車坂の石見道場にて客分格にて稽古をつけておられます」

「さような人物がのう」

「むろん、棟方どのの考えもございますれば、軽々には返答できませぬ。が、そうせよと仰《おお》せなら、明日にも棟方どのにお考えを伺います」

「孫作、三右衛門、どうじゃな」

「よき考えかと思われます」

高玖の下問に孫作が即答して、惣三郎が頷いた。

「いま一つ、差し出がましきことながら、惣三郎の考え、お聞き届けいただけませんか」

「そなたは終生、余と主従と申したではないか、なんなりと申せ」

「古田様の後任、ここにおられる庵原三右衛門どのが適任かと存じます。三右衛門どのの人柄もさることながら、ご一族は国家老職を歴任されてきた家系、宝永《ほうえい》六年（一七〇九）の藩の騒動の折りも父上忠紀《ただのり》様は、狼狽《ろうばい》する家臣たちを一喝《いっかつ》してまとめられ、殿と相良藩を護持された人物にございます。これ以上の後任がございましょうや」

高玖と孫作が頷き、三右衛門が、

「それは……」

と辞退の様子を見せた。

「相分かった。惣三郎の申すこと、もっとも至極なり」

　高玖の言葉に金杉惣三郎は再び平伏した。

三

　金杉惣三郎は、佐久間小路の豊後相良藩邸を出るといったん芝七軒町の長屋に戻った。

　羽織袴では、いくら帳簿付けとはいえ仕事はできぬ。いつもの普段着に着替えるためだ。すると結衣《ゆい》が、

「父上、大川端の荒神屋様には出勤が少し遅くなると知らせに行ってまいりました」

「そうか、安心致した」

　惣三郎はしのの手伝いで着替えながら、高玖の用件を伝えた。

「殿は失礼な譬《たと》えながら、そなた様を兄のように慕っておいでございます。城中で金杉惣三郎をどうしたかと大名方に問われて肩身の狭い思いをなさったのでございましょうな」

「まあ、そんなところか」

慌《あわただ》しく着替えた惣三郎は、大小を腰に差し直した。

「今宵は、魴鮄の鍋に致します。どこにもお立ち寄りなさらずにお帰り下さい」

分かったと返事をした惣三郎は結衣に、

「すまぬが車坂に参って、棟方どのに今宵、夕餉にお出で願えないかと伝えてくれぬか」

はい、と返事する結衣を見ながら、しのが、

「酒も野菜もたんと用意しておきます」

と笑みを浮かべた。

惣三郎は長屋を出ると八百久の前を通りながら、みわがもの想いにふける姿に目を留め、

「今宵は、棟方新左衛門どのを呼んである。鍋にする野菜を母上に届けてくれ」

と声をかけた。するとふとわれに返ったようにみわが頷いた。

惣三郎は大門に出ると東海道から京橋《きょうばし》まで早足で歩き、白魚屋敷《しらうおやしき》ぞいの堀端を東へと下った。八丁堀に入ると異臭が漂ってきた。

昨夜の火事の臭いだ。

惣三郎が幸町へと曲がると、荒神屋の荷車と行き合った。燃え残りの材木を大川端に運んでいくのだ。

「峠《とうげ》は越えたぜ、金杉の旦那」

人足の一人が真っ黒な顔で言った。

「小頭はいるかな」

「越中屋の旦那と話していらあ」

さしも広い越中屋の敷地から、昨夜からの徹夜仕事によって、燃え残った材木や土台石が取り除かれてほぼ片付いていた。

荒神屋の半纏を着た人足たちが整地している。この作業が終われば、待機中の大工に受け渡すことになる。

「越中屋どの、とんだ災難にございましたな」

惣三郎は改めて見舞いの言葉をかけた。

「おおっ、そなた様が上覧試合に出られた清之助様のお父上、金杉惣三郎様でしたか。昨夜はご挨拶《あいさつ》もしないで、申し訳のないことでした」

越中屋は松造から聞いたのか、そう返事をした。

「清之助の父にござる。よろしくお見知りおきのほどお願い致します」

「こちらこそお世話になりました。お陰様で昼過ぎからは大工が入れそうでな」

「それはよろしゅうございましたな」

越中屋季右衛門の顔は、一睡もしていないはずなのに生き生きとしていた。

火事で店屋敷も材木も燃えた。だが、木場には越中屋の財産の大半が保管されていた。

てらてらとした顔には燃えて失った財産の何倍もの売り上げがあったと書いてある。

季右衛門は棟梁《とうりょう》のところに行った。

「ご苦労でしたな、小頭」

惣三郎は松造に声をかけた。

「どうやら終わったぜ」

「さすがに材木屋となると敷地が広いな」

「燃え残りの材木が大八に何十台も出た。まあ、せいぜい湯屋の薪《まき》にしかならねえがね」

荒神屋では火事場の後始末の他に、燃え残った材木を貰い受けて、再生できるものは裏長屋や納屋などの材料として売り、それでも使えないものは湯屋の薪として卸《おろ》す。ささやかな収入源の一つだ。

二人が話しているうちに整地も終わった。

「越中屋の旦那、なんぞ他にやることございますかえ」

松造が棟梁や番頭らと木組みの打ち合わせをしている季右衛門の背に声をかけると、

「荒神屋さん、世話になったねえ。支払いは番頭に言っておくれな、今日にでもいいよ」

と鷹揚《おうよう》に答えたものだ。

最後まで残していた大八車に掛矢《かけや》やもっこなど道具類を積み込み、荒神屋の一行は幸町を後にした。

「暮れに支払いが早いのはなんとしても助かるな」

火事場始末の場合、仕事は早く支払いは遅いというのが大半だ。財産を失ったばかりだ、始末屋の支払いまでなかなか回らないのが実情だった。

「これで餅代《もちだい》になる、一息つけるぜ」

松造がほっとしたように言い、足を緩めると大八車を先に行かせた。当然肩を並べていた惣三郎の足取りも緩くなった。

「旦那、火事場で奇怪なことを聞き込んだ」

惣三郎は松造に顔を向けた。

「夜明け前のことだ。火事場の視察に火付盗賊《ひつけとうぞく》改《あらため》方《かた》が来やがった」

「豆腐屋から火が出たと聞いたが、火付けか」

「いや、失火だ。だがな、火付盗賊改方としては時期も時期、火付けではないかと疑ったらしい。来たのは与力の板倉《いたくら》和《わ》三郎《さぶろう》という、横柄な野郎さ。西村桐十郎の旦那とはまったく出来が違うぜ」

惣三郎は頷いた。

享保のこの時期、火付盗賊改方の長官は山川忠義《やまかわただよし》と安部信旨《あべのぶむね》であった。

板倉は山川の配下の与力だ。

盗賊、火頭《かとう》の歌右衛門《うたえもん》一味が跋扈《ばっこ》した折り、南町奉行所や金杉惣三郎は板倉和三郎とぶつかり合っていた（『完本密命　火頭《かとう》　紅蓮《ぐれん》剣』）。

「板倉どのは敏腕な与力だからな、舌鋒《ぜっぽう》も鋭くなる」

「舌鋒だかなんだか知らねえが、火消しやこちとら始末屋など人間とも思ってねえぜ。惣三の旦那、おれが夜明け前に現場を離れて、大八に積んであったもっこを取りに行ったと思いねえ。板倉と密偵らしい男がさ、おれがしゃがんでいた大八のそばにきて、立ち小便を始めやがった。おれは仕方なし、じっとしていたんだが……」

そのときに偶然耳にしたことを松造は話し始めた。

「景次郎《けいじろう》、金杉惣三郎を狙《ねら》う者がいるってのはほんとうか」

この言葉に松造の体は固まった。

「へえっ、川向こうの伊予大洲《おおず》藩《はん》下屋敷の中間《ちゅうげん》部屋で小耳にはさんだんで、間違いございませんや。なんでも、凄腕の刺客《しかく》が南町の大岡とつながりの深い金杉惣三郎を付け狙って江戸に入ったという話なんで」

初老の密偵がさらに報告した。

「金杉惣三郎が狙われるわけはなんだ」

「それが分かりませんので。わっしが聞き込んだ相手は、その刺客が何人か腕の立つ剣術家を雇うってんで、賭場《とば》に人探しに来ていたんでございますよ」

「刺客の名は、年は、流儀はなんだ」

「鳥羽《とば》という名らしゅうございますがねえ、それ以上のことは分かりません」

「半端《はんぱ》な調べだぜ。ちったあ、身を入れて探り出してこい」

「板倉様、ご関心がございますんで」

「南町と金杉惣三郎には、火頭の折りに煮え湯を飲まされ、面子《めんつ》を潰《つぶ》された。あやつを狙う野郎は、敵方の敵だ。となりゃあ、さし当たっては味方ということだぜ」

「承知しました」


「惣三の旦那、おれが聞いたのはこれだけだ」

「おもしろいな」

「命を狙われておもしろいかねえ。旦那も変わった人間だぜ」

「小頭、この次、ととやで馳走しよう」

「どうせ馳走してくれるのならさ、吉原《よしわら》に繰り込むとか、水茶屋に上がるとか、そっちがいいな」

「長屋暮らしのわしには無理な話だ。まあ、ととやがいいところだ」

「旦那に望んでも無理な話だ」

大八車は新川に架かる三ノ橋を渡り、大川の土手を越えて河原に下りていった。

惣三郎と松造が荒神屋の作業場に辿り着くと、そこここに燃えさしの材木が堆《うずたか》く積まれて、人足たちが湯屋の薪にするために鋸《のこ》で挽き切っていた。

「喜八どの、遅くなって相すまぬ」

「幸町に立ち寄ってこられましたかえ」

「越中屋さんが始末料はいつでも支払うとおっしゃいましたぞ」

「それは助かった。ならば、小頭、あとで集金に行ってくれるか」

「小頭は徹夜だ。わしでよければ、参ろうか」

「そうしてくれると助かるぜ」

松造が言い、喜八が承知した。

その夕刻、いつもより早めに大川端を出た惣三郎は、再び幸町の越中屋の跡地に戻った。すでに仮店《かりだな》が出来上がって、木場から材木が次々に運び込まれていた。同時に大工たちが土台の敷石を置いて、その上に柱を立て並べていた。

番頭の大蔵《だいぞう》が大工の棟梁と話していた。

「番頭どの、早速で恐縮だが、荒神屋の始末料をお願いに上がった」

振り向いた番頭が、

「おまえ様が金杉清之助様のお父つぁんだってねえ、驚いたよ。まさか、火事場始末の荒神屋で帳付けをしているなんて、知らなかった。よい倅《せがれ》どのを持たれて、鼻が高かろう」

「まったくもってありがたいことにござる」

と答えながらも惣三郎は、

(倅が清之助であって、清之助の父が俺ではないわ)

という腹立たしい気持ちになった。だが、よくよく考えれば、清之助の剣名がそれだけ高くなったということ、親としては素直に喜ぶべきであろうとも思い直した。

「旦那様から申し付かっておりますよ、いくらですかな」

「急ぎ仕事でちと値が張って相すまぬ。締めて二十二両一分と二朱にござる」

一夜仕事ではあるが荒神屋では三十数人からの人足を動かし、危険な仕事でもあった。

番頭は書付けに目をやると直ぐに銭箱から包金《ほうきん》(二十五両)一つを取り出し、

「釣りは祝儀です」

と実に鷹揚に支払ってくれた。

「暮れにきて助かり申す」

惣三郎が頭を下げると、

「おまえ様も倅どのに負けぬようにな、働きなされ」

と激励された。


その足で惣三郎は南町奉行所に回った。

内与力《うちよりき》の織田朝七《おだちょうしち》に、小頭の松造が耳にした話を伝えておくためだ。すると玄関先に現われた朝七が、

「金杉どのか、まずは上がられよ」

と大岡忠相の執務する座敷まで案内した。南町奉行は紬《つむぎ》の上に綿入れの袖《そで》なしを羽織《はお》って机に向かっていた。

机の上には好色本《こうしょくぼん》や危《あぶ》な絵の類《たぐい》が山と積んであった。

惣三郎には知る由もなかったが、この頃、吉宗と忠相が、猥《みだ》らな本、異説を称《とな》えた本、好色本、大名家などの家系を書いた本、匿名《とくめい》本、家康《いえやす》をはじめ将軍家が出てくる本などの統制を考え、準備を進めていた時期だった。

この出版統制令は翌々年の享保八年（一七二三）十一月に布告されることになる。

「大岡様にはご健勝のご様子、なによりにございます」

「そなたも変わらぬな」

と応じた忠相が、

「清之助から便りはないか」

と聞いてきた。むろん忠相には、清之助が武者修行に出たことは知らせてある。

「修行の旅にございます。行き倒れになろうと、野試合で骸《むくろ》を晒《さら》そうと、まずは便りはございますまい」

剣術家としては当然の答えだが、父親としては実に寂しい。しのは毎朝、仏壇に陰膳《かげぜん》を供《そな》えるたびに、

「今日は文が届きましょう」

と言い暮らしている。

惣三郎の言葉に頷いた忠相が、

「過日も上様が、清之助はどうしておるとご下問になってな」

「上様までお煩《わずら》わせ申して恐縮にございます」

「まあ、ここは帰りを待つしかあるまいな」

と自らを納得させるように言った忠相が、何用かと聞いた。

「大岡様のお耳を煩わせるまでもなく、織田様にお伝えして戻ろうと思うておりました……」

と前置きした惣三郎は、火付盗賊改方の与力と密偵との話を伝えた。

「それがしに対する刺客なれば、御用繁多な大岡様に申し伝えてお気を煩わすこともございませぬ。ですが、どうもそれがしばかりとは思えませぬ」

「そなたの命を狙うだけが狙いではないな」

「と、大岡様もお考えになりますか」

「この大岡、あるいは上様のお命をも狙ってのことではあるまいか。そう考えたほうが得心がいく」

「となると刺客の陰に……」

惣三郎は言葉を飲み込んだ。

「分からぬが、そう考えて行動したほうがよかろう」

惣三郎と忠相の会話を聞いていた朝七が思わず、

「尾張《おわり》のご兄弟もなかなかしつこうございますな」

と漏らした。

御三家尾張藩の当主徳川継友《つぐとも》は七代将軍家継《いえつぐ》の跡目を望んで、紀州《きしゅう》藩主の吉宗と争い、負けた経緯《いきさつ》があった。

享保元年のことだ。

以来、尾張の継友、通春《みちはる》（のちの宗春《むねはる》）兄弟は新将軍吉宗を立てつつ、陰では密《ひそ》かに刺客を送り込んで亡き者にしようと企てていた。

その前面に立ち塞がったのが大岡忠相と金杉惣三郎の二人だ。

両派はこれまでも表に現われない暗闘を繰り返してきたのだ。

「織田、まだ決め付けるのは早かろう」

「これはお奉行、失言にございました」

朝七が慌てて言った。

「だがな、密偵に命じて刺客の行方を探ることは忘れてはならぬ」

大岡忠相が内与力に命じた。

むろんこのような任務は、江戸の治安と経済を司《つかさど》る町奉行の役職ではない。

だが、忠相は、吉宗政治の代弁をしつつ、将軍家をお守りするという陰の仕事を負っていた。その先鋒に立たされたのが金杉惣三郎だったのだ。

「金杉、この一件、いつものように忠相とそなたの胸の内だけに秘めて、事に当たらねばならぬ。互いに密なる連絡をとることになろう」

四

芝七軒町の長屋に戻ると、すでに楝方新左衛門が訪れていた。

「だいぶお待ちになりましたかな」

「久し振りに奥方と娘ごお二人にお会いして、楽しいときを過ごしておりました」

新左衛門が笑いかけた。

「しの、楝方どのにまだ酒を出しておらぬのか」

「おまえ様が戻るまではと遠慮なさいましてな」

「それは重ね重ね恐縮致す。ちと用が生じて南町を訪ねたところ、大岡様の部屋まで招じ上げられて話し込んだ。相すまぬことであった」

惣三郎は大小をみわに渡した。

みわの顔に、どこか思いつめるような憂《うれ》いが浮かんでいた。しかし年頃の娘のこと、深く気にしたわけではなかった。

すでに座敷には七輪《しちりん》が据えられて火がかんかんと熾《おこ》って、部屋にそのぬくもりが漂っていた。

燗酒《かんざけ》を入れた銚子《ちょうし》をしのが運んできて、新左衛門と惣三郎の杯を満たした。

二人の剣客は互いの顔を見ながら杯を上げ、酒を飲んだ。

「美味《おい》しゅうございますな」

新左衛門が莞爾《かんじ》と笑いかけ、惣三郎も笑みを返した。

惣三郎が新左衛門の杯に新たな酒をゆったりと満たした。

「本日はどんな御用で、それがしをお呼びですか」

と新左衛門が聞いた。

「棟方どのに迷惑な話やもしれぬ。が、頼みを聞いてくれぬか」

「金杉様のお頼みとあらば、首を横に振るわけにも参りませぬな」

新左衛門は即座に言い切った。

「それがしが元豊後相良藩の家臣であったことはご存じだな」

「はい。未だに斎木様が頼りになさっていることも」

「いやはや、もはや、藩を出た者がしゃしゃり出る幕はない。それが今日、藩邸に呼ばれて、殿にお目にかかった。用件を掻《か》い摘《つま》んで申せば、それがしに剣術指南をせよとのご命令だ」

新左衛門が杯を手に頷く。

「だがな、それがしはいったん藩を離れた身にござる。たとえ剣術指南であっても、決して藩のお為にはなるとは思われぬ。そこで、そなたをご推挙申し上げたのだが、ご迷惑か」

「な、なんとそれがしが豊後相良藩の剣術指南でございますか」

「棟方どのにお考えがござれば、強くは申さぬ。だが、江戸にしばらくご滞在なれば二日に一度、いや、三日に一度なりとも面倒を見てもらえぬかと考えたのだ」

「金杉様にご紹介頂いた石見道場の居心地があまりにもよくて、周囲の迷惑も顧《かえり》みず長居しております。正直申しまして、再び、山野に寝起きする修行に出るべきかどうか、近頃、躊躇《ちゅうちょ》しておりました」

「そなたの剣技と人柄なればもはや武者修行は、不要にござろう。どうかな、しばらく江戸に落ち着かれては」

「はい、金杉様のご家庭を見ておりますと羨《うらや》ましく感じます。よき奥方に恵まれ、見目麗《みめうるわ》しい娘ごが控えておられる。いや、いま一人、清之助どのがおられましたな」

「聞いたか、しの、みわ、結衣」

「はい、私と姉上が見目麗しいのでございますな」

結衣が器を運んできて、無邪気に笑った。だが、みわは、わずかに笑みを浮かべて応えただけだ。

「結衣、棟方どのの世辞だぞ」

「とんでもない。それがし、冗談など申しませぬ」

と新左衛門が手を大きく振る。

しのがそれを見て、破顔し、

「鍋を運んでまいりますよ」

と竈《かまど》にかけていた土鍋を、さらにはみわが石がれいの刺身の盛られた皿を運んできて座敷が急に華やいだ。

「先ほどのそれがしのお節介、いかがかな」

新左衛門が座り直すと、

「金杉様にお任せ致します」

と平伏した。

「なれば、明日にも石見先生にご相談申し上げた上で近々藩邸にお連れ申す」

惣三郎の言葉を潮に、

「ささっ、お話はいったん終わりになさって魴鮄鍋を賞味致しましょう」

しのの声が響き、その夜、二人の剣客は女たち三人に囲まれて、しみじみと酒を酌《く》み交《か》わした。


翌朝、惣三郎は西《にし》の丸下《まるした》の老中水野忠之邸へ朝稽古の指導に向かった。

棟方新左衛門と酌み交わした酒が残っていた。が、それは不快にさせるものではなく、かえって心地よい余韻を感じさせた。

新左衛門の父親、伊織《いおり》は、奥州《おうしゅう》二本松藩《にほんまつはん》の丹羽家《にわけ》の家臣であったそうな。

元禄《げんろく》十二年（一六九九）、江戸参勤を終えた丹羽家の行列が郡山《こおりやま》城下を通過した夜、つい気を緩めた伊織の配下が旅籠《はたご》で酒を飲み、暴れるという事件を引き起こした。

伊織はその責任を負って割腹して果てた。家族に宛てた遺書には棟方家の奉公遠慮を指示してあったという。

新左衛門が九つのときに起こった不幸だ。

以来、新左衛門は、母親のかしこや家族とひっそり過ごしつつ、父が手解《てほど》きしてくれた津軽卜伝流の修行に励んできたのだ。武者修行の旅に出たのは母親かしこを亡くしたことが切っ掛けであった。

九年前、正徳《しょうとく》二年（一七一二）のことであったという。

訥々《とつとつ》とした話を聞いて、惣三郎は新左衛門にいよいよ信頼と好感を寄せた。

水野邸の道場に入るとすでに清掃が終わっていた。

夜明け前の凜冽《りんれつ》たる冷気の中、門弟たち三十数人が左右の板壁際に分かれて黙想していた。

森閑《しんかん》とした修行の場に加わり、金杉惣三郎も瞑目《めいもく》した。

緊密なときが静かに流れ、佐々木治一郎《じいちろう》の、

「止め」

の声がかかって、道場は静から動へと場を変えた。

享保の大試合のあと、水野邸の剣術熱に拍車がかかった。いや、大名旗本諸家がこぞって武術の稽古に熱を入れ始めた。腕の立つ武芸者を剣術指南に大金で抱える西国の雄藩が巷《ちまた》の話題になったほどだ。

（この次はわが藩から日本一の勝者を出す）

その考えがあってだ。

豊後相良藩の斎木高玖の希望も、むろんこの江戸の武術熱に刺激されてのことだ。

将軍吉宗の願い、

「……武士の本義を呼び起こす」

という考えの一端は成ったといえる。だが、惣三郎は、近頃の風潮は、

(ちと行き過ぎ)

と思っていた。

ともあれ、享保の大試合を主催した水野家の家臣たちがどこよりも熱心なのは、当然のことであった。

近頃では御側衆《おそばしゅう》の佐々木治一郎を中心に流れるような稽古振りで、金杉惣三郎が口を出すこともない。

「先生、ご指導をお願い致します」

稽古が始まったのを見た治一郎が惣三郎に願った。

治一郎は、伊東一刀斎景久《いとういっとうさいかげひさ》が流祖の一刀流の流れを汲《く》む神武《じんむ》一刀流の免許持ちだ。実力は十分に備えた剣士で、密かに次なる機会を狙っていた。

惣三郎と治一郎の稽古は袋竹刀で行なわれ、惣三郎は、治一郎に存分に攻撃を仕掛けさせた。

治一郎は、最初に手合わせしたとき、浪々の剣客などなんのことがあろうかとの気概で立ち向かった。だが、静かにも立ち塞がった壁の巨大さと高さに圧倒されて、改めて剣技の奥深さを知らされていた。

それだけに治一郎は、惣三郎に少しでも近付こうと虚心坦懐《きょしんたんかい》の稽古振りで、すべてを曝《さら》け出した。

惣三郎は、無言のうちに治一郎の隙をついて、欠点を教え、動きを改善させた。

一刻《とき》（二時間）に近い稽古が終わったとき、治一郎の全身から滝のような汗が流れていた。一方、惣三郎は、昨夜の酒がきれいに抜け、かえって清々しい気分になった。

「先生には老いはございませぬのか」

いつの間に姿を見せたか、上段の間から用人杉村《すぎむら》久右衛門《きゅうえもん》が声をかけた。

「だれしも老いは参りまする。ただ、馬齢《ばれい》を重ねてごまかしが上手《じょうず》になり申した。なんとか化けの皮が剝《は》がれぬようにしております」

杉村が、そんなものかのうと唸《うな》り、治一郎が杉村に向かって、

「そのような先生の言葉を信じてはなりませぬ。立ち合っていただく度に、金杉惣三郎という剣術家の大きさに打ちのめされております。先生の剣技に老いなどあるものですか」

と真面目な顔で言い出した。

「杉村様は金杉先生と歳もお変わりありませぬ。明日から稽古着に着替えられてはいかがにございますか」

「考えぬでもない。だがな、それでは日中の御用が務まるまい」

杉村が答え、治一郎が、

「人それぞれにございますか」

と納得した。


大川端に向かう道々、町内のあちこちから杵《きね》の音が響いてきた。

師走も残るところ、あと二日だけだ。

金杉惣三郎のうちでは、冠阿弥からもめ組からも搗《つ》き立ての餅を頂く。だから餅搗きを頼むことはない。

（清之助はどこで年を越そうとしているのか）

　そんなことを考えながら大川端に下りていくと、荒神屋からいつもの鋸の音は響いてこなかった。

「旦那、これから餅搗きだよ」

　姉さん被りも甲斐甲斐しい女人足のとめが蒸籠《せいろ》を抱えて、惣三郎に言った。

「おおっ、忘れておったわ」

　作業場では、いくつも火が焚《た》かれ、もち米が蒸籠で蒸《む》し上げられていた。すでに臼《うす》が二つに何本もの杵も用意されて、最初のもち米が蒸し上がるのを待つばかりだ。

「旦那、待っていたぜ」

　小頭の松造の前には大徳利《おおどっくり》が何本も並び、人足たちが景気をつけていた。

「酒か、それは遠慮しておこう」

「なんぞまたやらかして、しの様から剣突《けんつく》を食らったか」

「ようやく夕べの酒っ気を抜いたところだ」

「おまえさんじゃないよ」

　松造の女房のお由《よし》が酒飲みの亭主を窘《たしな》めた。

「今日はお由さんも来ておったか」

「はい。子供もそこいらで遊んでおりますよ」

荒神屋の餅搗きは、松造以下、人足たちが楽しみにする年の瀬の行事だ。松造とお由の子供たちも今日ばかりは広い大川端で駆け回って遊んでいた。

「蒸し上がったよ」

女衆の言葉に男たちが杵を構えて、臼に蒸籠のもち米が運ばれてくるのを待ち受けていた。

「さあ、搗くぜ」

男たちが二つの臼を競い合って杵の音を響かせ始めた。荒神屋は力自慢の男手には困らない。次から次へともち米が蒸され、餅が搗き上げられていく。

喜八が最初に搗き上がった餅を神棚に供えた。

「さて、いただきますかな」

喜八が惣三郎に声をかけたとき、作業場に血相を変えて入ってきた者がいた。

め組の鍾馗の昇平だ。

「師匠、大変《てえへん》なことが起こったぜ」

惣三郎がいったん持ち上げていた皿をかたわらの縁台に戻した。

「どうした」

「車坂に稽古に来られていた近江水口藩《おうみみなくちはん》の方がよ、稽古の帰りに襲われて命を落とされた」

「なんだと」

「襲ったのは昨日の道場破りの速水左馬之助ということだぜ」

惣三郎に喜八が声をかけた。

「うちはこの通り、仕事は休みだ。直《す》ぐにお行きなせえ」

惣三郎は喜八親方に頭を下げると、帳場に置いてあった大小を差し落とした。

近江水口藩二万五千石の上屋敷は、愛宕下通りの三斎小路《さんさいこうじ》と藪小路《やぶこうじ》の間にあった。

車坂の石見道場から上屋敷に戻るには、前を南北に走る西久保通りを北に向かい、三斎小路に曲がるのが普通だ。

道中方溝上張蔵《どうちゅうかたみぞがみはりぞう》は稽古を終えた後、門弟仲間の一人と西久保通りを横切って天徳寺《てんとくじ》の境内《けいだい》を抜けて、三斎小路の一本南側に並行して走る鎧《よろい》小路に出ようとした。

そこを待ち受けた刺客に襲われて、首筋を刎《は》ね斬られて絶命した。

惣三郎が現場に到着したとき、すでに溝上張蔵の亡骸《なきがら》は、近江水口藩に引き取られていた。だが、西村桐十郎も花火の房之助親分もまだ現場に残っていた。

その上、伊丹五郎兵衛もいた。

現場は天徳寺寺中の寺が門前を連ねる路地で人の通りも少ない。

「おおっ、見えたか」

桐十郎が言い、惣三郎が聞いた。

「昨日の道場破りが襲ったというのは確かか」

「確かでござる」

五郎兵衛が沈痛な顔を向けた。

「溝上氏は同藩の門弟と一緒でしてな、溝上氏をいきなり抜き打ちに斬った相手は、二人目を狙った。そのとき、後ろからも別の門弟衆が来たために、速水はこの奥へと逃げ込んでおる」

西村桐十郎が愛宕権現の杜《もり》を指差した。

「格別、速水は溝上氏を狙ったということではないようだ。石見道場のだれでもよかったと思える」

惣三郎はふうっと一つ息をつき、口を開いた。

「昨日のうちに言っておくべきであったな」

　桐十郎と房之助の目がきらりと光った。

「荒神屋の小頭の松造が火事場でな、火付盗賊改方の板倉和三郎どのと密偵が話をしているのをたまたま聞いたのだ……」

　惣三郎は、松造が耳にした一件を話した。むろん尾張藩が吉宗暗殺のために放った刺客ではあるまいかという推量は話さなかった。金杉惣三郎一人に向けられた刺客として、告げたのだ。

「速水左馬之助は、金杉惣三郎様を狙った刺客の一人とおっしゃいますので。となるとなぜ門弟を……」

「それはまだ分からぬ。昨夕、大岡様に申し上げたばかりのところだ。ともかくそれがしを狙った刺客であれなんであれ、石見道場が巻き込まれておるのは確かなことだ」

「となれば、対策を立てねばなりませぬな。刺客ごときに恐れて、稽古を休む者が出ては石見道場の名折れにございます」

　さよう、と答えた惣三郎は、

「石見先生はおられるか」

「ただ今、近江水口藩邸に出向いておられます」

「よし、道場にて待ち受けよう」

惣三郎が言うと、

「それがしは奉行所に戻り、内与力の織田様に報告致します」

と西村桐十郎が答え、花火の親分は、

「わっしらは、速水と申す刺客のねぐらを洗い出しましょう」

と西久保通りを早々に北へと向かった。

二人を見送った金杉惣三郎は伊丹五郎兵衛と一緒に石見道場へと足を向けながら、新たな暗闘の始まりかと老いてきた心の炎《ほむら》を無理に掻き立てた。

第二章　以心流鳥羽治助《いしんりゅうとばやすけ》

一

享保六年も残すところ一日となった。

金杉清之助は猛将加藤清正《かとうきよまさ》が築いた名城、肥後国熊本城《ひごのくにくまもとじょう》の宇土櫓《うとやぐら》を見上げる堀端に足を止めた。

極月二十九日の夕刻のことだ。

清之助は、享保の大試合の夜に江戸を発《た》ち、中山道《なかせんどう》から山陽道《さんようどう》を辿《たど》りつつ、馬関《ばかん》海峡を越えて豊前小倉《ぶぜんこくら》で九州の土を踏んでいた。

旅の間、旅籠《はたご》に泊まったのはせいぜい数回のこと、あとは道端の地蔵堂《じぞうどう》や寺の宿坊《しゅくぼう》に一夜の宿を請うてきた。路銀がないわけではない。だが、それ以上に日々の暮らしも修行の一つと考えたうえで、清之助は山野や禅寺に寝起きする旅を敢《あ》えて選んできたのだ。

衣服にもほつれや汚れが目立つようになっていた。無精髭《ぶしょうひげ》もうっすらと生えていた。

清之助は銀杏城《ぎんなんじょう》とも千葉城とも称される熊本五十四万石の名城を眺め上げた。

坪井川《つぼいがわ》を内堀に白川《しらかわ》と井芹川《いせりがわ》を外堀に見立てた地に最初に千葉城を築いたのは、菊池《きくち》一族の出田秀信《いでたひでのぶ》であった。

幾多の変遷《へんせん》の後、清正公が慶長《けいちょう》六年（一六〇一）八月にこれまであった千葉城や隈本城《くまもとじょう》を中心に、茶臼山《ちゃうすやま》を含めて大規模な築城改修を行ない、名城熊本城が完成した。

熊本城の石垣は「武者返《むしゃがえ》し」と呼ばれており、見事な曲線をなしていた。

清正の家臣に三宅角左衛門《みやけかくざえもん》と飯田覚兵衛《いいだかくべえ》の二人の石垣積みの名手がいたことが、優美で難攻不落の城を生んだのである。

加藤家は寛永《かんえい》九年（一六三二）六月に、無念にも出羽国《でわのくに》庄内《しょうない》藩に配流《はいる》されることになった。

その後を引き継いだのが、小倉《こくら》城主の細川忠利《ほそかわただとし》だ。

清之助には、武者修行の旅を志したときから、一つの目的があった。

漂泊の剣豪、二天一流《にてんいちりゅう》の祖、宮本武蔵玄信《みやもとむさしげんしん》の足跡を辿ることだ。

天正《てんしょう》十二年（一五八四）に生まれた武蔵は生涯六十余度戦い、生き残っていた。歴史に止《とど》める主立った勝負だけでも十八番を数える。

山陽道では美作国吉野郡宮本村《みまさかのくによしののぐんみやもとむら》を訪ね、豊前小倉では船島《ふなしま》に渡り、佐々木小次郎《ささきこじろう》との決闘の場に足を運んでいた。

武蔵は晩年、熊本藩主細川忠利の知遇を得て、食客《しょっかく》として熊本の千葉城内に暮らした。

正保《しょうほう》二年、六十二歳で亡くなる晩年の五年間に、剣の極意ともいうべき『兵法三十五箇条』、『五輪書《ごりんのしょ》』、さらには『独行道《どっこうどう》』を執筆完成させていた。

清之助は、武蔵が『五輪書』を書いた霊巌洞《れいがんどう》に参籠《さんろう》すべく肥後熊本まで西下してきたのだ。

武蔵が没してすでに七十六年の歳月が過ぎていた。

清之助は、城に背を向けると城下町へと下っていった。内堀の坪井川ぞいに旅籠が集まる町家を目指した。すると職人町の中に清之助が泊まれそうな旅籠を見つけた。

「ごめん、一夜の泊まりを願いたい」

帳場にいた番頭が清之助の長身を見上げた。

背丈は六尺二寸（約一八七センチ）に達し、その腰に二尺七寸三分（約八三センチ）の新藤五綱光《しんとうごつなみつ》と脇差相模国広光《さがみのくにひろみつ》があった。

綱光は父の惣三郎が鎌倉在の名人に頼んで鍛造《たんぞう》してもらった一剣であり、広光は、将軍吉宗からの拝領の脇差だ。

番頭はあまりの背丈と旅に汚れた衣服に驚き、宿泊を断わろうと客の顔を見た。すると無精髭の顔はまだ若者であり、双眸《そうぼう》が澄んでいるのを認めた。

「武者修行にございますな」

「さよう。明朝より武蔵様ゆかりの霊巌洞に参籠せんと思いしが、旅塵《りよじん》に汚れており申す。湯を使わせてもらい、身なりを整えたい」

「そげんこつでしたか、ご苦労さんにございますたいね。早《はよ》う、草鞋《わらじ》の紐《ひも》ばほどきなさらんね」

と宿泊を許してくれた。

清之助は、部屋に通されるとすぐに風呂に案内された。

久し振りの湯だ。

清之助は、丁寧《ていねい》に何度も何度も糠袋《ぬかぶくろ》で体をこすりあげ、湯を被った。

湯船に体を浸けて、伸びをした。

その途端、江戸の家族は、知り合いは、そして、鹿島《かしま》の米津寛兵衛《よねつかんべえ》先生は、お元気であろうかと思い巡らせた。脳裏に浮かんだ父や母や老先生の顔が、一人の少女の顔と変わった。

薬種問屋の伊吹屋《いぶきや》の娘、葉月《はづき》の顔だ。

（いかぬいかぬ、武者修行の身が煩悩《ぼんのう》や里心など出しては……）

清之助は脳裏の幻影を追い払うように湯船から勢いよく上がった。


大晦日《つごもり》の朝、金杉惣三郎は鍾馗の昇平と二人、増上寺と愛宕山の間の切通しを抜けて車坂の道場に向かった。

「野郎、出やがらないねえ」

西久保通りに出たとき、木刀を手にした昇平が緊張を解いて言った。昇平は、道場の行き帰りも木刀を携《たずさ》えて、速水の出現を待ち受けていた。

「出たらどうする気だ」

「あの野郎、師匠に遺恨があってのことだろう。おれが今度こそ、ぶちのめしてくれる」

「ありがたいことだな。そなたの前には現われまい」

「鍾馗の昇平に恐れをなしたか」

「いや、違う。あやつは腕に自信を持っておる。一度でも破った相手は、二度と相手にはせぬということだ」

「油断をしただけだぜ」

「世の中にはどうあがいても勝てぬ相手がおる。速水とそなたでは、雲泥《うんでい》の差がある。そのことを認めることもまた剣の道を究《きわ》める者の務めだ」

「やっぱりおれじゃ、駄目か」

二人は車坂の石見道場の門を潜った。

「そなたの剣修行は、強くなることではないぞ。胆力を練ることこそ、本業の火事場で役に立つのだ」

道場にはすでに明かりが点り、掃除が始まっていた。

昇平は井戸端に走った。

惣三郎は道場に入ると、棟方新左衛門、伊丹五郎兵衛や住み込みの門弟たちの拭き掃除に加わった。

十余人が力を合わせての掃除だ。瞬《またた》く間に終わった。

瞑想のあと、いつもの日課が始まった。

溝上張蔵が襲われた一件はすでに知らされていた。それだけにその朝は一段と緊迫しての稽古が続いた。

石見銕太郎も瞑想の刻限から指導に加わっていた。

通いの門弟たちが三々五々集まってきて、道場はいつもの熱気を取り戻した。

「せ、先生」

若い門弟の一人が血相を変えて、石見銕太郎の下《もと》に走ってきた。

「いかが致したな」

「ど、道場破りにございます」

「速水左馬之助が現われたと申すか」

「いえ、別人にございます」

銕太郎が惣三郎の顔を見た。

「偶然が重なったとも思えませぬな」

と銕太郎に答えた惣三郎が、

「浪人者かな」

と聞いた。

「武者修行の様子にて、礼儀を心得た人物にございます」

「通してよろしゅうございますかな」

惣三郎が許しを請い、鋏太郎が許した。

「止《や》め！」

という師範伊丹五郎兵衛の声に百余人の門弟たちが左右の壁際に下がった。そこへ若い門弟が壮年の武芸者を連れてきた。

衣服も幾星霜《いくせいそう》の旅暮らしを想起させて綻《ほころ》び、厳しい歳月を生き抜いてきた風貌は、物静かなものであった。腰には塗りの剝《は》げた黒鞘の大小を差し、手には枇杷《びわ》の木剣を携えていた。

すでに石見鋏太郎が上段の見所《けんぞ》に座していた。

「そこもとか、当道場にて立ち合い稽古をなさりたいとは」

「さよう。それがし、この十余年、武芸修行に廻国している鳥羽治助と申す。流儀は、以心流にござる」

以心流とは鈴木兵左衛門尉吉定が祖の剣で、居合いと剣、ともに得意とする剣法である。

「当道場では、立ち合い稽古は致さぬ。だがな、ちと理由があって、そなたを道場に招じた」

　鋉太郎の言葉にも鳥羽は平然として態度は変わらなかった。

「そなた、石見鋉太郎との立ち合いを所望か」

「いえ、出来ますことならば、客分で指南をなさっておる金杉惣三郎どのとの立ち合いが望みにございます」

「ほう、これは珍しき申し出かな」

　と呟いた鋉太郎が、どうするかという顔で惣三郎を見た。

　惣三郎は火付盗賊改方の与力が話していた刺客の名が鳥羽であったことを思い出した。

「鳥羽冶助どの、それがしが金杉惣三郎にござる」

　鳥羽は惣三郎に視線を向けた。惣三郎を初めて見る様子である。

「なぜそれがしとの立ち合いを望まれるか、お聞きしてよいか」

「金杉どのは世に隠れた剣客として、武芸廻国の者には名が知れており申す。さらに先の享保の大試合では、審判を務められた。無名の武芸者としては、なんとしても乗り越えねばならぬ壁にござる」

「それが立ち合いの理由か。他にござらぬな」

うっすらと髭《ひげ》が生えた顔を横に振った鳥羽冶助が、

「その他の理由とはいかに」

「当道場には一昨日も立ち合い所望の剣客が参った。さらには、その者、稽古帰りの門弟のふいを襲い、あたら命を奪い申した」

「……」

「続け様の立ち合いの背後に、だれぞ画策する者がおると考えておってな」

鳥羽の答えにはしばらく間があった。

「それがし、一人の望みにござる」

「ならば、立ち合いを致そう」

静かなどよめきが道場に広がった。

「ありがたき幸せ」

と頭を下げた鳥羽が、

「真剣にてもよろしゅうござるか」

と金杉惣三郎に迫った。

今度は、はっ、と息を呑む音が一座から響いて重なった。

「鳥羽どの、立ち合い稽古に真剣は必要ございますまい」

「臆されたか、金杉どの」

「道場は血で無闇に汚《けが》していいものではあるまい」

「ならば、木剣試合をお願い致す」

木剣も当たり所によっては死を招く。

惣三郎は鳥羽の炯々《けいけい》たる視線を受けて、

「承知した」

と答えた。

「石見銕太郎が審判を致す。両者、よろしいか」

「お願い致します」

「承知」

惣三郎と鳥羽が答え、立ち合いの仕度を始めた。

鳥羽冶助は、背にしていた道中嚢《のう》を下ろし、道中羽織を脱ぐと丁寧に畳む。大刀を抜いて荷をまとめ、道場の片隅に置いた。

石見以下、道場の門弟たちが道場破りの一挙一動を見詰めていた。

鳥羽冶助は、落ち着き払ったものだ。

その姿は幾たびも修羅の場を潜り抜けて生きてきたことを物語っていた。

石見鋏太郎が白扇《はくせん》を手に道場の中央に立った。

鳥羽が枇杷の木刀を左手にして立ち上がった。

惣三郎は手に馴染んだ木剣を右手に持っていた。

惣三郎は、鋏太郎に会釈すると床に座した。

鳥羽治助もまたそれに従った。

「立ち合いは一本勝負、すべて、それがしの命に従っていただく。ご両者、承知じゃな」

「はっ」

「畏《かしこ》まってござる」

二人の対戦者が立ち上がった。

鳥羽は、枇杷の木刀を腰の帯に差し込んだ。

以心流得意の技を始めると宣言したようなものだ。

惣三郎は木刀を下段に、切っ先を左前の床にたらすように寝かせた。

秘剣寒月《かんげつ》霞《かすみ》斬《ぎ》り一の太刀の構えである。

間合いは二間（約三・六メートル）。

石見銕太郎が差し出した白扇を引くと、

「勝負！」

凛《りん》とした声で試合の開始を宣した。

鳥羽冶助は、両足を開き気味にして、腰を沈めた。

左手は木刀の柄元あたりを軽く摑《つか》み、右手は右の腰に付けられていた。

惣三郎は長身の背筋を伸ばして、地擦《じず》りの構えで不動になった。

石見道場は今やせきとして声もない。

深山幽谷《しんざんゆうこく》の夜明けのように仮死の世界から生へと移り変わる時をただ待っていた。

時が止まったように静寂が支配した。

鳥羽冶助の腰がいつの間にか沈降していた。

「おおっ！」

鳥羽が気合いを発すると、道場の床に両の足を吸い付かせたように走った。走りながら、右の腰に当てられていた手が動き、木刀を抜き上げた。

流れるような動きだ。

惣三郎は、鳥羽の動きを見定めて寒月霞斬り一の太刀を起動させた。
間合いが一気に切られ、鳥羽の木刀が金杉惣三郎の腰から胸に襲いかかった。
同時に惣三郎の木刀が弧を描いて伸び、襲いきた鳥羽の木刀を撥《は》ねた。
居合い抜きを外された鳥羽は、惣三郎のかたわらを走り抜けると素早く反転した。
枇杷の木刀が八双《はっそう》に立てられ、次なる攻撃の準備にかかる。
鳥羽治助の顔が歪《ゆが》んだ。
なんと金杉惣三郎は、木剣をすでに反転させて、踏み込みながら、振り下ろしていた。
寒月霞斬り二の太刀
である。
鳥羽は、八双の木刀を振り下ろした。
が、一瞬早く惣三郎の木剣が肩口を叩いていた。
「勝負あり！」
石見銕太郎の声が響き、場内にどよめきが起こった。
金杉惣三郎が後退すると木剣を引いた。

鳥羽治助も一瞬遅れて木刀を引き、床に座した。

「参りました」

鳥羽の声には、潔《いさぎよ》さがあった。

「修行のやり直しにございます」

鳥羽治助は、石見銕太郎と金杉惣三郎に一礼すると、荷を両手に抱えて、道場から玄関へと退場した。

その背を惣三郎が追った。

玄関先で身なりを整え、草鞋を履く鳥羽の背が細かく震えていた。

金杉惣三郎は玄関口に座した。

ようやく振り向いた鳥羽が、

「それがし、未熟を思い知らされてございます」

と吐き出すように言った。

「勝負は紙一重にござる」

鳥羽が顔を横に振り、

「金杉惣三郎どの、気をつけられよ。そなたを狙《ねら》う者が次々に刺客を放ってこよう」

「これまでもあったことにござる」

鳥羽が惣三郎の顔を改めて見て、

「そなたは……」

という言葉を漏らすと、

「金杉どのの真の敵は尾張柳生《やぎゅう》にござる、気をつけられよ」

と言い残すとまだ明けきらぬ門を潜って、西久保通りへと走り出た。

その日も朝から花火の房之助や信太郎《しんたろう》ら手先たちが寒風に抗して江戸じゅうを走り回り、甲源一刀流の速水左馬之助のねぐらを探し回ったが、その姿は摑めなかった。どうやら探索は、年を越しそうな具合だった。

二

大晦日の夕刻、西村桐十郎は与力牧野勝五郎《まきのかつごろう》の前に平伏していた。

本来、同心は与力の指揮下に入った。だが、隠密廻り、定廻り、臨時廻りの三同心にかぎり格別に奉行下に就いた。とはいえ、一代かぎりの習わしは習わしとして、与力の家で挨拶の儀が催された。

「牧野様、新年十五日はよろしくお願い申し上げます」

牧野は、桐十郎と野衣との祝言の仲人《なこうど》であった。

「お奉行直々の命ではいかんともし難い」

と言いつつも牧野の顔が綻んでいた。

牧野が大岡から西村桐十郎の祝言の月下氷人《げっかひょうじん》を務めよと命じられたのは一月《ひとつき》も前のことだ。

「ともかく、うちの奥方が張り切っておる」

牧野が苦笑いすると噂の奥方のお園《その》が膳を抱えて、姿を見せた。

「西村どの、仕度は滞《とどこお》りなく進んでおられますか」

「それがしは、花婿というには歳を食っております。それに野衣どのも再婚にござれば、内々に質素が一番かと考えております」

「そなたの祝言はお奉行も気にかけておられます。そんな地味なことでどうなさるんです」

お園の張り切りように男二人が顔を見合わせた。

「ここはじっくりお園が心得を説いて聞かせますゆえ、お覚悟なされ」

牧野勝五郎が吐息を漏らした。

荒神屋ではこの日は朝から大掃除をして、親方から餅代が配られ、早仕舞いをした。

大川端からの戻り道、金杉惣三郎は、花火の房之助親分の家に立ち寄った。

玄関には、すでに注連飾《しめかざ》りがつけられていた。戸を引き開けると、玄関座敷に鏡餅《かがみもち》が飾られてあった。鏡餅の上には昆布《こんぶ》、串柿《くしがき》、橙《だいだい》が載せられていた。

あとは正月を迎えるばかりだ。

「金杉の旦那、今年の仕事は終わったかい」

三児が顔を覗《のぞ》かせた。格好から見て、三児たちも見回りから戻ったばかりのようだ。

「なんとか終わった」

居間に行くと房之助が茶を喫しようとしていた茶碗を長火鉢に置いた。

「車坂の一件、聞きましたぜ」

「知っておられたか」

「石見先生が直々にいらして、どうやら尾張の刺客のようだと耳打ちされました」

金杉惣三郎は、玄関先での鳥羽治助との会話を石見銕太郎だけには知らせていた。

「西村の旦那にお知らせすると、大岡様の身辺に気を配らねばなるまいと早速織田様に知らせに走られました」

「ひとまず安心だな」

「どうです、一杯、飲んでいかれますか」

「年の瀬の挨拶にめ組と冠阿弥に立ち寄ろうと思うでな。酒は新年に致そうか」

金杉惣三郎は一年の交情の礼を述べて、敏腕の岡っ引きの家を辞去した。

その後、め組、冠阿弥と挨拶をして芝七軒町の長屋に戻ると、みわが井戸端にぼうっと佇《たたず》んでいた。

「みわ、いかが致したな」

「……父上」

われに返ったみわは狼狽《ろうばい》の様子を見せた。

「兄上はどうなさっているかと思うておりました」

兄を思う気持ちを父に見られて驚いたというのか。

惣三郎は違和感を覚えた。が、年頃の娘のことだ、問い直そうとはせずに言った。

「清之助は、何処《いずこ》の地で新年を迎えるのであろうかな」

「武者修行とは申せ、葉月さんにも文《ふみ》を出してはならぬなどと理不尽《りふじん》にございます」

みわの語調は思いのほかに強かった。

惣三郎は、

「おや」

と思った。

みわが葉月の名を出したからだ。

「格別、家族や知り合いに文を出してはならぬという決まりはない。だがな、文を認《したた》めると、どうしても里心が生じよう。厳しい修行に迷いを起こさぬように清之助も頑張っておるのであろうよ」

と言ってから、

「部屋に入ろうか」

みわと二人して、長屋の戸を開けた。

「お帰りなさいませ。一年、ご苦労様にございましたな」

しのが台所から声をかけてきた。

「どうやら終わった」

「お酒の仕度がしてございます。一年の疲れをお取りくだされ」

結衣が奥から出てきて、父親の大小を受け取った。

「今日、葉月さんが挨拶に見えました」

みわが井戸端で葉月の名を持ち出したのは、それがあったからか。

「うちにも文が届いてないことを知らされて、ちょっとがっかりなさっておりましたよ」

「どこでどう年を越しておりましょうかな」

しのも会話に加わり、葉月が鯛《たい》と角樽《つのだる》を届けてくれたと言った。

「清之助も幸せ者であるな。こうも沢山《たくさん》の家族や知り合いに心配をされて」

「そうではございましょうが、元気と一言だけ知らせてくれればよいものを……」

としのが呟《つぶや》く。

しのは大試合の夜に清之助が武者修行に発《た》ったと聞かされ、泣き崩れたものだ。その後数日は、腑抜《ふぬ》けのように先祖の仏壇の前で祈り暮らしていた。

そんなしのを見かねた惣三郎が、

「そなたが清之助を心配致すのは分からぬではない。だがな、それでは身が保たぬ。そなたが病に伏せることにでもなれば、清之助も落ち着いて修行ができまい。みわも結衣もそなたを頼りにしておるのだ。そのことを忘れてはならぬ」

と叱《しか》ったものだ。

清之助とみわは、しのが腹を痛めた子ではない。惣三郎と先妻のあやめの間に生まれた子であった。

しのは、実の娘の結衣よりも清之助とみわに心を砕こうとするところがあった。

「またまた母上の繰《く》り言《ごと》が始まりました」

結衣に言われて、しのもそれ以上の言葉は返さなかった。

惣三郎が火鉢の入れられた座敷に座すと、みわが茶を入れてきた。

「父上、いつまで荒神屋様の帳簿付けをなさるおつもりにございますか」

切り口上で述べたみわの言葉にふいを衝《つ》かれた惣三郎は、しばし返答に窮した。

老中水野家の剣術指南の役料が年の瀬に出た。

用人の話では、六月と十二月の二回二十五両ずつ出るということであった。すでに仕度金も出ており、親子四人が慎ましやかに暮らす分には、荒神屋の仕事をせずともなんとかなった。

「父が火事場始末で働くのは嫌か」

「いえ、そのようなことは思いませぬ。ですが、父上も段々と歳を取っていかれます。朝早くから一日じゅう働かれるのは、きつうございましょう」

「みわがそのような心配まで致してくれるようになったか。ありがたいことだぞ、しの」

惣三郎は笑みを浮かべた顔をしのに向けた。

「ほんに大きくなりました」

「母上も父上も真剣に答えてくだされ」

惣三郎はいつになく思いつめたみわを見返すと、

「みわ、結衣もよい機会かもしれぬ、よく聞きなされ。父が、冠阿弥どのの火事場で荒神屋の喜八親方に会ったのは、宝永六年五月のことだ。今から十二年前の、とある明け方であったか。父は参勤交代の行列から一人離れて、江戸に戻ったばかり、懐にはその日のめし代もなかった。その急場を救ってくれたのが、荒神屋の喜八親方や冠阿弥膳兵衛《ぜんべえ》どのやお杏どのだ。皆様の親切がなければ、父はお役目も果たせなかったであろうし、今の父もない」

惣三郎は言葉を切ると、みわを諭《さと》すように言い足した。

「あのときに得た縁を大事にして生きたいのだ。わしが少しでも役に立つうちは、大川端に通いたいし、喜八親方や松造どのと交友を続けて参りたいと思うておるのだ。清之助が将軍家上覧の大試合に出られたのは、あの夜明けがあったからだ。分かるな」

「はい、結衣は分かります」

結衣が頷いた。

みわが父の顔を見詰めてしばらく黙っていたが、訊いてきた。

「父上はもはやご奉公にお戻りにならないのでございますか」

「屋敷勤めか。父は、市井《しせい》の暮らしが性に合うように思う。そなたらには苦労をかけるが、清之助やそなたらの行く末を町家に住まいながら見届けることにしたいのだ」

みわにも結衣にも、将軍吉宗の密偵として町奉行大岡忠相の下にあることを話したことはない。以心伝心、父親が豊後相良藩を離れた理由や裏長屋暮らしを続けねばならぬ事情を理解するときがくると信じていたからだ。

「みわは父が侍屋敷に住まい、裃《かみしも》を着て出仕する暮らしが望みか」

「いえ、そうは思いませんが……」

その夜のみわは、心に悩みを抱えているようであった。

(どうしたものか)

惣三郎が考えを巡らそうとしたとき、長屋に足音が走り込んできた。引き戸が開けられ、顔を覗かせたのは鍾馗の昇平だ。

「昇平、いかがした」

「鳥羽冶助って道場破りが殺されたぜ!」

昇平の目がみわに行った。が、すぐに惣三郎に戻された。

「夜回りに出てさ、新網北町《しんあみきたちょう》と新網南町の間を流れる堀で、旅仕度の侍がうつ伏せになって浮かんでいるのを見つけたんだ。引き上げてみたら、今朝方、師匠に打ちのめされた鳥羽って道場破りじゃないか。おれはよ、びっくりしたのなんのって」

「花火の親分には知らせたか」

「仲間が走っていらあ」

よし、と言って惣三郎は、みわの顔を見た。

どこか不安を抱いた顔が気になったが、

「すまぬが、出かけて参る。除夜の鐘までには戻ってこられよう」

結衣が大小を運んできて、しのが、

「綿入れを着ていかれませ」

と羽織の下に袖なしを着せかけた。

狭い玄関口に立つ昇平が小さな声でみわに、

「みわ様、芝浦のことをまだ怒ってなさるか」

と聞いていた。

「昇平さんの仕事は火消しです。なにを差し置いても駆けつけるのが務め、そんなこと怒ってなんかいません」

「それを聞いて安心したぜ」

昇平がほっとした顔で、

「みわ様が怒っているかと思ってよ。おれ、心配していたんだ」

と正直な気持ちを吐露《とろ》した。

「待たせたな、参ろうか」

惣三郎は、草履《ぞうり》を突っかけると高田酔心子兵庫《たかだすいしんしひょうご》を腰に落ち着けた。

「お気をつけていってらっしゃいませ」

しのの言葉に送られて惣三郎と昇平は大晦日の夜に走り出た。


増上寺の参道から東海道に出て品川宿へと向かうと、数丁で新堀川《しんぼりがわ》に架かる金杉橋に差し掛かる。

相模小田原藩《おだわらはん》の上屋敷、紀州和歌山藩《わかやま》の下屋敷、陸奥二本松藩の蔵屋敷に三方を囲まれて広がるのが南北の新網町だ。

昇平の案内で惣三郎が現場に到着したとき、ほぼ同時に花火の房之助親分、信太郎ら手先が姿を見せた。

「えらいことが起きたようだな」

「年の瀬も押し詰まって、なんてことですかねえ」

房之助が言い、提灯《ちょうちん》の明かりを死体に向けさせた。

鳥羽治助の死体は、この堀端の石垣にへばりついて浮いていたという。

それをめ組の連中が河岸に引き上げていた。近くの番屋から戸板と筵《むしろ》を持ってきて、亡骸《なきがら》はその上に載せられていた。

花火の房之助と金杉惣三郎は、戸板の上の鳥羽の亡骸を挟んで膝をつき、向き合った。

「これは……」

さすがの花火の親分も言葉を失った。

それほど冶助の全身は何十箇所と斬り刻まれ、滅多突きにされていた。だが、顔は、眉間に二箇所掠《かす》り傷《きず》が残っているだけで、きれいなものだった。

鳥羽は多勢の相手に一歩も退かずに奮戦したようだ。その腰には脇差と大刀の鞘だけが残されていた。

「金杉様、今朝の道場破りに間違いございませんか」

「鳥羽冶助どのに間違いござらぬ」

金杉惣三郎は、膝をついた姿勢で合掌《がっしょう》した。

武芸者は、朝生《あした》あるといえども夕べに首《こうべ》を晒《さら》すのは覚悟の上、と惣三郎は考えてみた。だが、あまりにも理不尽な所業だ。

その間に房之助が鳥羽の持ち物を調べた。

金子《きんす》が二十三両ばかり入った財布も旅の道具を収めた道中嚢もそのままであった。

「どう考えられますな」

「車坂の道場破りに失敗《しくじ》ったために嬲《なぶ》り殺しにあったようだな」

「まあ、そんなところでございましょう」

房之助が応じ、

「鳥羽様の腕前はなかなかのものでございますか」

と惣三郎に聞いた。

「まず、江戸でも屈指の腕前と見た」

「その鳥羽様をこうやって仕留めるには、尾張柳生の連中は、何人がかりでしょうかな」

「刀傷、槍傷、諸々の傷から考えても七、八人は手練《てだ》れの者を要したであろう。間違いなく鳥羽どのは必死の抵抗を試みられた。そのせいで大刀の刃が曲がって、鞘に納められなかったのではないかな」

房之助が新しい傷が付けられた鞘を見た。

「鳥羽どのの反撃で相手方にも怪我人が出たやもしれぬな」

花火の房之助がしばし沈黙して考えていたが、

「大晦日の夜とはいえ、槍を使って騒ぎにならない場所はどこですかねえ」

「まずは大名家の屋敷内か」

「金杉様、浜御殿の北側には、尾張様の蔵屋敷がありますぜ」

築地川《つきじがわ》と海に囲まれて、尾張中納言《ちゅうなごん》の蔵屋敷、二万八千余坪が広がっていた。

「なんとも言えないが、まずはそこいらあたりか」

「相手方に怪我人が出たとしたら、医師の出入りがございましょう。そのあたりから、探ってみましょうか」

「大晦日というのにご苦労だな」

「この商売ばかりは、大晦日も正月もありませんや」

房之助は、番頭格の信太郎を呼んで、尾張中納言の抱え屋敷に医師の出入りがあったかどうか調べろと命じた。

「鳥羽どのの亡骸はどうしなさる」

「まずは南茅場町《みなみかやばちょう》の大番屋に運び込みます」

と言った房之助が、

「金杉様、こう押し詰まっては動きようもございませんや。しの様の下にお帰り下さい」

「そうだな」

惣三郎は、朝方対戦したばかりの剣客に再び合掌して冥福《めいふく》を祈った。

鍾馗の昇平が三児らを助けて、鳥羽の亡骸を南茅場町まで運んでいくことになった。途中まで同道した惣三郎は、房之助と肩を並べ、

「親分、かような場所でよい年をというのも白々しいが、享保七年（一七二二）がよい年であることを願っておりますぞ」

「わっしの方は変わりなさそうだ。だが、西村の旦那には、弁才天《べんざいてん》のご入来だ」

西村桐十郎は野衣との祝言を控えていた。

「そうであったな、正月十五日であったか」

「それまでには、すっきりしておきたいものです」

惣三郎は鳥羽の亡骸に従うという房之助親分らと浜松町《はままつちょう》の辻で別れた。

惣三郎は七軒町への道を遠回りして、かがり火が静かに焚かれる芝神明社に足を向けた。

除夜の鐘まであと半刻（一時間）あまり、新玉《あらたま》の年を迎える神社には人影もなく、荘厳な気配が漂っていた。

金杉惣三郎はまず、鳥羽冶助の魂《たましい》の平穏を、次に金杉清之助の武運を、そして、最後に家族の安寧《あんねい》を祈って参拝した。

芝の神明社から七軒町へ抜けようとしたとき、一つの影が金杉惣三郎を待ち受けていた。

三

両腕を組んだ背に羽織がかけられ、どうやらその下は襷《たすき》がけのようだ。足拵《あしごしら》えも厳重で木綿《もめん》足袋《たび》に武者草鞋を履いていた。

「どなたかな」

「柳生六郎兵衛厳儔様四天王の一人、沢渡鵜右衛門《さわたりうえもん》」

「柳生六郎兵衛《ろくろべえ》様とは、先の大試合にて天下一の名誉を得られた達人か」

「他に同名などあろうか」

「六郎兵衛どのの門弟衆が何用あって、金杉惣三郎をかような刻限に待ち受けられる」

「白々しいとはそのことよ」

「この金杉惣三郎、なんとも理解がつきかねる」

「大試合の当夜に刺客を放つ畜生らしき言葉かな」

「いささか誤解をなさっておるようだな。それがし、六郎兵衛様に刺客など放った覚えはないが……」

惣三郎は沢渡が奇怪なことを言い出したものかなと首を傾げた。

「問答無用」

沢渡は、惣三郎の斟酌《しんしゃく》など無視して、羽織を脱ぎ捨て、剣を抜いた。

「沢渡どの、かような仕儀を六郎兵衛どのは承知か」

「亡くなられたわ！」

「なんと」

惣三郎は呆然と立ち竦《すく》んだ。

（なぜ天下一の達人が急逝《きゅうせい》したか）

沢渡が踏み込むと同時に脇構えにつけた剣に円弧を描かせつつ、胴に伸ばしてきた。

惣三郎はかろうじて飛び下がり、避けた。

ただの刺客ではない。尾張柳生の門弟と名乗って襲いきた刺客だ、出来ることなら誤解を解いて戦いを避けたかった。

だが、沢渡は上段に振り上げた剣を惣三郎の肩を狙って斬り込んできた。

切っ先が肩口を掠めて羽織を斬り裂き、しのが着せてくれた綿入れに達した。

惣三郎は飛び下がりながら、高田酔心子兵庫を抜いた。

なんとしても誤解を解きたいと思ったが沢渡の踏み込みは鋭く、素手で避け得なかった。

「沢渡どの、いま一度それがしの話をお聞きあれ」

それでも惣三郎は繰り返した。

「この期《ご》に及んで問答無用！」

このとき、惣三郎は闇の中に見届け人が潜んでいることを察知した。

(仕方なし)

剣者の宿命、生死を賭《と》するほかはなかった。

金杉惣三郎は、豪剣のかます切っ先を独創の地擦り、寒月霞斬り一の太刀に置いた。

沢渡鵜右衛門は、正眼に剣をとった。

遠く神明社のかがり火が沢渡の顔を照らした。

年の頃は三十前後か。

身のこなし、剣捌《けんさば》きは、沢渡が剣一筋に没頭してきたことを示していた。

間合いは一間半（約二・七メートル）。

二人は数呼吸睨み合った。

かがり火を背負っているのは惣三郎だ。

顎《あご》の張った沢渡の顔を明かりが照らし、揺れた。

その直後、沢渡は、地を這《は》うように攻撃を仕掛けてきた。

この期に及んでも惣三郎は、心を定めきれないでいた。それが対応を甘くした。

沢渡は、地から擦り上がる寒月霞斬り一の太刀を避けて、惣三郎の内懐に踏み込み、正眼の剣を引き付けて左肩を斬撃《ざんげき》した。

惣三郎の剣士の本能が右斜めに体を飛ばしていた。

肩に痛みが走った。

綿入れが致命傷になることを防いでくれた。

体が入れ替わり、二人は反転した。

痛みが生への執着を蘇らせた。

秘剣の地擦り一の太刀に再び置いた。

沢渡鵜右衛門は、高々と上段に剣を構えた。

二人は知っていた。

次なる攻撃でどちらかが斃《たお》れることを。

「おおおっ！」

沢渡が腹の底から絶叫すると突進してきた。

上段の剣が迷いなく振り下ろされた。

惣三郎も踏み込んだ。

豊前の刀鍛冶《かたなかじ》高田酔心子兵庫が鍛えたかます切っ先が、かがり火を背後から受けて煌《きらめ》き、大きな放物線を描いた。

それは、沢渡が想像もし得ない力で伸び上がってきて、上段の剣を振り下ろしつつ飛び込んできた下半身を存分に撫《な》で斬った。

ううっ、
沢渡の体が惣三郎の左手に翻筋斗《もんどり》を打って転がった。

そして、地面に倒れ込んだとき、死の痙攣《けいれん》が沢渡鵜右衛門を襲っていた。

惣三郎は、戦いの場から退《しりぞ》きながら、闇に潜む仲間の新たな攻撃に気を配った。

七軒町の通りに出て、

ふうーっ、

と荒い息を鎮めるように深呼吸をした。

血振りをくれた剣を鞘に戻し、

（なにが尾張柳生に起こったのか）

そのことを考えていた。

金杉惣三郎は、剣客のあくなき闘争欲とその果ての無常を感じつつ、沸《わ》き立つ血潮を鎮めようとした。

そのとき、増上寺の切通しの鐘が享保六年に別れを告げて殷々《いんいん》と打ち出された。

肥後国熊本城下外れの洞窟《どうくつ》、霊巌洞において座禅を組みつつ、享保七年を迎える時鐘に耳を澄ます若者がいた。

十九歳になったばかりの金杉清之助宗忠だ。

雲巌寺《うんがんじ》の住職に許しを得た清之助は、大晦日の夕べから参禅修行に入っていた。

剣聖宮本武蔵が『五輪書』を書き上げた霊巌洞に座しつつ、生涯六十余度の決闘をことごとく制した武蔵の言《こと》の葉《は》を脳裏に思い描いていた。

「心を広く直にして、きつくひっぱらず、少しもたるまず、心のかたよらぬやうに、心をまん中におきて、心を静にゆるがせて……」

剣者が説く思想は、若年の清之助には、

「易《やさ》しくも難しい」

ものであった。

生死の間境《まざかい》を生きる剣士は、無用に心を緊張させることがあってはならず、同時に弛緩《しかん》することもならず……頭で理解することは易しく、実践は難しいものであった。

清之助は、座禅において武蔵の心に少しでも近付こうとした。

時がゆるゆると流れ、寒気が清之助の身にまとわりついた。

だが、山野に伏す修行を繰り返してきた清之助は、微動もしなかった。

黎明《れいめい》の刻《とき》が瞑想する清之助の心に映じたとき、清之助は、座禅から立ち上がった。

立ったままの姿勢で痺《しび》れ切った五体に血が通うのを待つ。心の臓からとくとくと血が流れ出て、痛みを覚醒させた。それが生きてこの世にあることの証《あか》しだった。

清之助は、緩やかに体を動かし始め、全身に血流が行き渡ったのを知ると、父が与えてくれた新藤五綱光を手にした。

刃渡り二尺七寸三分の剣を腰に差し戻す。

洞窟からほど近い座禅石に向かうと、その上で新年の冷気を胸に吸い込んだ。

両の足を肩幅より広く取り、呼吸を調《ととの》えた。

瞑想するように瞼《まぶた》を緩く閉じた。すると脳裏にめらめらと燃える蠟燭《ろうそく》の炎が映じた。

清之助は、腰を沈めた。

利き腕の右手がだらりと垂れる。腕には力みなく弛緩なく、脳裏は深山幽谷の中にある池の水が時を得て、渓流へと流れ下ろうとする直前の様相を思い描いていた。

ふいに清之助の手が鮫革巻《さめがわまき》の柄に走り、音もなく抜き上げた。

新玉の冷気を裂いて光が真横に走った。

二尺七寸三分が描く円は、どこか無限の弧を想起させてのびやかに疾《はし》った。

蠟燭の炎が刃によって横真一文字に斬り裂かれ、新藤五綱光は炎の剣と変化した。さらに炎を振り払うように刃は、虚空へと振り抜かれ、消えた。
一瞬後、清之助の頭上に綱光がきらめき、朝の光を浴びて、垂直に振り下ろされた。
霜夜炎返《そうやほむら》し
の秘剣であった。が、未だ清之助は掌中のものにしていなかった。

金杉惣三郎が家に戻ると、しのだけが帰りを待って起きていた。

「お帰りなさいませ」

と言いながら、しのは惣三郎の異変を捉《とら》えていた。

「わが家近くで刺客に襲われた」

「大勢にございますか」

「いや、一人であった」

惣三郎は羽織の下の綿入れ袖なしを見せて、

「そなたのお陰で命拾いした」

沢渡の切っ先は、それでも惣三郎の肩口を浅く斬り裂いていた。

「どなたが放った刺客にございますか」

「尾張柳生の高弟であった」

「尾張柳生がなんのためにそなた様に恨みを抱くのです」

「清之助と戦った柳生六郎兵衛どのが亡くなられたそうな。それを、わしが刺客を放っての仕業と勘違いなさっておるようだ」

「なんということでございましょう」

しのがそう言うと黙り込んだ。

「しの、手拭《てぬぐ》いをくれぬか。井戸端で水を浴びる」

「寒中にございます」

「血の臭いを漂わせて新年の朝を迎えとうない」

しのが頷《うなず》くと、手拭いと浴衣《ゆかた》と真新しい下帯を用意した。

惣三郎は井戸端に行くと、下帯一つになった。

力丸が不思議そうな顔で主の姿を見ていた。

桶《おけ》で水を汲み上げ、片膝をついた惣三郎は頭から静《しず》かに水を被った。

身を切るような冷たさが襲った。それが死闘の亢奮《こうふん》を鎮め、血と死の臭いを薄めていった。

さらに何杯も被るうちに体の芯からぽかぽかと温まってきた。

乾いた手拭いで体じゅうをごしごしとこすり上げて、下帯を替え、浴衣を着た。

「力丸、新年だぞ。おめでとう、今年もよろしくな」

飼い犬に言葉をかけて部屋に戻ると、しのが部屋を暖め、熱燗《あつかん》を用意していた。

「お腹も空《す》かれたでございましょう」

「そうか、夕餉《ゆうげ》は抜きであったか」

「年の最後の最後まで波乱に満ちておりましたね」

「これが金杉惣三郎の最後の生き方やもしれぬ。そなたらには心配をかけるがな」

「みわの言葉を気になさっておりますのか」

「気にせんといえば、嘘《うそ》になろう」

しのが銚子を差し出した。

惣三郎は杯で受けた。

「みわはなんぞ心に迷いを持っておるか」

そのことにございます、と答えたしのは、しばし考えた。いや、なにか、迷っていた。

惣三郎は酒を飲み干し、杯をしのに渡した。

しのが惣三郎の酌《しゃく》を両手で受けて、静かに口に含んだ。

「年頃の娘にございます。思い迷うこともありましょう。ですが、しのには見えませぬ」

「しの、われらに出来ることは注意深く見守ることだけだ」

「それでよろしいので」

「みわが迷いの中にあるなら、きりきりと迷うがいい。そのようにしてだれもが思慮を、分別を身につけていく」

「親は哀しくも寂しいものですね」

「そんな気持ちが親から薄れたとき、子が一人前になった証しであろうな」

しのが黙って、惣三郎の杯を満たした。

「清之助がわが手から離れ、次はみわにございますか」

「そういうことだ」

大晦日の夜、惣三郎としのは静かに酒を酌み交わした。

金杉惣三郎の親子は、芝神明社にお参りした。

わずか数刻前、一人の剣術家が倒れた場所は、何事もなかったかのように新年の参拝客を迎えていた。

沢渡鶴右衛門の亡骸を始末したものは、闇に潜んでいた見届け人だ。それは間違いなく尾張柳生の手のものであった。

一家は社殿に詣でて、家族の平穏と清之助の武運を祈った。

惣三郎は拝礼しながら、

(柳生兵庫助利厳《ひょうごのすけとしよし》様を祖とする尾張柳生を敵に回すことになるのか)

と考えていた。

一剣客の金杉惣三郎にとってあまりにも巨大な敵である。だが、それが誤解の上に成り立っているとしたら、

(解かずばなるまいな。そのためには……)

と思いを巡らせた。

「父上」

結衣が呼んだ。

「お一人で社殿に立ち塞がっておられたのでは、他の参詣の方がお参りできませ

ぬ」

「おおっ、これは失礼した」

惣三郎は慌てて、社殿の石段を下りた。

みわは父ら三人を待って、社殿の下にいた。

参道から三人の若侍が参拝にやってきた。

みわは真ん中の武士を見たとき、あの夜の若侍だと気が付いた。

竜紋織《りゅうもんおり》の小袖に羽織袴は山吹鼠《やまぶきねず》の同色で、それが白い、整った顔になんとも映えていた。

若侍は、ふと視線を巡らせてみわを見た。そして、訝《いぶか》しそうな表情を一瞬見せたあと、あの夜のことを思い出したか、笑みを浮かべて会釈した。

みわも慌てて会釈を返した。

朋輩《ほうばい》を伴った若侍は、みわのかたわらを通り過ぎた。

その一瞬、香の匂いが漂って、みわの鼻腔を射た。

(芝界隈の大名家に奉公なさっているのかしら)

着物からしても挙動からしても下級武士とも思えない。

みわは呆然と立っていた。

「姉上、どうなさいました」

結衣に声をかけられて、みわは慌てた。

「心ここにあらずという顔でしたよ」

「そんなことはありませぬ」

と言い返すみわの言葉に、力がないのをしのは見ていた。

（ひょっとしたら、会釈し合った若侍に恋心を抱いているのでは）

それならそれで、思案のしようもあると、しのは安心した。

「さてお参りも済んだ。冠阿弥様、め組と年賀の挨拶に参ろうかな」

これが例年の習わしだった。

江戸でも一、二を争う札差の冠阿弥はさすがに大店《おおだな》、三が日は休みだが、すでに大名家や旗本の江戸留守居役やら用人が挨拶にきていた。

徳川幕府が武家中心の体制を敷いて百年の歳月が過ぎ、武の世は遠くに去り、商の時代を迎えていた。

札差や両替商が江戸の武家社会の命運を左右するほどしっかりと根を張っていた。

正月元日から、武家の高級官僚たる留守居役や用人が挨拶にくるには、それなりの理由があったのだ。

金杉惣三郎の一家は、大旦那の膳兵衛や番頭の忠蔵《ちゅうぞう》に年賀の挨拶をすると、

「上がっていかれませぬか」

と引きとめられたのを遠慮して、め組に回った。

こちらは同じ町家といっても威勢といなせで鳴る火消しの家だ。堅苦しい武家は一人もいない。

「おめでとうございます。今年もよろしくお願い申します」

と玄関先で挨拶する金杉一家を、め組の姐《あね》さんのお杏が、

「さあさあ、上がったり上がったり」

と座敷に招き上げた。

広間を三つぶち抜いて、め組の火消し人足たちが顔を揃《そろ》え、その上、ほかの組の頭分が江戸町火消しの総頭取辰吉に挨拶に来ていたから、なんとも壮観で賑《にぎ》やかだ。

「おおっ、来なさったか。席はいつものようにこっちに設《しつら》えてあるぜ」

と辰吉が神棚のある居間に手招きした。

四

金杉惣三郎は、女たち三人をめ組に残し、老中水野忠之の屋敷を訪ねて家老の佐古神次郎左衛門《さこがみじろうざえもん》に面会を求めた。

元旦は、徳川一門、譜代《ふだい》大名が御礼登城をなす。だが、それも六つ半（午前七時）である。

ちなみに二日は外様《とざま》大名と御用達《ごようたし》商人、三日は諸大名の嫡子《ちゃくし》と江戸古町町人が年賀の登城をして、将軍家に拝謁《はいえつ》する。むろん旗本も禄高家格に合わせて、三が日に振り分けられて城に上がった。

佐古神も忠之の登城に従い、城中に上がったが、すでに上屋敷に戻っていた。用人から惣三郎の訪問を告げられた佐古神は、新年の挨拶にきたと思ったようだ。だが、内々の相談と言われて、はて何かと考えながら惣三郎と面会した。

「おめでとうございます、本年もよろしゅうお願い申し上げます」

「金杉先生、めでたいな」

と言葉を返した佐古神が、

「なんぞ火急の用事かな」

と聞いた。

佐古神は、金杉惣三郎が将軍吉宗の密命を受けて働いてきたことの詳細は知らないまでも、薄々とその秘密の任については推測していた。

「佐古神様、柳生俊方《としかた》様へのご仲介の労を願い奉《たてまつ》ります」

「正月早々、ちと奇異な話じゃな。それがしに事情を話されぬか」

佐古神は条件を出した。

吉宗によってただ一人抜擢《ばってき》された老中水野家の家老だ。高級官僚としての嗅《きゅう》覚《かく》はだれよりも優れていなければ、務まらない。

そのことは惣三郎も覚悟していたことだ。

「昨夜、尾張柳生の高弟に襲われてございます」

「なんとのう」

佐古神は、惣三郎の五体を改めて、安心した顔を見せた。

惣三郎は昨夜の戦いの経緯を語り、

「……沢渡どのは、柳生六郎兵衛様がそれがしの派遣した刺客に襲われ、亡くなられたと申しましてございます。むろん、それがし、柳生様へ刺客など差し向けた覚えなし、とすると尾張柳生とこの金杉惣三郎を相戦わせようとする何者かの仕業かと思い、まずは、六郎兵衛様の生死を確かめるのが第一かと考えましてございます」

「驚き入った話じゃな」

しばし沈思した佐古神次郎左衛門は、

「そなたは柳生様にお会いしてその事実を確かめたいと言われるか」

「はい」

「よかろう、文を書こう。この話が真実とするならば、享保の大試合の成果に傷をつけかねぬわ」

惣三郎を待たせた佐古神がその場で書状を認《したた》め、

「それにしても金杉どのは、年明け早々に風雲を招く御仁じゃのう」

と嘆息した。

惣三郎は、その足で大和《やまと》江戸柳生の当主、柳生備前守《びぜんのかみ》俊方を宇田川橋近くの上屋敷に訪ねた。

俊方は御城登城を済ませ、藩邸に帰宅していた。

佐古神次郎左衛門は、まず柳生家の江戸家老の三宅《みやけ》丹《たん》之丞《のじょう》に取り次ぎを頼んでいた。俊方との面会が叶《かな》うかどうかは、三宅次第だ。だが、三宅は金杉惣三郎のことを覚えていて、すぐに俊方に取り次いだ。

惣三郎の前に現われた俊方はほんのりと顔が赤かった。一門の面々との新年の宴の席を中座してきたようだ。

新年の賀を述べる惣三郎に、

「本日はどうなさったな」

と聞いた。

惣三郎は正直に昨夜の経緯《いきさつ》を告げた。

話を聞いた俊方が小さく呻《うめ》いた。

「尾張柳生がそのような暴挙を……」

「柳生様、尾張柳生の七代柳生六郎兵衛様がお亡くなりになったというのは真実にございますか」

俊方が頷き、

「まさか六郎兵衛が刺客に襲われて殺されていたとはのう」

と嘆息した。

尾張柳生は、大和江戸柳生と同じく新陰流柳生石舟斎宗厳《せきしゅうさいむねよし》を流祖と仰ぎつつも、石舟斎の長子の新次郎厳勝《しんじろうよしかつ》の次男として生まれた兵庫助利厳を尾張初代として、大和江戸柳生とは一線を画してきた。

平たく言えば、仲がよくない。それでも大和江戸柳生の当主には、六郎兵衛は病死と知らされていたか、あるいは俊方は別の筋から察知していたのだろう。

「金杉、そなたの願いの筋とはなにか」

「それがしと尾張柳生が相戦ったところでなんの益がございましょうや。これ以上、無益の死は避けとうございます。そのためには、真実を探ることが第一のことかと思い、元日を顧《かえり》みず参上した次第にございます」

「分かった。早々に手の者に調べさせる」

柳生俊方には、大名家の当主としての顔といま一つ、将軍家の密偵の長としての貌《かお》があった。俊方の下には優れた武芸者であり、忍びもつとめる者がいた。

俊方はその者たちを動かすと言っていた。

惣三郎は六郎兵衛の死を摑んだのも、この忍びの者かと納得した。

「柳生様、安堵《あんど》致しましてございます」

頷いた俊方に辞去の挨拶をしようとすると、

「尾張柳生の四天王と謳《うた》われた沢渡鵜右衛門を、そなたが倒したとはのう。この父にして、あの清之助ありか」

と嘆息するように呟き、

「そなたの用事は聞いた。次は余の命を聞け」

「柳生様の御用とは、なんでございましょう」

「正月じゃ、一門一党が集まっておる。顔を出してくれ」

と笑いかけた。


金杉清之助に正月もなにもない。

夜明け前からの参禅と独り稽古を淡々と続けていた。昼からの稽古が終わったのは、元日の夕暮れのことだ。

清之助は、座禅石から雲巌寺に戻るため林の道を抜けようとした。するとばらばらと野盗にも似た格好の武芸者七、八人が姿を見せた。

武蔵終焉《しゅうえん》の地には、諸国から武者修行の剣士たちが訪れ、中には路銀の工面《くめん》が付かない者、志《こころざし》を忘れた者たちが群れを成して山里に棲《す》み暮らしていた。

どうやらそんな類《たぐい》の者たちのようだ。

清之助は前後を囲まれて、足を止めた。

「なんぞ御用か」

「よく見れば小わっぱじゃぞ」

「腰の差し料を見ろよ、猪十郎《いじゆうろう》。まだ新しいや、なかなかの逸品と見たがねえ。脇差と一緒に叩き売れば、三両や五両になろう」

髭面《ひげづら》の二人の餓狼《がろう》が勝手なことを話し合った。言葉遣いからして東国者、それも偽侍のようだ。

「小わっぱ、懐の銭と刀を置いていけ。命は助けてやる」

「理不尽な申し出ですね」

清之助は、半身に構えつつ、前後の男たちを見た。

「こやつ、古今無双の剣客、野中左膳《のなかさぜん》様支配下のわれらに囲まれて、平然としておるぞ」

「大方、怯《おび》えて口が回らぬのではないか」

前に立ち塞がった者が四人、後ろを固めた男が三人、二人の野盗が薙刀《なぎなた》を持参していた。

「元日早々にございますぞ、武蔵様の終焉の地を汚してはなりませぬ」

「小わっぱ、流儀があるか」

「鹿島一刀流をいささか」

「常陸《ひたち》から参ったか」

と前に立つ頭分が言いかけて注意を引くと、後ろから襲いかかってきた者がいた。

薙刀を立てて持っていた巨漢が反りの強い刃を清之助の体に落としたのだ。

修羅場を潜って技と度胸をつけてきた手合いだ。

気配を感じたとき、清之助は長身の肩を丸めて身を捻《ひね》りながら薙刀の刃の下に飛び込んでいた。

木刀が唸《うな》って薙刀の柄を握る太い腕を叩き、さらに脇腹を打っていた。

力まかせの打撃ではない。だが、鞭《むち》がしなやかにしなるような攻撃は、二十余貫（約七五キロ）の体を横手に吹き飛ばして気絶させた。

「こやつ、やりおるぞ、殺せ！」

頭分が喚《わめ》き、前後から清之助を囲むように剣が抜かれ、薙刀が振り下ろされた。

清之助は動きを止めなかった。

慌てて剣の柄に手をかけた二人の肩口を木刀が襲い、倒していた。

清之助は背後から四人の刃が迫るのを意識しながら、倒れる二人の間を縫って前に走り、反転した。

形相《ぎょうそう》を変えた四人の先頭をもう一人の薙刀を持つ野盗が駆けてきた。

横手に倒されていた薙刀の刃が、
ぶうーん、
と唸って清之助の足を払った。

迅速《じんそく》な刃の動きは、優れた膂力《りょりょく》と腕力を想起させた。

だが、反りの強い刃が清之助の足を薙《な》ぐ直前に、清之助の体は虚空に浮かび、突進してきた男の顔に木刀を叩き込んでいた。

ぐにゃっ、
と相手の体が揺れて、倒れ込む。

着地した清之助は、三人の刃に迫られていた。だが、六尺二寸を超えた長軀《ちょうく》が寸余の間隙を走り抜けると、腕や足や腹部を叩かれた三人が次々に倒れていった。

一瞬の早業だ。

「三、四日は痛むかもしれませんぞ」

呻《うめ》く野盗たちに言い残した清之助は、あとも見ずに雲巌寺への帰路についた。

正月二日の金杉惣三郎は、多忙を極めた。

夜明け前、まず水野邸の屋敷の道場に駆けつけ、家臣五十余人たちとの初稽古に汗を流した。

それが一刻半（三時間）ほど続き、

「先生、この後は新年の宴にございます。ぜひともご参加くだされ」

佐々木治一郎らの誘いを固辞して、今度は車坂に駆けつけた。

ここでも二日から稽古が始まっており、大勢の門弟たちが集まっていた。

惣三郎はなんとか稽古に間に合った。とはいえ、暁闇からの稽古はすでに二刻（四時間）も続いていた。

金杉惣三郎は、

「先生、一手お願いします」

という弟子たちの申し出に応え、最後に鍾馗の昇平の面撃ちを受けた。

昇平は、元旦の酒を抜こうと思ってのことか、必死の形相で打ちかかってきた。

た。

「止め！」

師範の伊丹五郎兵衛の声が響いたとき、四つ（午前十時）を大きく回ってい

八十人ほどの門弟たちが左右の板壁に引き、上段の間には石見銕太郎が、その下の板の間には金杉惣三郎、棟方新左衛門、伊丹五郎兵衛ら、客分の剣士や師範が控えた。

「先生、お願いの儀がございます」

五郎兵衛が石見銕太郎に言った。

「正月にございます。先生と金杉様の模範稽古をぜひともお願い申します」

一座たちの間に静かなどよめきが起こり、

「五郎兵衛め、老体に鞭打つつもりですぞ」

と惣三郎に笑いかけた銕太郎が立ち上がった。

惣三郎も応じた。

木刀を手にした石見銕太郎と金杉惣三郎は、静かに対座すると一礼した。

道場には、水を打ったような静けさが支配した。

立ち上がった二人の打ち込み稽古は、

「流麗」

という言葉そのままに淀《よど》むところを知らずに攻撃し、防御し、攻守ところを変えてさらに打ち合った。

どこにも無駄なく、力みが見えない。それでいて、一片の弛緩《しかん》も感じられなかった。

精緻《せいち》な技の連鎖と攻防は、剣の奥義《おうぎ》に到達した者のみが発する神気を放ち、見るものを陶然《とうぜん》とさせた。

二人は、阿吽《あうん》の呼吸で木刀を引き、再び対座して、静かに頭を下げ合った。

静かな感動が道場に溢れた。

「ありがとうございました」

感に堪えないような顔の伊丹五郎兵衛が門弟を代表して礼を述べた。

「ささっ、この後は新年の宴にございますぞ」

五郎兵衛の言葉に、道場が稽古の場から祝宴の場へと模様替えされた。

その間、鍈太郎と惣三郎は奥座敷に下がって、鍈太郎の妻女が点《た》てた抹茶《まっちゃ》を馳走になった。

「金杉どの、年の暮れになんぞ異変がございましたかな」

銕太郎が聞いた。

「石見先生には隠し事はできませぬな」

年の瀬も押し詰まった刻限に襲われた一件と、柳生俊方に会った経緯を語った。

「なんと尾張柳生が金杉どのに刺客を送ってきたか。それにしても柳生六郎兵衛どのを倒す刺客などこの世におろうか」

柳生六郎兵衛は、享保の大試合の勝者なのだ。しばらく沈思していた銕太郎が、もしや……と言い出した。

「ほれ、大試合の夜の一件に関わりがあるやもしれませぬぞ。清之助がわが家を深夜、密かに出た。その夜明けに増上寺の切通しで一条寺《いちじょうじ》菊小童《きくこどう》の亡骸が発見されましたな。花火の親分は、清之助を待ち受けていた菊小童と清之助が相戦った結果ではあるまいかと推測しておりましたな、あの推量が当たっていたのではありませぬか」

眉目秀麗《びもくしゅうれい》だが口が利けない異端の剣客、一条寺菊小童は、何度も金杉惣三郎と清之助親子を付け狙い、討ち果たせないでいた。

あの夜に密やかな戦いが行なわれたか……。

身寄りもない菊小童の亡骸は、町方の取り調べの後、増上寺末寺の無縁墓に埋葬された。

「菊小童は享保の大試合の決着がついた夜のうちに決勝に残った二人、六郎兵衛どのと清之助を襲い、六郎兵衛どのは仕留めた。だが、清之助には反対に打ち倒されたと考えたら、いかがかな」

享保の大試合に出られなかった菊小童は、二人を倒すことによって密かに、

「天下一」

の称号を得たかったのか。

「石見先生、その菊小童を送り込んだのがそれがしと、尾張柳生は考えられたと申されるか」

「俊方様が尾張柳生から六郎兵衛どのの死に様を聞き出せれば、それがしの推量が当たっておるかどうか、裏付けられよう」

鋏太郎の考えに惣三郎が頷いたとき、

「新年祝いの席が出来ましてございます」

と五郎兵衛が呼びにきた。

第三章　桐十郎《とうじゅうろう》の祝言《しゅうげん》

一

金杉惣三郎が老中水野忠之の江戸家老佐古神次郎左衛門に呼ばれたのは、正月五日の夕刻のことだ。

荒神屋の仕事を早めに切り上げ、七軒町の長屋に戻った惣三郎は、しのに髪を結い直してもらい、羽織袴に着替えた。

「気にかかることがございます」

しのが言い出したのは、惣三郎の仕度がほぼ整った時分だ。

惣三郎がしのを振り向いた。

「みわのことにございますが、ひょっとしたらだれぞを好きになったのやもしれませぬ」

「ほう、それは……」

惣三郎は、そういえば、昇平に元気がないなと思いながら、

「だれぞ、思い当たるか」

「はい。新年のお参りに神明社に行きました折り、みわが大名家のご家臣と思える若侍と会釈を交わしましたのを見ました」

「気が付かぬことであった」

「わたしは、みわの相手があのお方ではと考えております。そうやってみわの様子を見れば、腑《ふ》に落ちるようにも思えます」

「二人はどこで知り合《お》うたものかな」

「はっきりとは致しませぬ。ともあれ、このところのことではないかと思われます」

「そういえば、みわがそれがしの荒神屋勤めを気にしたことがあったな」

「身《み》なりなどから考えて、それなりの身分の若侍と見ました。そんなこんなでみわの心が揺れているのでございましょう」

「どうしたものか」

「見守るだけと申されたのは、どなたにございます」

「それはそうだが、相手の名もご奉公の藩名も分からぬでは助言のしようもない、気にかかるではないか」

「みわもまだそこまでは、知っているとも思えませぬ」

「片思いか」

「ともあれ、そなた様にも知っておいて欲しかったのです」

「なんぞ分かったら知らせてくれ」

そう言い置いた惣三郎は、西の丸下の老中水野邸に佐古神を訪ねた。

四半刻（三十分）ほど待たされた後、小姓に案内された奥座敷には、主の水野忠之の他に、大和柳生藩の藩主柳生俊方、南町奉行大岡忠相の二人の顔があった。

呼ばれていたのは、惣三郎だけではなかったのだ。他に同席するのは、家老の佐古神と用人の杉村久右衛門の二人だ。

（ということは……）

「金杉、よう参られたな」

すでに微醺《びくん》を帯びた忠之が声をかけ、惣三郎は平伏すると、忠之、俊方、そして、忠相に年頭の挨拶をした。

「こうして四人が顔を合わせるのは、大試合以来かのう」

「はい」

と座敷の入り口から答える惣三郎に、用人の杉村が膳の前の席に着くように勧めた。

金杉惣三郎の膳もすでに用意されていた。

「お歴々と席を同じゅうするなど正月早々気の張ることにございます」

「歴戦の兵《つわもの》が気の小さきことよ」

忠之が上機嫌で言い、

「久右衛門、金杉惣三郎に酒を」

と命じた。

杉村が惣三郎の杯に酒を満たした。

「頂戴《ちょうだい》仕《つかまつ》ります。新玉の年が上様はじめ、皆々様にご多幸をもたらされんことをお祈り申し上げます」

「そなたもな」

主が応えて、改めて享保七年を寿《ことほ》ぐ酒が一座で飲み干された。

惣三郎は杯を膳に戻し、俊方に目を向けた。

「調べた」

と俊方がいきなり切り出した。

忠之も大岡も柳生俊方を注視した。ということは、この場ではまだなにも話されていないということか。

「柳生六郎兵衛どのが襲われたのは、大試合から尾張中納言家の上屋敷に戻った後、楽々園《らくらくえん》東御殿の湯殿であったそうな」

「なんとのう」

大岡が嘆声を漏らし、俊方が言葉を続けた。

「大試合を勝ち抜き、ほっと安堵《あんど》して湯に入ろうとした瞬間、だれもが気を抜こう。なにしろ天下一の称号を得た夜だ。そこを襲われれば、いくら名人達人といえども抵抗のしようもあるまい」

「即死かな」

忠之が聞いた。

俊方が首を振って、

「六郎兵衛どのは、太股《ふともも》を斬り上げられ、さらに刺客が二の太刀を振るおうとしたとき、小姓が湯殿に姿を見せたそうな。六郎兵衛どのは、すぐに尾張藩のお医師らの懸命の治療を受けられた。だが、十数日間も苦しみ抜かれた後、亡くなられたそうにござる」

一座が沈黙した。

享保の大試合の成果を貶《おとし》める出来事であり、尾張柳生にとって不名誉な事件でもあった。

当然、厳しい箝口令《かんこうれい》が敷かれて、尾張藩の外にこのことが漏れることはなかった。

「俊方どの、刺客はだれかな」

「刺客を見たのは小姓に六郎兵衛どの自身の二人だけにござる。背丈は五尺七、八寸（一七三〜七六センチ）余、白小袖の着流しに総髪、眉目秀麗な剣士にござったそうな」

大岡忠相の視線が惣三郎に向けられ、

「一条寺菊小童か」

「間違いございませぬ」

「その者、六郎兵衛が襲われた翌未明に、増上寺の切通しに斃《たお》れておったのではないか」

「はい。修行僧が見つけて、届けがなされております」

忠之の問いに大岡が答えた。

「清之助が武者修行の旅に出たのはいつか」

「米津寛兵衛先生と別れの言葉を掛け合ったのが、八つ半（午前三時）の頃合いであったそうでございます」

金杉惣三郎が大岡に代わって応えた。

「市谷《いちがや》御門近くの尾張屋敷から車坂に移り、清之助が旅に出た八つ半に増上寺切通しに待ち伏せたとは考えられぬか」

「大岡どの、菊小童の傷はいかに」

「脳天を鮮やかに真っ二つにされておりました」

「清之助が大試合で見せた秘剣霜夜炎返《そうやほむらがえ》しか」

「その折りは気が付きませせなんだが、今思うにそう考えるのが至当かと思われます」

「つまり菊小童は、あの夜、享保の大試合の勝者を襲い、勝ちを得た。だが、第二の試合にては、清之助に敗れ去ったということか」

「水野様、まずはそう考えるのが無理なきところにございます」

俊方が答え、

「われらが知らぬところで享保の大試合の続きが行なわれたか」

と忠之が呻《うめ》いた。

再び一座が沈黙した。

「柳生様、なぜ尾張では、菊小童の仕業を金杉惣三郎どのの所業と勘違いをなされたのでございましょうか」

佐古神が聞いた。

「六郎兵衛が天下一の名誉を得た夜に襲われ、重傷を負ったなど、家中であっても知らせるわけには参るまい。その一件は、家中にも厳しく秘匿《ひとく》され、六郎兵衛は、試合の心労で病に倒れたとだけ、藩中の主だった者に知らされたのだろう。その後、六郎兵衛どのが亡くなられたとき、家中にはいろいろな風聞《ふうぶん》が飛んだようだ」

「つまりは、金杉惣三郎が倅《せがれ》に代わって六郎兵衛を襲った類の馬鹿げた噂でございますな」

「そういうことだ」

「どうしたものでしょう」

佐古神が唸《うな》った。

「柳生どの、なんぞよき考えがおありか」

大和柳生当主の俊方に忠之がまず問うた。

「尾張家と尾張柳生の誤解を解くことがなによりも肝心なこととは思います。じゃが、尾張柳生はそのことを認めますまい」

と俊方は言い切った。

忠之が頷《うなず》き、吉宗の懐《ふところがたな》刀の大岡忠相に意見を促した。

「水野様、それがしも思いつきませぬ」

「となれば、金杉惣三郎を狙《ねら》う第二、第三の刺客が現われることになる。これでは、柳生六郎兵衛どのが得た天下一の称号が汚され、泥試合が深まるばかり。余が恐れることは、尾張家の継友、通春ご兄弟と上様の対立が深まることだ」

老中職の水野忠之としては、幕府の基《もとい》を揺るがす尾張と将軍家の抗争が気にかかることであった。

「金杉、なんぞ知恵はないか」

大岡忠相が惣三郎を見た。

「一条寺菊小童の姿を唯一目撃した御小姓と、それがしを対面させることは叶いませぬか」

「尾張がそなたとの対面を認めるとも思えぬ。元々尾張には六郎兵衛どのが襲われた事実も、その死もないのだからな」

答えたのは俊方だ。

「となれば、策は一つにございます」

と大岡が言い出した。

「大和江戸柳生の当主俊方様と尾張柳生の後継者が面会なさって、虚心坦懐《きょしんたんかい》に真相を究明されることこそただ一つの道かと存じます」

「柳生兵助《ひょうすけ》どのとか」

俊方が言い、

「尾張柳生では六郎兵衛どのの死を近々病死として公表する心づもりのようでございます。そうなれば、それがしと兵助どのが会うは必定《ひつじょう》です」

「そうしてくれぬか、柳生どの」

と水野忠之が俊方に頼み、俊方が頷いた。

「金杉、そなたはしばらく尾張柳生の刺客に付き纏《まと》われることになる」

大岡が気の毒そうに言い、

「そなたなれば、いかなる相手でも切り抜けられようが」

と忠之がどこか安心し切った顔で言った。

「それがしは、一剣客にて生涯をまっとうする所存、どこでどう斃れようと覚悟の上にございます。ただ、このことを放置致さば致すほど、双方の憎悪の念が強くなり申す。抜き差しならぬことにならねばよろしいがと心配しております」

「ともかく柳生どのと尾張柳生の兵助どのとの話し合いの様子を見ようではないか。それまでそなたも辛抱《しんぼう》せえ」

忠之の言葉でその話題が封じられた。


金杉惣三郎は、大岡忠相に同道して、馬場先門《ばばさきもん》から南町奉行所のある数寄屋橋《すきやばし》まで送っていく格好になった。

水野邸を出た大岡はすぐに乗り物を止めさせ、

「ちと歩きたい」

と惣三郎と肩を並べ、供の者たちを先に行かせた。

話を聞かれたくないのだ。

「尾張は、六郎兵衛どのを暗殺した者がだれか承知しておる」

「一条寺菊小童の仕業ということをでございますか」

「尾張は、江戸城の内外に密偵を放ち、下忍を配して情報の収集にあたってお る。六郎兵衛どのを襲った者がだれかなど、すでに調べをつけてある」

「では、なぜそれがしの仕業にして刺客を放たれますな」

「考えてもみよ。一夜の勝負に菊小童が倒し、倒された相手をな。六郎兵衛どの は倒したが、清之助には敗れて、屍《しかばね》を晒すことになった。この一件が知られれ ば、享保の大試合の真の勝利者はだれか、満天下に晒すことになるではないか。 上様憎しと考え続けられてきた継友、通春ご兄弟がそのことを素直に受け入れら れると思うか」

「……」

「ここはなんとしてもそなたのせいにするしかあるまい。そして、六郎兵衛どの を天下一の剣者として病死させる」

「六郎兵衛どのは湯殿で襲われております。ほっと安堵した裸の人間と、武者修 行に発《た》とうとする者の心構えの違いが生死を分かっただけにございます」

「金杉惣三郎らしくもなき言葉よ。剣者が風呂に入っていたからと言い訳できるのか」

「さてそれは……」

「できまい。徳川継友様、通春様の心中を察すれば、そのようなことであろう。そなたは、尾張柳生を敵に回して、生涯刺客の襲撃を受けねばならぬ」

「それがしには、尾張柳生と命を懸けて争うべき理由もございません。なんのためでございます」

「すでに説明したぞ」

「承服致しかねます」

「ならば、いま一度言う。そなたが、尾張柳生の刺客たちと相争うは、一に上様の御楯《みたて》になり、八代様をお守りするためじゃ。二に真の天下一の剣者がそなたの倅であることを父の手で満天下に告げることだ」

「上様のことはともあれ、清之助のことなどは、埒《らち》もなきことにございます」

「だが、尾張は決めた。そして、尾張柳生はそなたを襲い続ける。俊方様と後継の兵助様が話し合われようとなんとな」

大岡忠相が言い切った。

「尾張の野望は上様を亡きものにして九代将軍の地位に就くことだ。そして、尾張柳生はそのとき、大和江戸柳生に代わって、天下の剣となることを夢見ておる。そのとき、邪魔になるのはそなた、金杉惣三郎じゃぞ」

「なんとしてもそれがしの命をとると申されますか」

「それがそなたの宿命、清之助が真の天下一の剣者たらんとするときまで、そなたは尾張柳生と戦い続けねばならぬ」

惣三郎は暗澹《あんたん》たる思いで大岡と歩き続けた。

「そなたなれば、尾張柳生の刺客を避け続けられよう」

「大岡様、それがし、二年を経ずして五十路《いそじ》を迎えます」

「剣者に歳があろうか。宮本武蔵どのは、主なる勝負十八番のうち、最後の二番は、六十近くになって戦ったと聞く。そなたなら、二天様の道を越えられよう」

大岡の言葉は、非情に響いた。

数寄屋橋がそこに見えた。

「金杉、そなたは一人ではない。家族もあれば、大勢の知己《ちき》もおる。そのことを忘れるではないぞ」

そう言い残した大岡が南町奉行所の門前に待つ行列に戻っていった。

惣三郎は一人、大岡の一行が南町奉行所内へ消えていく様子を眺め、数寄屋橋を渡った。

(剣者とはこれほどまでに孤独なものか)

惣三郎の胸にひしひしと寂寥《せきりよう》が押し寄せてきた。

東に江戸の古町の間を抜けて尾張町《おわりちょう》で東海道に出た。

(惣三郎、しっかりせよ)

己《おのれ》を叱咤《しった》するように言い聞かせ、東海道を芝口橋へと向かった。

遠くにちらちらと明かりが浮かんだ。

惣三郎は歩み続けた。

「火の用心、火の用心さっしゃりましょう!」

夜回りか、金棒を引きずる音が響いてきた。

明かりは芝口橋の上で止まったようだ。

金杉惣三郎が歩み寄ると、提灯の明かりに、「め組」の文字が浮かんだ。そして、一際大きな体が屈託のない声を張り上げた。

「師匠、夜遊びかえ。朝に響くぜ」

鍾馗の昇平だ。

「夜遊びなものか、水野様の屋敷で窮屈な思いをしてきたところだ」

若頭の登五郎が、

「ご苦労でございましたな」

と労《ねぎら》ってくれた。

「登五郎どのも大変だ」

「寒いと火付けが流行《はや》りますからねえ」

と言ったため組の若頭が、

「そろそろ芝へ戻ろうと思っていたところだ。金杉様、一緒に戻りましょうぜ」

その言葉に先ほどまで感じていた寂寥が惣三郎の胸から薄れていった。

「参ろうかのう」

二

みわはその日、母の使いで日本橋平松町《にほんばしひらまつちょう》の呉服屋まで半襟《はんえり》を買いに行き、その帰り、芝浦の浜に回った。

のどかな昼下がり、先日のような無法浪人らが出回る刻限ではない。

みわは、波静かな海をただ眺めていた。

海鳥が飛び、漁師舟が三角の帆を上げて漁をしていた。

そんな光景を漫然と見て、踵《きびす》を返した。

浜の網干場《あぼしば》から金杉浜町に上がり、東海道に出た。芝橋と金杉橋の中間くらいのところで、芝金杉町と呼ばれる界隈だ。

みわの足は、金杉橋へと向かう。

松の内のこと、小僧を連れた大店《おおだな》の番頭などが年始に回っていた。

みわが金杉橋にかかろうとしたとき、若党を従えた武家がみわを追い越していき、ふと顔を振り向けた。

「やはりそなたであったか」

みわは立ち竦《すく》んで言葉も出なかった。

胸の内で想い続けていた人物が目の前に立っていた。

「すまぬ、驚かしたようだな」

「いえ、さようなことは……」

ようやく答えたみわは、

「あの節は誠にありがとうございました。改めてお礼を申し上げます」

「なんの」

と応じた若侍は挟箱《はさみばこ》を背負った若党に、先に屋敷に戻っておれと命じて行かせた。

「年始廻りの帰り道です。そなたもどこぞに行かれた帰りか」

「はい。母の用事で」

胸に抱いた包みにみわの目がいった。

二人は、金杉橋から宇田川橋へと向かって肩を並べて歩き出した。

「そなたとは芝神明社でも会ったな。母上や妹ごと一緒であったようだ」

「はい。ご町内でございますれば、参拝に参りました」

「妹ごも愛らしいが、母上はお美しい方だ」

若侍はみわの気をほぐそうとしてか、そう言った。

まあ、とみわは驚き、

「世辞にしても母が聞けば喜びましょう」

と答えていた。

「世辞など言わぬ。そなたらは誠に美形の母子だ」

若侍は屈託なく言い切った。

「私は、母とは血が繋《つな》がっておりません」

「なにっ、母上は継母《ままはは》か」

「兄と私は父の連れ子にございます。実の母は私が幼いときに流行り病で亡くなりました」

みわは未だ名を知らぬ若侍にそんなことまで話していた。

黙って頷いた若侍は、

「それがし、軽部駿次郎《かるべしゅんじろう》と申す」

とみわに向き直ると頭を下げて名乗った。すると香の匂いが漂ってきて、みわの鼻腔を射た。

「金杉みわにございます」

みわも名乗り返した。

「金杉みわ、どのか」

「軽部様は江戸のお生まれにございますね」

「江戸屋敷で生まれ育った。だが、いたって無骨者だ」

「軽部様は剣術がお強うございますね」

「少しばかりかじっただけだ」

と謙遜《けんそん》した駿次郎がふいに思いついたように、

「そなたは金杉と申されたな。兄もおられるとも言われた。もしや、父上は先の上覧試合で審判を務められた、豊後相良藩の元江戸留守居役金杉惣三郎様か」

「はっ、はい」

みわは駿次郎が父の名を知っていることが喜ばしくて返事した。

「となるとそなたの兄上は、享保の大試合で活躍なさった若武者金杉清之助どのではござらぬか」

「兄の名までご存じでございましたか」

「剣を志す人間が先の上覧試合のことを知らずに済まされようか。これはなんとも驚き入った次第だ」

と嘆息した駿次郎が、

「それがし、柳生新陰流の末席を汚しています。ともかく、上様にお褒めに与《あずか》った清之助どのの活躍が羨《うらや》ましくてな、同輩たちと何度話し合ったことか」

「軽部様は柳生様のご門弟にございましたか」

「そなたの兄上と違い、こちらは出来が悪い。何千といる門弟の一人に過ぎぬ」

と鷹揚に笑った駿次郎は、

「清之助どのは鹿島に戻られたか」

と聞いた。

「試合が終わった夜に諸国廻遊の旅に出ましてございます」

「おおっ、武者修行でござるか。さすがに上様が宗の一字を授けられた剣術家だけはある。それがしとは覚悟が違うな」

駿次郎は感心するように言うと頭を掻《か》いた。

「みわどのは幸せ者だ。見目麗しい母上に可愛い妹ご、それに当代有数の剣術家を父と兄に持っておられる」

「いたって不器用な父にございますれば、未だ長屋住まいを続けております」

みわは恥ずかしそうに答えた。

「さようなことは大したことではない。父上と兄上の腕前があれば、仕官などいたって簡単であろう。だが、父上にはお考えがあって、市井《しせい》に身を置いておられるのだ」

二人はいつの間にか、七軒町のある大門前まで来ていた。

「軽部様のお屋敷はお近くにございますか」

「汐見坂《しおみざか》にあってな、屋敷は窮屈でいかぬぞ」

「私の長屋はこの裏手にございます」

「さようか。みわどのと話せて楽しかった」

と辞去の挨拶をしかけた駿次郎が、

「みわどの、鏡開きの十一日にそれがし、湯島天神《ゆしまてんじん》に参る。梅見物に参られぬか」

と誘った。だが、すぐに、

「いや、これは無作法なことを申したな。忘れてくれ」

と慌てて取り消した。

「軽部様、刻限はお昼にございますか」

「それがしが参るのは八つ（午後二時）時分だが……」

「参ります」

「おおっ、参られるか」

駿次郎が嬉しそうに笑い、

「では、そのときにな」

と笑みを返すとみわに背を向けた。

その日の夕暮れ、め組に鍾馗の昇平が悄然《しょうぜん》とした姿で戻ってきた。

「おや、腹具合でもおかしいのかい」

　お杏が玄関先で見かけて声をかけた。

「姐《あね》さん、おりゃ、駄目だ。もう、いけねえや」

　昇平は上がり框《かまち》に力なく腰を下ろした。

「朝餉《あさげ》も昼餉も人一倍食べていたようにえたけどねえ。病とはとても思えないが……」

「そんなんじゃねえや。みわ様が暮れから付き合ってくださらねえんだ」

「なんだ、そんなことか。おまえは、新年早々酔っ払っていたからねえ。愛想をつかされたかねえ」

「酔っ払いは駄目かねえ」

　お杏は昇平の元気のない姿に、

「今日は、お義父《とっ》つぁんもおっ義母《か》さんも留守だよ、こっちにおいでな」

と居間に呼んだ。そこには亭主の登五郎が一人煙草《たばこ》を吸っていた。

「みわ様に剣突《けんつく》を食らったか」

　お杏とのやり取りを聞いていた登五郎が昇平をからかうように尋ねた。

「剣突ってんじゃねえけどよ、みわ様はおれと会ってもどこか上の空だ。ちっともおもしろくねえ」

「昇平、娘心は火事場の風向きのようにころころと変わるのよ。みわ様がその気になりなさるのを気長に待つしか手はないな」

「みわ様の気持ちが戻るかねえ」

「風は一方ばかりに吹くことはないさ」

「そうか、そうだねえ」

「おまえは差し当たってみわ様のお父つぁんと付き合ってな」

「師匠とはうまくいってるがよ、色気はねえや」

「かなくぎ惣三に色気があってたまるものかね。それでもさ、昔はなかなかいい男だったけどねえ」

お杏が初めて会った頃の金杉惣三郎のことを思い出して笑った。

「姐さんと話したら腹が空《す》いた。餅でも焼いて食おう」

昇平は台所に姿を消した。

「お杏、昇平の気持ちも分からないじゃねえ。この話はおめえが考えるほど単純じゃねえかもしれねえぜ」

「どういうことだい、おまえさん」

うーん、と唸った登五郎が、煙草盆の灰吹きに煙管《きせる》の雁首《がんくび》を叩いて灰を落とした。

「今日の昼下がりのことだ。みわ様を見かけたのさ」

お杏は亭主がなにを言い出すかと登五郎の顔を見た。

「金杉橋の方角から若侍と一緒に語らいながら歩いてこられた。おれは、あんなみわ様を見たことがねえや。心の底に秘めた気持ちを抑えるのに必死って顔つきだったぜ」

「お、おまえさん、どこのだれだい、相手は」

「そんなこと知るものか」

「そんな無責任な。みわ様は、家族同様の娘なんだよ。ちょっと冷たくはないかい」

「まあ聞け。おれの推測じゃあ、みわ様と若侍は知り合って間もないって感じだ。おそらく金杉様もしの様もご存じあるめえ」

「それは大変だ、なんとかしなきゃあ」

「待て、みわ様が無分別なことをしたっててんじゃないんだ。みわ様は、ちゃんと分別を弁《わきま》えておられる。娘の口からこれこれこうですとお父つぁん、おっ母さんに若侍のことをよ、話されるのを待つのが、筋ってもんじゃないか」

「そうかねえ、それで遅くないかねえ」

「みわ様を信用することだ、それがいま一番肝心なことだ」

お杏が不承不承《ふしょうぶしょう》の顔で頷き、

「おまえさん、昇平のことはどうなるんだい」

「そいつもじっと成り行きを見るしかあるまいよ」

「なんだか、じれったいね」

お杏が不満そうに言った。


同じ刻限、金杉惣三郎は、八丁堀の同心屋敷の門を潜っていた。むろん南町奉行所定廻り同心西村桐十郎の役宅だ。

町方同心の屋敷はおよそ百坪余り、三十俵二人扶持《ぶち》の最下級の蔵米取りだ。だが、外廻りの町方同心は出入りの大店などから盆暮れに相当のものが届くから、大名家の奉公人よりよほど暮らしは楽だった。だから、役宅の佇《たたず》まいもどこかこざっぱりしている。

「西村どの、おられるか」

玄関先で声をかけると姉《あね》さん被《かぶ》りの野衣が姿を見せた。

「おお、来ておられたか」

「本日、冠阿弥様のお長屋から道具などを運んできましたゆえ、整理をしておりました」

「祝言ももうすぐだ。気ぜわしいことであろうな」

野衣が笑みを押し殺して、

「私は桐十郎様ほど忙しくはございません」

と言い、

「ささっ、お上がり下さい」

と招き上げられた。

座敷では桐十郎が小者たちや花火の親分の手先、三児らに手伝わせ部屋の模様替えをしていた。

「忙しいところに顔を出したかな」

「ちょうどよいところに来られた。終わったら皆で一杯と思っていたところですよ」

「旦那方は居間に行っておくんなさい。見ての通り粗方《あらかた》終わった。片付けはわっしらが済ませますぜ」

三児が願い、桐十郎と惣三郎を鉄瓶《てつびん》が湯気を立てる長火鉢の居間に追いやった。

「金杉さんが役宅に顔を出されるなど珍しいですな」

「今日は、荒神屋の祝いを預かって参った。喜八親方や松造どのからの心ばかりの祝い金だ。それがしは運び人だ、これには加わっておらぬ」

惣三郎は預かってきた熨斗袋《のしぶくろ》を差し出した。

「これは困った」

西村桐十郎が困惑の表情を見せた。

「親しき仲では受け取り難かろうが皆の心だ。素直に受け取ってはくれぬか」

桐十郎はしばらく考えた末に居間に野衣を呼び、事情を説明した。

「ありがたく頂戴致す。喜八親方や松造たちには後々ご挨拶申し上げるが、金杉さんからもよろしく伝えて下され」

と熨斗袋を押し頂いた。

「大役が終わった」

惣三郎もほっとした声を上げた。すると野衣が、

「金杉様、しの様には色々とお世話になっております、今後ともよろしくお付き合いのほどをお願いします」

頭を下げる風情には、すでに同心の内儀としての落ち着きがあった。

野衣は西村桐十郎の剣友の但馬出石藩《たじまいずしはん》家臣の山口鞍次郎《やまぐちくらじろう》の内儀だった。鞍次郎が急逝《きゅうせい》した後、鞍次郎の弟と夫婦となって山口家を継ぐことを家族たちから強く望まれていた。

しかし密かに思いを寄せていた桐十郎の気持ちを汲み取った野衣は、桐十郎と所帯を持つことになったのだ。

むろん出石藩の江戸屋敷や山口家には、大岡の内与力の織田朝七が掛け合って、二人の仲を取り持っていた。

「旦那方、お待たせしました」

三児が台所から燗酒を入れた銚子を運んできて、居間が酒宴の席に変わった。

金杉惣三郎が野衣や三児たちと八丁堀を出たのが、五つ時分（午後八時）だ。

野衣は、冠阿弥の三島町《みしまちょう》の家作に住んでいた。帰る方向は一緒だ。

惣三郎と野衣は、まず南八丁堀の花火の房之助親分の家に立ち寄った。

惣三郎は新年の挨拶を済ませていなかったし、野衣は三児たちの手伝いの礼を述べることを桐十郎に命じられていた。

「金杉の旦那と西村さんのご新造《しんぞ》をお連れしましたぜ」

三児が早手回しに野衣を新造と呼んだが、野衣はにこにことして鷹揚なものだった。

神棚のある居間に通された二人に静香が酒の用意をしようとした。

「静香どの、酒は八丁堀で馳走《ちそう》になった。今宵はちと遅くなったが新年の挨拶だ。本年もよろしゅうお願い致す」

「こりゃ、どうもご丁寧なことで恐れ入ります。こちらこそよろしくお願い申します」

静香が惣三郎に茶を淹《い》れてくれた。そうしておいて、静香は野衣を連れて、別の部屋に行った。祝言を控えた野衣に女同士で話でもあるのだろう。

居間には惣三郎と房之助だけになった。

「金杉様、刺客は尾張柳生で決まりですかえ」

お上の御用を務めるだけあってさすがに早耳だ、惣三郎の置かれた苦境をすでに把握《はあく》していた。

「まずは間違いなかろう」

「尾張の蔵屋敷ですがねえ、家臣とも思えない侍が出入りしていることは確かなんで」

　惣三郎に敗れた鳥羽冶助が嬲《なぶ》り殺しに遭《あ》って、南と北の新網町の間の堀に投げ込まれた事件の後、房之助は子分たちに現場近くの尾張の蔵屋敷の出入りを見張らせていた。

「ただ、亡くなられた鳥羽様が出入りしていたとは、判明しておりません」

「おおっぴらには出入りはしておるまい。ともかく相手はご三家だ。見張りには気をつけてな」

「へえ」

　と答えた房之助がふうっと息をついた。

「金杉様はこれまで数多《あまた》の危機を乗り越えてこられた。だが、今度《こたび》の尾張柳生は難敵中の難敵だ」

　惣三郎は頷いた。

「だが、どうにも避ける手立てがない。大岡様からも覚悟せよと引導を渡されたところだ」

掻い摘んで水野邸の集まりでの話や大岡との会話を聞かせた。

「手がねえとはなんってこった」

房之助が嘆息した。

「親分、なんぞよき策はないか」

「盗人《ぬすっと》とか火付けならなんとでもなりますがね、尾張柳生の剣術家となるとわっしらの手に負えねえ。せいぜい冠阿弥の長屋に気を配ることくらいだ」

惣三郎も頷くしかない。

「ともかく一人で夜歩きなんぞはなされないことだ」

「なんとも窮屈なことになったものよ」

「しかし、一条寺菊小童を斬り捨てたのはやはり清之助さんだったたねえ。俺の推測もまんざらじゃねえや」

と房之助が言い、

「お帰りになるときは、うちの三児らを付けますぜ。いくら尾張柳生でも大勢のところに斬り込めもしめえ」

と請け合ってくれた。

三

雲巌寺の禅堂で清之助は、無念無想の境地に至ろうと瞑想していた。

新しい年を迎えても修行の身の清之助には、なんの変わりもない。払暁《ふつぎょう》に起きて座禅、稽古、作務《さむ》、座禅、稽古の淡々とした繰り返しだ。

この日、質素な朝餉を食し終えた清之助は和尚《おしょう》の鉄仙《てっせん》に呼ばれた。

鉄仙和尚の座敷を訪れると、そこには壮年の武家が同席して、清之助を好奇の目で見た。

「清之助どの、こちらは、熊本藩五十四万石細川様のご家臣、町奉行寺沢団輔《てらさわだんすけ》様にございます」

正座した清之助は熊本藩の重臣に頭を下げた。

「そなたは金杉清之助と申されるか」

寺沢が聞いた。

「はい」

「先の上覧試合にてご活躍なさった金杉どのかな」

「末席を汚したまでにございます」

「やはり」

と頷いた寺沢が、

「鉄仙和尚、二天様以来の達人を当寺は迎えたことになるぞ」

と笑いかけた。

「まだお若いのに上様上覧試合で次席の栄を得られたとは、驚き入った次第にございますな」

「清之助どの、それがし、本日はちと用件があって当寺を訪ねた。その用と申すは、この界隈に棲む浪々の剣術家が徒党をなして悪さをするというでな、放ってはおけぬと鉄仙和尚にも聞きに参ったところだ」

と説明した寺沢が、

「そなた、野中一党に襲われたことはないか」

「ございます」

「そなたが相手とあっては、野中も手も足も出まい」

と笑った寺沢は、

「一党を率いる野中左膳なる輩《やから》は、神道無念流《しんとうむねんりゅう》免許皆伝《めんきょかいでん》を自称しているだけに強い。わが藩の腕自慢が何人か挑んで怪我をさせられたり、再起不能になっておる。こやつが、雲巌寺に参籠《さんろう》しておる若い武芸者を付け狙っておるというで、知らせにきたところであった」

と用件を説明した。

「享保の大試合の次席が狙う相手とは、さすがの野中左膳も気が付きませぬか。さてさてどうしたもので」

と鉄仙が寺沢を窺《うかが》った。

「雲巌寺一帯は、剣士の修行場、藩でも多少のことには目を瞑《つぶ》って参った。だが、近頃のように剣術家とは名ばかり、徒党を組んで、強請《ゆす》りたかりをするようでは、放ってもおけぬ」

そう言った寺沢は、

「近々野中左膳一味を捕縛《ほばく》するつもりにござる。さて、そこで頼みがある、金杉どの」

「お頼みとはなんでございましょうか」

「その折りにな、そなたも捕り方に加わってはもらえぬか」

「熊本は五十四万石の大藩、武勇でも知られた細川家にございます。それがしごとき若輩《じゃくはい》が加わらずとも、野盗一味の捕縛など、何事がありましょうや」

「さよう、手の者もないことはない。だがな、享保の大試合の出場者が肥後に滞在しておられるというに、その腕前を見ずして立ち去られたとあっては、江戸におられる宣紀《のぶのり》様に叱られ申すでな」

寺沢の顔には藩主の名を出して、若い剣術家の金杉清之助の腕を試してみたいという興味が漂っていた。

「そこもとはすでに野中一味と諍《いさか》いを起こしておられる、因縁《いんねん》がないこともない。第一、野中が狙う相手がそなたにござれば、わが藩は助勢に回る側にござろう」

寺沢は都合のいい理屈を並べると、

「和尚、これで楽しみが出来たぞ」

と破顔した。

湯島天満宮《てんまんぐう》は太田道灌《おおたどうかん》が摂津《せっつ》の北野《きたの》天神を江戸に勧請《かんじょう》したのが始まりとされる。

享保期には、千両富が当たる富籤《とみくじ》の天神様として知られていた。売り出されるのは年に十二回、毎月の十六日が当たり札を突く日であった。

みわは鏡開きの行なわれる十一日、湯島天神の中坂を上がって、境内《けいだい》に入った。

湯島天神の東は低地になっていて、男坂、女坂、中坂と何本もの坂道が境内へと通じていた。

中坂は男坂と神田明神裏の妻恋坂《つまごいざか》の間にある坂だ。

みわが額にうっすらと汗を浮かべて境内に辿《たど》りついたとき、梅の香が馥郁《ふくいく》と漂ってきた。

みわが足を止めて本殿を見ると、すでに軽部駿次郎の姿があった。

「お待たせ致しましたか」

「なんの最前に来たばかりだ」

駿次郎の顔も紅潮していたが、こちらは鏡開きの稽古を終えた後だからであろう。

みわと駿次郎は本殿に進み、肩を並べて参拝した。

「なにを祈られたな」

「秘密にございます」

二人は神殿の前で言葉を交わすと、石段を降りた。

高台に位置する湯島天満宮からは寛永寺《かんえいじ》の甍《いらか》が望めた。

「稽古の後は咽喉《のど》が渇く。甘酒を飲まれぬか」

駿次郎の言葉にみわは頷いた。

境内の茶店には、藤棚の近くに名物の甘酒屋が店を開いていた。

駿次郎が甘酒を頼み、日差しが落ちる縁台に二人は座った。

「お父上は、すでに稽古を始められたであろうな」

「はい。一日置きに老中水野忠之様のお屋敷と車坂の石見銕太郎先生の道場に通っております」

「金杉先生のご指導を受けられるお弟子方は幸せだな」

「斬り合いの稽古がそれほどまでに楽しゅうございますか」

駿次郎がみわの言い方に驚き、しばらく返答を迷った後、

「みわどのは、剣術は嫌いか」

「だって、剣術とは人を傷つけ、殺すことではありませんか」

「それは違うぞ」

「どう違われますか」

「剣とは人を活《い》かすものでなくてはならぬと柳生新陰流では教える。殺人刀《せつにんとう》と活《かつ》人剣《にんけん》では根本が違う。お父上も清之助どのも己を練り、他人を活かす剣を求めて修行しておられよう」

「なんだか、殿方の理屈のように思えます」

「みわどの、それがしにはうまく説明できぬでな、お父上にお尋ねになるとよい」

「父にでございますか」

「そなたが考えておられるより剣客金杉惣三郎の名は高く、大きい。当代有数の剣術家と申してよいであろう。みわどのにはあまりにも身近すぎて山の巨大さが、全容が見えぬのかもしれぬな」

そこへ甘酒が運ばれてきた。

「時折り稽古帰りにこの店で甘酒を飲んでいく」

駿次郎は、両手で甘酒を抱えた。

「頂きます」

みわも茶碗を手にした。

麴《こうじ》の甘さと温もりがみわの心を温めた。

「駿次郎様はご兄弟をお持ちでございますか」

「家を継ぐ兄が一人に姉と妹の四人だ」

「賑《にぎ》やかでようございますな」

「ところが十歳の時、子のおらぬ叔父の家に養子にやられた」

「まあ」

「なあに実家とも往来があるでな、寂しくはない。だが、養子にやられた当初は、父や母を恨んだものだ、なぜそれがしだけ、外に出されたかとなあ」

「お気持ちが分かります」

「だが、今になっては侍の家では仕方ないこと。それに養子に行かされねば、それがし、一生部屋住みで過ごさねばならなかったかもしれぬ」

「義父《ちち》上は、お屋敷勤めにございますか」

「丹後宮津藩《たんごみやづはん》四万八千石の御番組頭《ごばんぐみがしら》七百五十石です、それがしの継ぐべき勤めだ」

　御番組とは藩主の親衛隊ともいうべき役職で、組頭ともなれば藩の中枢部に所属していると考えられる。

「みわどののお父上も豊後相良藩の公儀人に就いておられたから、屋敷暮らしの窮屈は分かろう」

「私は相良の国許にて祖母に育てられたのでございます。そのあと、江戸に出て参りましたが、屋敷よりも長屋住まいの方が馴染みまして、よく覚えておりませぬ」

二人はゆっくりと甘酒を賞味しながら、お互いの家のことや境遇を話し合った。

みわの心には、十歳のとき、養子に出されたという駿次郎の存在がさらに身近なものとして刻まれつつあった。


金杉惣三郎はこの朝、車坂の石見道場で稽古を終えたあと、道場の鏡開きに出た。

鏡開きは、正月に供《そな》えた鏡餅を引き欠き、そのかけらを主従が共に食べて君臣の誓いを新たにする習わしから発していた。

町家では蔵を開き、帳簿を調《ととの》えて、本格的な仕事始めとする。

だが、武家の習わしに「切る」は禁物、掻き餅、あるいは欠き餅と称した。

道場の上段には具足が飾られ、石見道場名物の、野菜たっぷりの餅入り雑煮《ぞうに》と酒が用意されて、石見銕太郎以下が居流れた。

普段、汗を流し合っている仲間だ。気兼ねも要《い》らず楽しい宴だ。

「金杉先生、過日はありがとうございました」

隣りに席を連ねた棟方新左衛門が礼を述べた。

一昨日、惣三郎は棟方を伴い、豊後相良藩の江戸屋敷に出向いて、剣術指南に棟方新左衛門を推挙した。

新左衛門の人柄を斎木高玖がいたく気に入り、江戸家老の古田孫作らも、

「ぜひとも厳しいご指導を」

と願った。

剣術指導は一日置きということであったが、家臣の腕前が分かるまでは、棟方の希望で毎日通うことになった。

朝と午後とを繰り返す稽古時間で、午後の日に車坂の道場の稽古を見ることが出来た。

当分年三十両の報酬《ほうしゅう》ということで、貧乏藩の相良としては奮発した額であった。

「早速昨日参りました」

「集まった人数はいかほどでした」

「若い方々を中心に十四人にございました」

「殿のお志を理解した者は少ないと見える。棟方どのの人柄と腕前が知れ渡れば、もそっと集まりもよくなろうがご辛抱下され」

「はい」

新左衛門が頭を下げた。

「棟方どのも江戸に落ち着かれることになりそうだな」

石見鋏太郎が二人の話を聞いて、そう言った。

「お陰様にて」

「となれば、足りぬは一つ、いや、一人だけだな」

「そちらの方はいたって不調法でございまして」

と新左衛門が頭を掻いた。そこへ雑煮を運んできた妻女が、

「金杉様はお顔が広い、なんとか致さねばなりませぬな」

と言い出した。

「とは申せ、それがしも不得手《ふえて》でしてな。車坂には諸藩の家臣が詰め掛けてこられる。だれぞ、妹ごなり、お女中衆なり、よき方に心当たりはないか」

と辺りを見回した。

「なにっ、棟方先生の嫁女ですか。待てよ、わが屋敷におったかな」

と首を捻《ひね》ったのは、筑前福岡藩《ちくぜんふくおかはん》四十七万三千石の家臣、木下図書助《きのしたずしよのすけ》だ。伊丹五郎兵衛と同格で石見道場の師範だが、木下には奉公があり、なかなか道場に顔

を出せなかった。が、今日の鏡開きは、

「なんとしても稽古の後が楽しみ……」

と姿を見せていた。

木下は棟方よりだいぶ歳も上だが、享保の大試合の出場者に敬意を払って、丁寧な口調で応対していた。

「そなたの福岡藩は大藩だ。家臣も多ければ、奥勤めのお女中もたくさんご奉公なされておろう。心がけておいてくれぬか」

石見銕太郎に言われた木下が、

「はっ、真剣に考えます、しばしお時間を」

と願った。

「師範、すまねえがおれにも一人、飛びっきりのお女中を紹介してくれまいか」

と言い出したのは、酌《しゃく》にやってきた鍾馗の昇平だ。

「なにっ、鍾馗様も所帯を持たれる所存か」

すでに顔を真っ赤にした木下が昇平に顔を向けた。

「所帯を持つ気はまだねえがさ、大の男にお付き合い願う女が一人もいないのは寂しいや」

「ふうん、考えればめ組も男所帯、車坂同様に女っ気がないからのう」

と嘆息した木下に、妻女が、

「木下様、車坂に女っ気がのうて、悪うございましたな」

「しまった。昇平の口車に乗せられ、つい口が滑った。ご新造どのは別格にござる」

と平謝りに謝った。

心を許し合った師匠と弟子、身分も年齢も忘れて楽しい時が流れていこうとしていた。


肥後熊本藩の町奉行寺沢団輔から知らせを貰《もら》った金杉清之助は、雲巌寺の宿坊を出ると、熊本城下へと木刀を携えて向かった。

すでに陽は西に傾いて、木の葉を透《す》かして差す陽が山道に清之助の影を長く、濃く落としていた。

寺沢が待ち合わせの場所にと呼び出したのは城下外れの井芹川に架かる遠軍橋だった。

清之助は陽が落ちた本妙寺《ほんみょうじ》参道へと差しかかった。

この道の左右は本妙寺をはじめとする寺々が門を連ね、さらに仁王門《におうもん》の外に若《わか》宮八幡宮《みやはちまんぐう》があった。

清之助が本妙寺参道を抜けて、仁王門を潜ろうとしたとき、前後を十数人の野武士たちに囲まれた。いずれも旅仕度の面々だ。

「こやつか」

提灯が突き出されて、明かりが清之助の顔を照らした。

「左膳様、この小わっぱでございますよ」

明かりの向こうから話し声が聞こえてきた。

「熊本藩の町方が動くというから、この地を離れる頃合いかとここまできたが、小わっぱ一人に野中左膳様の配下が名をなさしめたままとあっては、気分も悪い。ちょうどよい、こやつを叩き潰《つぶ》して熊本を離れようぞ」

輪が動いて攻撃態勢を取った。

提灯が動いたので、左膳の風貌が清之助にも見えた。

背丈は五尺八寸（約一七六センチ）ほどながら、がっちりとした体格で、足腰がしっかりとしていた。

腰には身幅のありそうな太刀拵《たちごしら》えの一剣を差していた。貌《かお》は顎《あご》が張り出て、目鼻立ちがばらばらで、すこぶる異相の上に大顔だ。

「そなたが神道無念流の免許皆伝者か」

「なにっ、この左膳様のことを承知か」

「熊本藩の町奉行どのにお聞きした」

「流浪の小わっぱに何用あって熊本藩がそのようなことを話したか」

「捕縛の手伝いをせよと命じられただけのことです」

「いよいよ許せぬ。こやつを叩き殺して熊本を立ち去るぞ」

清之助は丸い輪に囲まれながら、木刀を左脇構えにつけた。

明かりを持つ者が清之助の左右から照らしていた。

野中左膳は清之助の正面の、輪の外にいた。

清之助の注意は正面に向きつつ、

「参ります」

と宣言した。

「おのれ、われらを愚弄《ぐろう》しおるぞ」

左膳の言葉が終わらぬうちに清之助は右手に飛んだ。脇構えの木刀を車輪に回しつつ、提灯を持つ者に伸ばした。

ぐえっ！

思いもかけない攻撃に提灯を手にした男が倒れた。

次の瞬間には、清之助の姿は右回りに走りつつ、木刀を自在に振るっていた。

地面に落ちた提灯が燃え上がり、戦いの気配が遠軍橋に集合していた熊本藩の捕り方たちに伝わった。

清之助は動きを止めなかった。

六尺二寸を超えたしなやかな長身が軽やかに動き回り、木刀が振るわれるたびに一人また一人と倒れていった。

本妙寺参道に熊本藩の御用提灯が走り寄り、寺沢が、

「熊本城下でなんの騒ぎか」

と叫んでいた。

清之助が動きを止めた。

そのとき、野中左膳の一味で残っていたのは、首魁《しゅかい》の左膳ともう一人の提灯持ちら三人の手下だけだ。

「金杉どの！」

陣笠を被った町奉行の寺沢団輔が清之助の姿に目を留めて、さらに辺りを見回し呆然とした。

「お呼び出しにここまで参りましたら、左膳どののほうから姿を見せられたのでございます」

清之助の声がのんびり響いた。

その足元には清之助の木刀に打たれた野武士どもが倒れて呻いていた。

清之助は、野中左膳に向き合った。

「神道無念流、拝見仕《つかまつ》ります」

「ちょこざいな小僧めが」

さすがに一党を率いてきた首領だ。不利を承知で腹を固めたか、腰の太刀を抜いた。

清之助は左膳が刃渡り三尺（約九一センチ）余の太刀を八双にとったのを見ながら、再び木刀を左脇構えに置いた。木刀の切っ先はほぼ水平に置かれていた。

秘剣霜夜炎返し
呼吸を調えた清之助の長身がわずかに沈んだ。

間合いは二間。

左膳の構えは堂々として隙がなかった。さすがに神道無念流の免許皆伝を名乗るだけの腕前だ。

清之助は心を平らにして、脳裏に浮かぶ炎と対峙《たいじ》した。

「おおおっ！」

咆哮《ほうこう》が響き、左膳が一気に間合いを詰めてきた。

清之助も走った。

木刀が一条の光になって横に流れ、大きな円を描いた。

寺沢団輔は息を呑んで、炎を孕《はら》んだ木刀の動きを刮目《かつもく》した。

雪崩《なだ》れ落ちる太刀と横手に炎を引きながら円弧を描く木刀が交差した。

びしり
一瞬早く決まったのは清之助の炎の木刀だ。

左膳が立ち竦み、振り下ろす太刀が止まった。だが、それは一瞬のことだ。再び最後の力を振り絞って清之助の眉間を叩き割ろうとした。

清之助の木刀が掻き消えた。

次の瞬間、寺沢が見たのは頭上に高々と差し上げられた木刀が永久《とわ》の時を思い起こさせて止まり、そして、厳寒の夜に霜が静かに降りるように左膳の眉間に吸い込まれていった光景だ。

ぱあっ

と血飛沫《ちしぶき》が立った。

そして、朽木《くちき》が倒れるようにどさりと左膳が崩れ落ちた。

「お、おぬしは……」

背筋に悪寒《おかん》を感じた寺沢団輔が言葉を失い、静かに立つ若武者をただ見た。

四

正月十五日の夕暮れ、八丁堀の役宅に白無垢《しろむく》の花嫁行列が進んでいった。

野衣が南町奉行所定廻り同心西村桐十郎に嫁ぐ姿だ。

め組の若頭登五郎に率いられた若い衆が揃いの長半纏《ながばんてん》で先導を小粋に務め、手《て》古舞《こま》い姿《すがた》の姉さん方が続いた。いわずと知れた花火の房之助親分の恋女房の静香と女弟子たちだ。

乗り物のかたわらには、付き添いの金杉惣三郎としの夫婦が従っていた。

西村桐十郎の役宅前はきれいに掃き清められ、煌々《こうこう》と提灯が点されていた。

木遣り歌が響いて、

「花嫁様お入り！」

という声が響いた。

花婿西村桐十郎も花嫁野衣も武家であった。が、町方同心ということもあり、桐十郎はあまり形式張らない祝言をと望んだ。

そこで静香が知恵を絞った嫁入りの趣向だ。

役宅の玄関先には、仲人《なこうど》の牧野勝五郎夫婦が出迎え、奥座敷へと招じ入れた。

座敷を二つぶちぬいた祝言の場には、白雪を被《かぶ》った富士山を背景に番《つが》いの鶴が舞う光景が描かれた屛風《びょうぶ》が飾られ、肩衣《かたぎぬ》姿《すがた》の西村桐十郎が控えていた。

招客たちは大岡忠相の代理の織田朝七をはじめ、仲間の与力同心ら、西村桐十郎が出入りする大店の主や番頭たち、さらには花火の房之助と静香、め組の登五郎とお杏の夫婦、金杉惣三郎にしのら、皆知り合いの顔ばかりだ。むろん野衣の両親や縁者も招かれていたが、八丁堀の習わしに添った婚礼だった。

三々九度の瓶子《へいじ》と杯を運んできたのは、みわと結衣だ。

花嫁と花婿は初々《ういうい》しくも固めの杯を交わした。

緊張した牧野勝五郎が、

「高砂《たかさご》や……」

と声を張り上げ、儀礼は終わった。

「これでお奉行様もほっとされたことであろう」

代理の織田朝七が自ら肩の荷を下ろしたように言い、宴が始まった。奉行は百二十人の同心の婚礼には、出ない仕来《しきた》りだ。

西村桐十郎は元々北町奉行所の同心であった。それを大岡のお声がかりで南に引き抜かれた経緯もあり、桐十郎自身、仕事は別にして目立たないように暮らしてきた。

だが、この夜は、人柄のせいか、座敷に入り切れないくらいの祝い客が集《つど》い、台所も花火の親分の手下たちや静香姐《ねえ》さんの女弟子たちが仕切って賑やかだ。

惣三郎は、織田朝七の隣りに座らされていた。

「西村桐十郎の相好は崩れ放しだぞ」

「惚れ抜いた野衣どのでござれば、無理のないことでございましょう」

「これで西村の家も安泰じゃ」

同心は一代限りの御目見《おめみえ》以下が身分だ。だが、よほどの失態がない限り、その子に十手が渡るのは、八丁堀の習わしだ。

「織田様、お一つ」

め組の登五郎が酌に回ってきた。

「登五郎か、本日は辰吉の顔が見えんのう」

「へえっ、西村の旦那の願いもあり、人数を絞ったんで。するとねえ、うちの頭取が年寄りは遠慮しておこうって言い出して、わっしらのような若輩者が呼ばれることになりました」

「どこも代替わりか。それがしのような年寄りは少ないな」

朝七は座敷を見回した。

「大岡様の懐《ふところがたな》刀の織田様にはまだまだ頑張ってもらわねばと頭取も言っていますぜ」

「辰吉が隠居せぬのに、それがしが奉行所から消えるわけもいかぬか」

「そういうことですよ、まあ、一つ」

と勧め上手の登五郎に勧められて、朝七の顔は赤く染まってきた。

「織田様、誠にありがとうございました」

と肩衣を着た花婿が織田に礼に来た。

「おおっ、桐十郎、幸せになれよ」

「これを機に南町奉行所の同心たるべく、なお一層の努力を致す所存にございます」

「えらく堅苦しゅうございますね」

登五郎が笑うと、

「これが西村さんのよいところだ」

と惣三郎が取り成した。

「金杉さんには一方《ひとかた》ならぬお世話になりましてございます」

「今度の一件ばかりは、男はなんの役にも立っておらぬわ。第一の功績は、お杏どの、それに劣らず静香姐さんのお陰だ。野衣どのを泣かせるようなことがあれば、西村桐十郎、あの女衆が黙ってはおらぬぞ」

織田朝七が厳《いかめ》しい顔をつくって言うと、

「待って下され、それがし、野衣どのを悲しませるようなことは天地神明に誓って一切致しませぬ」

「聞きましたよ」

と新しい酒を運んできたお杏が口を挟んで、

「西村様、まあ、お一つ、お杏の酌でいかがでございますな」

「はっ、喜んで頂戴致します」

その姿がおかしいと一座が大笑いした。

野衣の周りにはみわや結衣やしのたちが集まり、

「野衣様、なんとお美しいことでしょう」

と白無垢を触ったりしていた。

「ありがとう、結衣さん」

と緊張を解いた野衣がようやく微笑《ほほえ》んだ。

「二度目のことでしょ、少しは落ち着いていられるかと思ったら、大違いでした」

「やはり慣れぬものですか」

みわが聞く。

「これ、みわ、結衣。なんという厚かましさですか」

「だってこんなこと他の人には聞けません」

結衣が言ったとき、

「ささっ、お色直しですよ」

と誘《いざな》われて野衣が立った。

白無垢で嫁入りした女はお色直しして初めてその家のものに染まるという。

お色直しの衣装は西村桐十郎が出入りの呉服屋や静香に相談して知恵を絞った加賀友禅《かがゆうぜん》だ。二度目に現われた野衣はなんともあでやかで、八丁堀に大輪の花が咲いたようだ。

「おおっ、美しいのう」

真っ先に嘆声を上げたのは、花婿の西村桐十郎だ。

「これでは生涯野衣どのの尻の下に敷かれるのは確かなことじゃな。それにしてもお杏どの、静香どの、しのどのと西村桐十郎の頭が上がらぬ女性《にょしょう》の多いことよ。まあ、この方が西村家にはよきことかもしれぬ」

織田朝七が言い、一座が大笑いした。そして、

「一座の方に申し上ぐる。いたって無骨者じゃがこれで南町ではなくてはならぬ同心、今後ともよしなにお願い致しますぞ」

と大岡の代理を務めた。

和《なご》やかな宴がお開きになったのは、深夜の九つ（午前零時）の刻限に近かった。

まず正客の織田たちが辞去し、後片付けを終えた女たちを待った惣三郎や房之助親分、登五郎の三家族が月夜の八丁堀を歩いていった。

め組衆や花火の親分の手先たちは先に戻っていた。

「静香どの、よい祝言であったな」

惣三郎の足元は友の祝言に少しばかりふらついていた。

「桐十郎の旦那もさることながら、野衣様も嬉しそうでしたよ」

「これで静香姐さん、お杏どの、しのと三人が奔走《ほんそう》した甲斐《かい》があったというものだ」

「私はなにもしておりませぬ。お杏さんが目白坂《めじろざか》の蓮華《れんげ》寺の門前で二人をお見かけしたのが切っ掛けにございましたし、あとは静香さんが頑張られました」

「なるべくして二人は夫婦になったようですぜ」

房之助親分が応じたとき、すでに八丁堀の堀端まで来ていた。対岸が南八丁堀の親分の家、房之助と静香の夫婦を残して、惣三郎一家と登五郎夫婦だけが東海道の京橋に出た。

「私たち、不思議な縁よねえ」

お杏が言う。

「火消しに町方同心にお店者、大岡様のように町奉行もいれば、かなくぎ惣三のような無骨者もいる。それもこれも考えれば、みわ様、おまえ様のお父つぁんがいなければ、知り合えなかったお仲間です。私なんかはかなくぎ惣三なんてえらそうなことを言っているけど、お父つぁんはだれよりもお偉いお方ですよ」

「お杏さん……」

名指しされたみわがそう言うとなぜか泣き顔を見せた。

「みわ様」

とお杏がみわの肩を抱き締めた。

そうやって六人は一つの家族のように東海道を芝口橋まで下ってきた。

寒々とした月光が六人を照らし付けていた。

先頭を歩く登五郎の足がふいに止まった。

惣三郎が視線を向けると、芝口橋の上に小柄な影が立っていた。

五街道の基点、日本橋から数えて三つ目の芝口橋は幅四間二尺（約七・九メートル）、長さ十間（約一八メートル）、橋台九尺（約二・七メートル）の規模を持つ。

「おまえ様、こんな夜更けにどうなさった」

橋の中央に独り立つ影に登五郎が声をかけた。

惣三郎は、甲源一刀流の速水左馬之助雪雅とようやく認めた。

「どうやらそれがしに用事があるようだ」

そう言うと惣三郎は、羽織を脱いだ。

惣三郎は、戦いを監視する目を意識した。

「石見道場の門弟を襲い、溝上張蔵どのを死に至らしめた所業許し難し、速水左馬之助」

「言うな。金杉惣三郎、そなたの命は今宵限りだ」

「そなたは尾張柳生の刺客よな」

「知っておったか」

「だれが黒幕ぞ」

「それを口外致さば、もはやこの商売は続けられぬわ」

「どこぞでそなたの仕事振りを監視致す御仁であろう」

「おれはおまえの悟り済ました面が気に入らぬ。おまえを倒して天下一の剣者となる」

「たわけたことを……」

速水が肩に羽織っていた羽織を脱ぎ捨てた。すでに襷《たすき》がけに足元はしっかりと武者草鞋《わらじ》で固めていた。

「父上」

みわが呟《つぶや》く。

「心配致すでない」

そう背の家族に言いかけた。

左馬之助は、剣を抜くと突きの構えを取った。

長身の惣三郎の首元に狙いを定められた切っ先は、突き上げるような格好である。

惣三郎はそれを見て、二尺六寸三分の高田酔心子兵庫を正眼に取った。

酔いは醒《さ》めていた。

だが、腰に力が入らなかった。

長いこと酒を酌み交わして座っていたせいだ。

間合いは一間半。

剽悍《ひょうかん》機敏な左馬之助の突きは、一、二歩踏み込めば届く距離だ。

惣三郎は臍下丹田《せいかたんでん》に力を込めた。

受け損じれば、死を招く。

歴戦の兵《つわもの》にはそれが分かっていた。

左馬之助の切っ先が惣三郎の動きを封じるように上下に動かされた。

(殺気)

惣三郎がそれを感じたとき、先に仕掛けて走った。

正眼の剣を左馬之助の剣先に擦り合わせるように伸ばした。

後手に回った左馬之助は、小柄な体を弾ませて飛び込み、惣三郎の咽喉元を突き破ろうとした。

それをかます切っ先が弾き、左馬之助の刃に添って鍔《つば》と鍔を合わせ、睨み合った。

惣三郎と左馬之助では体格が違う。

力勝負の鍔迫《ぜ》り合いになることを嫌った左馬之助は、斜め横に飛んだ。

惣三郎は反転した。

そのとき、左馬之助はすでに身を返して再び突きを放ってきた。

惣三郎は、まだ引き付けの途中にあった酔心子兵庫で辛《かろ》うじて弾いた。

左馬之助はそのことを予測していた。

弾かれた剣を横手に回して手元に引き付けると、惣三郎の横鬢《よこびん》を殺《そ》ぎ斬るように二撃目が襲ってきた。

これもなんとか撥《は》ねた。

さらに左馬之助は剣を、惣三郎の脇腹を薙《な》ぎ斬るように変転させた。

しのが悲鳴を上げた。

擦り合わせるのが間に合わないと咄嗟《とっさ》に悟った惣三郎は、相手の刃から逃れた。

だが、左馬之助は、その行動を読んだようにぴったりと従ってきた。

「死ね！」

左馬之助の三撃目、四撃目が間断なく襲いきた。

惣三郎は後退を余儀なくされていた。

みわは拳を握り締めた。

結衣は両眼を閉じた。

しのは八百万《やおよろず》の神に祈った。

登五郎は手出しができないかどうか考えていた。

左馬之助は、止《とど》めの一撃を脳裏に思い描いて行動に移ろうとしていた。

その瞬間、お杏が、

「かなくぎ惣三、しっかりおしな！　おまえさんらしくもないねえ、なにをこんなへなちょこ侍に手間取ってんだよ！」

と叫んでいた。

それが左馬之助の出鼻をくじいた。

惣三郎はその一瞬に間合いの外に逃れた。

「糞《くそ》っ！」

左馬之助が再び気を引き締めて突きの構えに戻した。

そのとき、惣三郎は、高田酔心子兵庫のかます切っ先を左前、地擦りに流すように垂らしていた。

寒月霞斬り一の太刀

両雄は数呼吸睨み合った後、同時に仕掛けた。

左馬之助の突き上げるような突きと、踏み込みざまに伸び上がってくる秘剣がほぼ同時に交錯した。

惣三郎の咽喉元だけを見つつ、飛翔《ひしょう》するように踏み込んだ左馬之助は、勝利を確信した。

だが、六尺余の体を踏み込ませての地擦りは、左馬之助の予測を超えていた。

ばしり
と肉と骨を断つ音が芝口橋に響き、左馬之助の体は酔心子兵庫の刃に両断されつつ、後方へ吹き飛ばされて橋板の上に転がった。

「父上!」

みわの歓喜の声が夜空に響き、監視の目が消えた。

(溝上張蔵どの、仇《かたき》は討ったぞ)

惣三郎は荒い息の下、そう胸の内に呟いた。

第四章　清之助《せいのすけ》修行行

一

睦月《むつき》（一月）も残り少なくなった日の夕暮れ、肥後の球磨川河畔《くまがわかはん》に立つ若い武者修行の武士がいた。

金杉清之助だ。

熊本城下に巣食う武者修行くずれの野中左膳とその一党を、木刀一本で倒した清之助の腕前に驚嘆した肥後熊本藩町奉行の寺沢団輔は、

「ぜひとも城中にお招きしたい」

と清之助に迫り、雲巌寺に日参してくるようになった。

こうなれば、修行に専念するわけもいかない。丁重な書状を残して、武蔵終《しゅう》

焉《えん》の地を後にして、肥後に生まれた剣の偉人の地へと南下してきたところだ。

肥後南部を大きくうねって流れる球磨川は名にしおう急流だ。

山岳部の水上越《みずかみごえ》と石楠越《しやくなんごえ》近くに水源を発し、人吉《ひとよし》領内を南西に流れて城下でいくつもの支流を集め、八代《やつしろ》平野から海に出る。

川の全長二十九里（約一一五キロ）の間に大瀬の修理《しゆり》、槍倒《やりたおし》など七十六瀬があった。

人吉藩の参勤行列は城下から槍を立てた舟に分乗して八代に下る。だが、勇猛で鳴らす家臣たちも、槍を倒して舟縁《ふなべり》に摑《つか》まって流れを乗り切らねばならない急流があった。

槍倒の瀬だ。

今、清之助の眼前に、槍倒が岩場に急流をぶつけながら、白い波を作っていた。

清之助が目指す地は肥後の人吉藩二万二千石の城下だ。

藩主の相良《さがら》家は源《みなもとのよりとも》頼朝の命で豆州《ずしゆう》相良庄からこの肥後に流された名門で、八代、葦北《あしきた》、下益城《しもましき》、天草《あまくさ》各地を支配してきた。

さてこの地に、

「東の柳生、西のタイ捨流《しゃりゅう》」

と謳《うた》われた剣技タイ捨流が生まれた。

流祖は、相良家十三代の遠江守定頼《とおとうみのかみさだより》の三男、相良兵庫允《ひょうごのじょう》頼春の後胤《こういん》、山本《やまもと》与三右衛門《よざえもん》の嫡男として人吉に生まれた丸目蔵人佐《まるめくらんどのすけ》だ。

蔵人佐が世に誕生したのは、天下を制する武蔵より四十年前の天文《てんぶん》九年（一五四〇）であった。

この時代の違いが丸目蔵人佐のタイ捨流を田舎剣法に終わらせた。

蔵人佐の生涯には、糾《あざな》える縄の如《ごと》くに運と不運が激しくも襲いくる。

十六歳で大畑の合戦で初陣《ういじん》、戦功を上げた蔵人佐はこのとき、主君より丸目の姓を賜《たまわ》った。

翌年には天草本渡《ほんど》に行き、城主の天草伊豆守種元《いずのかみたねもと》の下で兵法修行に打ち込んだ。さらに二年後、畿内各地を転々とした後、上洛《じょうらく》した蔵人佐は、新陰流《しんかげりゅう》の上《かみ》泉伊勢守信綱《いずみいせのかみのぶつな》の門を潜った。

当時、天下一の剣と言われた新陰流で、柳生宗厳《むねよし》、疋田豊五郎《ひきたぶんごろう》、神後伊豆守宗治《じんごいずのかみむねはる》の高弟に伍《ご》して、四天王の一角を占めるに至った。

永禄《えいろく》年間（一五五八～七〇）、上泉が室町幕府の十三代将軍足利義輝《あしかがよしてる》の前でその剣技を披露した。その折り、蔵人佐は、師匠上泉の打太刀を務めて、将軍から感状《かんじょう》を貰《もら》った。さらに永禄十年（一五六七）には、新陰流の印可《いんか》を受けている。

剣の才人といってよい。

蔵人佐は、錦《にしき》を飾るように人吉に帰郷し、相良家中の子弟らに兵法指南を始めた。

当時の相良は強国で、隣国薩摩《さつま》からしばしば国情偵察に隠密が潜入した。

家臣に戻った蔵人佐は、隠密狩りに就いたという。

だが、順風満帆《じゅんぷうまんぱん》と見えた蔵人佐に思わぬ落とし穴があった。

永禄十二年（一五六九）、肥薩の国境近く、大口城《おおくちじょう》の守備に就いていた蔵人佐は、島津義久《しまづよしひさ》の一軍におびき出されて味方を苦戦に陥《おちい》らせるという失態を演じる。

主君義陽《よしひ》の不興をかった蔵人佐は永《なが》の出仕差し止めとなった。

この失態は剣術家丸目蔵人佐に終生影を落とす。

丸目蔵人佐は剣術家専念の道を歩くことを決意した。

そのためには、なんとしても称号がなくてはならぬ。

江戸に出た蔵人佐は、将軍家指南役の柳生但馬守宗矩《むねのり》を訪ねて試合を申し込んだ。

　だが、将軍家指南役がそうそう簡単に試合などできるわけもない。門前払いするには、蔵人佐は新陰流四天王の名が高すぎた。そこで宗矩は、

「天下の達人がそなたと我《わ》であることは周知の事実、その二人が相争えば一人を失うことになる。どうかな、我は東国の兵法日本一、そなたは西国の剣術第一としては……」

　という提案をし、蔵人佐は受けた。

　蔵人佐は兵法に長《た》けた柳生宗矩に軽くあしらわれたのである。

　戦乱の時代が遠くに去り、蔵人佐は古里人吉に戻り、相良家に新知百十七石で召し抱えられ、藩の剣術指南役に就いた。

　その時以来、タイ捨流を名乗るようになった。

　丸目蔵人佐が西国の肥後に生まれて独自の剣を創始した。だが、西国ゆえにその剣法は天下を制することができなかった。

　清之助は、不器用過ぎる蔵人佐の人柄とタイ捨流の奥義の一端を知りたくて、人吉領まで南下してきたのだ。

　球磨川の流れに茜色《あかねいろ》の陽光が映えて、陽が落ちることを告げていた。

清之助は、流れから目を離すと城下への道を辿《たど》り始めた。

江戸に寒気が襲いきた日の夕暮れ、半鐘の音が響き渡った。

元吉原の旧地、高砂町《たかさごちょう》の藍屋《あいや》から出た火は、古着屋が軒を連ねる富沢町《とみざわちょう》の中心に燃え広がることなく、町家三十数軒を焼失して食い止められた。風がなかったためだ。

荒神屋では、古着問屋の伊勢屋孝兵衛《いせやこうべえ》に頼まれて火事場の始末に精を出した。

その仕事が一段落したのが一夜明けて、夕刻前のことだ。

小頭の松造に率いられた人足たちが荷車に焼けぼっくいを積み込んで大川端に戻ってきた。

「ご苦労さん」

喜八と惣三郎が徹夜で働いてきた松造たちを迎えた。

人足たちには、焚き火と酒が用意されていた。大川端に残った二人が用意したものだ。

手早く焼けぼっくいを片付けた松造たちが火の周りに集まり、一息ついた。

「ふうっ、生き返った」

松造が鉄瓶で燗《かん》をした酒を咽喉《のど》に落として、唸《うな》った。

「金杉の旦那、火事が鎮火した後、め組の登五郎さんに鍾馗の昇平がこっぴどく怒られていたぜ」

「なんぞしくじったか」

「気を抜いて鳶口《とびぐち》を振るい、仲間に危うく怪我をさせるところだったんだと」

「それはいかんな。昇平はどうかしたのか」

「確かにおれが見てもいつもの鍾馗様じゃないねえ。気が抜けた凧《たこ》みてえによ、ぼうっとしていたぜ」

そう言われて惣三郎は、朝稽古の際も昇平にいま一つ元気がなかったことを思い出した。

(みわの一件と関わりがあるのではないか)

「旦那は、昇平の師匠だ。気合いを入れなきゃあ、駄目じゃないか」

松造に言われて、惣三郎は、

「そうは申されても、登五郎どのや総頭取《かしら》がしっかりと気を配っておられるわ」

と答えた。

「おれは、なかなかの重態と見たね。車坂か火事場で大怪我でもしたら後の祭りだぜ」

「そうだな、明日にも話をしてみるか」

二人の会話を笑って聞いていた喜八が、

「西村様と花火の親分のご入来だ」

と土手を見た。

同心付きの小者に手先の猪之吉《いのきち》を連れた二人が肩を並べて焚き火に向かってきた。

「西村の旦那の幸せそうなこと」

松造が小さな声で囁《ささや》いた。

それほど桐十郎の顔は和《なご》やかだ。ということは新たな事件が発生したわけではなさそうだ。

「西村様、この度はおめでとうございます」

喜八が言い、松造たちも昵懇《じっこん》の同心に祝いの言葉をかけた。

「いやはや、親方の方から挨拶されると二重に痛み入る。それがしの祝言に際しては、祝いまで頂き、誠にありがとうござった。本日はその礼に参ったのだ」

桐十郎らしく火事場の煤《すす》や埃《ほこり》を顔につけた人足たちにまで丁寧に頭を下げて礼

を述べた。

「ちょうどいいところにおいでなさった。新年と祝言の慶賀を兼ねてまずは一杯……」

松造が茶碗を桐十郎らに握らせて、酒を注いだ。

「春とは名のみ、寒さにはなによりだ」

南町定廻り同心が気軽に人足たちの間で茶碗酒を啜《すす》った。

「旦那、新所帯はどうですね」

「所帯を持つとはかようによいものかのう。役宅に帰れば、野衣が三つ指で出迎え、夕餉の仕度が調っておる。長いこと独り者を続けてきたことを悔やんでおる」

「おやおや、手放しだ。参ったな」

桐十郎にまともに言葉を返された松造が頭を掻《か》いた。

「お奉行様も織田様も一安心なさったことでございましょうな」

「織田様には次はやや子じゃぞと毎日尻を叩かれておる」

「いいなあ、そんなときがうちにもあったのかねえ。餓鬼《がき》が毎年のように増えて五人にもなると、うちに帰っても火事場にいるようだぜ」

松造がぼやいた。

「金杉さん、西村様が新年の挨拶だけに見えたとも思えない。小頭のぼやきを聞いていると夜が明けます。どうぞもう今日はお引き取りください」

喜八が気を利かせてくれた。

「ならばそうさせてもらうか」

惣三郎は帳場に入ると大小を腰に差して仕度を終えた。

焚き火のそばでは、茶碗酒を飲み干した西村ら四人が惣三郎を待っていた。

桐十郎、房之助、そして、惣三郎の三人が肩を並べ、小者と猪之吉が後に続いた。

花火の親分が言い出した。

「尾張様のお屋敷は、楽々園のほかにいくつもございます。わっしらもどこが不逞《ふてい》の剣客を住まわせるのにうってつけかと蔵屋敷や戸山《とやま》屋敷なんぞの出入りに気を配ってきましたがねえ、なにしろ屋敷は多く、広いや。目星をつけていた蔵屋敷もここのところひっそりしている。手がかりが見つけられずにおりましたが、ようやく尻尾《しっぽ》を摑みました」

「ほう、それはお手柄」

「猪之吉が市谷御門の尾張上屋敷そばの隠れ家を探り出してきたんで」

と房之助は、若い手先の手柄を惣三郎に告げた。

「猪之吉、ありがたいぞ」

惣三郎は後ろを振り向き、言った。すると猪之吉が照れたように笑った。

「尾張屋敷の裏手に馬場があるのをご存じでございますか」

「いや、知らぬな」

「屋敷のちょうど西側、根来《ねごろ》百人組与力の大縄地との間にございますんで。その先をほぼ戌亥《いぬい》（北西）の方角に行くと、あまり知られていませんが尾張様の抱え地がございます。上屋敷に入りきれない家臣団が住んでおられ、上屋敷では不都合な集まりにも使われてるんですよ。そこに最近とても尾張様の家臣とは思えない者たちが出入りしているそうなんで」

「よう調べたな」

惣三郎は再び猪之吉を振り向いた。

「猪之吉、金杉様に残らず話して聞かせろ」

房之助が命じ、猪之吉は惣三郎と肩を並べた。

先頭に桐十郎と房之助、次に惣三郎と猪之吉、最後に西村の小者が挟み箱を担いで続く格好になった。

「月桂寺《げっけいじ》にうちの叔母の墓がありますんで、久し振りに立ち寄ったんですよ。そしたら、その西隣りが尾張様の抱え屋敷だったたんです。それで墓参りした後にぐるりと回って見ますと、裏口から偶然にも二人連れの剣術家が出てくるのを見かけました……」

月桂寺は、寛永九年（一六三二）に開山、同十一年に移転した寺で、足利頼純《あしかがよりずみ》の娘が寄進した宝珠《ほうじゅ》を安置してあった。

そこで、猪之吉は、間を置くと二人を尾《つ》け始めた。

辺りは屋敷と寺ばかりだ、人の往来は少ない。だが、町家のようにごみごみしているわけではない。

猪之吉が尾行していることなど気にする様子もない二人は、尾張の上屋敷の西側の馬場に出ると、合羽坂《かっぱざか》から屋敷の南側に回り、美濃高須藩《みのたかすはん》の上屋敷の前を抜けて、四谷《よつや》大通りに出た。

右手に折れれば四谷大木戸《おおきど》から内藤新宿《ないとうしんじゅく》に向かうことになる。

二人の剣術家は、右に曲がって大木戸近くの煮売り屋に入った。

甲州《こうしゅう》街道、青梅《おうめ》道中を仕事場にする馬方やら駕籠《かご》かき、さらには旅人相手の安直な店だ。

「いらっしゃいまし」

小僧の声に迎えられた二人は板壁にそって狭く、長く設けられた板の間に上がり込んで向き合った。

髪を撫《な》で付けた猪之吉がお店者《たなもの》のように裾《すそ》を下ろして、店に入っていくと、二人は酒を注文したところだった。

「お酒を下さいな、あとでめしをお願いしますよ」

猪之吉は丁寧な言葉付きで小女《こおんな》に頼み、二人の席と背中合わせの板の間に上がり込んだ。

「尾張の屋敷というからちっとは賑《にぎ》やかなところかと思うたら、えらく辺鄙《へんぴ》な田舎屋敷ではないか。酒を飲むにもここまで来ねばならぬ」

猪之吉の背中合わせの剣客がぼやいた。

「われらが如き浪々の者を上屋敷に出入りさせるわけにもいくまい」

もう一人の男が答えたとき、年増の女が煮物を運んできて、

「旦那方、今日はお一人少ないんですね」

と言葉をかけた。

すでに何度か酒を飲みに来たことがあるのだ。

「速水左馬之助氏《うじ》か。もはやここには来られぬ」

「旅にでも出られましたですかね」

「旅と言えば旅だ、西方弥陀《さいほうみだ》浄土《のじょうど》にな」

「ご冗談をおっしゃってはいけませんよ」

からかわれたと思った女がそそくさと台所に戻った。

「なんの冗談なものか」

呟くような声が猪之吉の耳に聞こえた。

「驚いたぞ。速水氏はわれらとは比べようもなき剣者であった。しかし、ああもあっさりと殺されるとはな」

「相手は只者《ただもの》ではないぞ。坂上《さかがみ》、どうするな」

「どうするって、われらに指名がかかれば仕事に就くほかはあるまい。そのために金を貰《もら》っておる」

「命を捨ててまで、あの若僧の命に従わねばならぬのか」

「と言って、今さら逃げ出すわけにもいくまいが」

坂上と呼ばれた男が言い、二人は沈黙した。

猪之吉にも酒が運ばれてきた。

「どのような事情があるかは知らぬ。われらが尾張に殉《じゅん》じる義理はあるまい。尾張には尾張柳生の猛者《もさ》たちが控えておる。相手の腕を知るためにわれらの命を鼻先に放り出すような尾張の魂胆《こんたん》が気に食わぬ」

「すでに十両の前渡し金を貰っておる」

「そんなことはどうでもよい。それに残りの四十両をどぶに捨てる気もない」

「どうするのだ」

「仕事を命じられたら、金だけを貰って逃げ出さないか」

「あの若僧の監視を出し抜けるか」

「二人で力を合わせれば、なんとでもなろう」

「よし、二人だけの密約だぞ」

「だれに言えるものか」

二人は早々に酒を飲み干すと内藤新宿の飯盛旅籠《めしもりはたご》に行くかどうか、話し出した。

「そんなわけで、坂上と長井《ながい》という名の剣客は、煮売り屋の後で内藤新宿に参りました。そこまでは尾けましたが、飯盛旅籠では隣り部屋に上がることができませんでした」

「ようやってくれた」

惣三郎は先行する二人の間に戻った。

「刺客たちの隠れ家は分かりやした。これからどうしたものでしょうね」

房之助が聞いた。

五人は八丁堀の与力同心たちの屋敷が集まる界隈《かいわい》まで進んでいた。

西村桐十郎の役宅もすぐそこだ。

「坂上と長井と申す剣術家を利用できませんかねえ。尾張の内情を探索させるのです」

桐十郎が言い出した。

「出来るかな」

「猪之吉に、金だけ取って逃げ出す企てを聞かれている。話からしても腕はさほどではありますまい。そいつを種に脅せば、力を貸すかもしれませんよ。ともかくここは金杉惣三郎を亡き者にせんとする尾張柳生の企てのすべてを知ることです」

「旦那の言われるとおりだ、わっしらも力を合わせますぜ」

「西村さんと親分の力を借りたいのは山々だが、町方の仕事ではないな」

惣三郎が西村桐十郎の役職を外れた行動を心配した。

「なあに江戸の暮らしを乱すような話はすべてわっしらの仕事ですって。ご心配は無用に願います」

房之助が言い切り、

「金杉様を旦那の役宅にお誘いして相談をと、迎えにきたんでさ」

「最初からそのつもりで大川端に来られたか」

「へえっ、どうです、わっしらにも一役買わせてくだせえな」

足を止めた親分が惣三郎の顔を見た。

惣三郎も立ち止まり、しばし思案した後、頭を下げ、

「そうでなくちゃあ。さあ、野衣が待ってますよ」

と西村桐十郎が応じた。

二

尾張藩の抱え屋敷に住む坂上三郎助《さぶろうすけ》と長井鍋《なべ》之丞《のじょう》を監視する態勢が花火の房之

助親分の指揮の下でつくられた。

信太郎を頭として手先や下っ引きたちが交代で内藤新宿の飯盛旅籠の高遠屋《たかとおや》に住み込むことになったのだ。

花火の房之助が内藤新宿まで出向き、高遠屋の主、市兵衛《いちべえ》に掛け合ってくれた。

市兵衛も南八丁堀の親分が出向いての相談だ。否《いや》も応《おう》もなく信太郎らを男衆として受け入れることにした。

坂上と長井の馴染みは、青梅宿《おうめしゅく》から売られてきたさよとかつの二人と分かった。二人の女郎には五日後に来ると言い残していったという。

ともかく二人が内藤新宿に現われれば、すぐに南八丁堀の房之助に、さらには惣三郎に知らされる仕組みが出来上がった。

如月《きさらぎ》三日、みわは軽部駿次郎と湯島天満宮で待ち合わせた。

現代では立春《りっしゅん》の前日にあたる二月三日は節分で、湯島天満宮でも、

「鬼は外、福は内」

と豆まきが行なわれる。だが、江戸時代の旧暦では、豆まきは一年の締めくく

りと新年を迎える替わり日の大晦日に行なわれた。

境内《けいだい》は新年の晴れがましさも去り、桜の季節を迎えるまでの凜《りん》とした静けさだけが漂っていた。

この日、みわが先に湯島天満宮に着いていた。四半刻も過ぎたころ、駿次郎が走り込んできた。

「みわどの、すまぬ。道場の出掛けに朋輩に呼び止められてなかなか放してくれなかったのだ」

駿次郎は走ってきたらしく息が弾んでいた。額にも汗が光っていた。

「あらあら汗が……」

みわは懐《ふところ》から懐紙《かいし》を出して駿次郎の額の汗を拭き取った。

「これは申し訳ない」

二人は天満宮の東側の石段を門前町へと下りていった。

「咽喉がからからだ。すまぬが茶を飲ませてくれ」

駿次郎はそう断わると茶店の一軒に入り、緋毛氈《ひもうせん》の敷かれた縁台にみわを誘った。小女に茶と草餅を頼む姿も鷹揚《おうよう》であったし、慣れていた。

「清之助どのから便りはないですか」

「母は毎朝陰膳《かげぜん》を供えながら、今日こそは清之助から便りがありますようにと祈っておりますが、ご先祖様もお聞き届けないようです」

「経験のある道場の先輩方に聞きますと、やはり家族へ未練を残しての武者修行は無理のようです」

「駿次郎様も武者修行に憧《あこが》れますか」

「剣を志した人間ならだれでも己に打ち克《か》つほどに強くなりたいと思うものです。山野に身をおいて修行に専念する、剣者の夢ですね」

「夢、でしょうか。女子《おなご》には理解つきませぬ」

「それがしの場合、まず義父《ちち》と義母《はは》が許してはくれますまい」

「駿次郎様にはご奉公がございます。ご両親様への孝心とご奉公がなによりです」

「武家では家を継承するのが大事と養父母に始終言われて育ってきました」

茶と草餅が運ばれてきた。

茶を喫した駿次郎が、

「みわどののお父上は諸国廻遊をなさったのですか」

「いえ、それはないと思います」

「それでも当代有数の剣者になられたか」

「父が剣術家として優れているかどうか知りませぬ。父は豊後相良藩にご奉公していた折り、ご先代のご勘気を被《こうむ》り、国許に長いこと蟄居《ちっきょ》していたことがあるそうです。そのとき、ただひたすら己と向き合うて、剣の修行をしたとおばば様に聞かされたことがございます」

「やはりな、雌伏《しふく》の秋《とき》に剣の修行に邁進《まいしん》なさったゆえ、一流の剣士になられたのであろう」

駿次郎はみわと会うといつも金杉惣三郎と清之助父子の、剣の話に熱中した。

「駿次郎様、先夜も父はどこぞの刺客に襲われました」

剣の話を聞きたがる駿次郎のために、みわは祝言の帰り道、芝口橋で待ち受けていた刺客との戦いの模様をつい話していた。

「な、なんと……」

駿次郎は息を呑んで聞いた。

「祝い酒に酔っておられて刺客を討ち果たされたか」

「母も私も駄目かと思いました。そのとき、め組のお杏さんが父を、しっかりおし！　と鼓舞《こぶ》されたのでございます。それで父は酔いから目が覚めたように気力を奮《ふる》い立たせて討ち果たしました」

「道場稽古では想像もできません、驚き入った話です」

「私の記憶の中には、父が戦う姿ばかりが残っております」

「この太平の御世になぜ金杉惣三郎様ばかりが奇禍《きか》に遭われるのですかねえ」

「みわには想像もつきませぬ」

さすがにみわもおぼろげに知る父の秘密の任務を話すことはなかった。

「駿次郎様は真剣勝負をなさったことがおありですか」

「江戸の屋敷育ちです、あるものですか」

「父や兄のように一人倒せば、また新たな敵が行く手に立ち塞がります。父は、死の時までそうやって生きていくような気がします」

「身震いするほど凄《すご》いことですよ」

「いえ、血に塗《まみ》れた暮らしなど、どのような大義があろうと荒《すさ》んだ生涯です。決して駿次郎様が辿ってはならない道にございます」

「お父上はこれからも尾張柳生との戦いを続けていかれるのであろうか」

駿次郎がうっかりと、みわが口にもせぬ尾張柳生の名を出した。が、みわは重大な言葉を聞き流してしまった。

「さて、降りかかる火の粉《こ》は払わねばならぬと常々母に言い訳しておりますゆえ、あるいは……」

と答えたみわは、

「そういえば、駿次郎様も柳生新陰流にございましたね」

「同じ柳生でも江戸柳生でな、尾張柳生とは他流以上に犬猿《けんえん》の仲だ。先の大試合を制せられたのは尾張柳生、わが流派は、緒戦で負けた」

駿次郎は悔しそうに答えた。

二人は話を中断すると茶を喫し、草餅を食しながらも、

「みわどの、それがし、そなたの父上や兄上のような剣客には到底なれぬ。だがな、修羅の場を踏まれる実戦の剣客の話は、道場稽古の役にも立つ。話を聞かせてくれ」

とみわにせがんだ。

「さて、なにを……」

みわは困惑しながらも駿次郎が喜びそうな話はないかと頭を巡らせた。

この夕暮れ、金杉惣三郎は大川端にめ組の鍾馗の昇平を呼んでいた。

火消しの戦場、火事場で気を抜いた行動を見咎《みとが》められ、若頭の登五郎にこっぴどく叱られたという話を松造から聞いていたが、なかなか話す機会がなかった。そこで仕事の帰りに馴染みの煮売り屋ととやにでも寄って、話し合おうかと考えたのだ。

「師匠、なんだい、用事たあ」

昇平が大きな体を荒神屋の帳場に現わした直後、花火の親分の手先、三児が駆け込んできた。

「金杉の旦那、二人が高遠屋に上がったそうだぜ」

「おおっ、ついに現われたか」

惣三郎は立ち上がりながら、昇平の一件がまた先送りになったかと思案した。

「師匠、捕り物かい。おれも手伝うぜ」

「花火の親分方がおられるゆえ、鍾馗の出番はなかろう。それでも一緒に内藤新宿まで遠出するか」

「そうこなくちゃ」

昇平が張り切った。

すでに西村桐十郎も房之助も先行しているという。

惣三郎ら三人は江戸の町を東から西へ、風のように突っ切って内藤新宿に向かった。

坂上三郎助と長井鍋之丞は、七つの鐘（午前四時）を内藤新宿下町《しもちょう》で聞いた。

広大な信濃《しなの》高遠藩の下屋敷辺りから玉川上水《たまがわじょうすい》の水音が響いてくる。

二人は左手に曲がった。

右手は御家人の屋敷が続き、左手は百人組与力の組屋敷だ。

朝靄《あさもや》をついて朝の気配が忍び寄ってきた。

東長寺《とうちょうじ》の塀が切れたところで道は左右へ分かれる。右手に取った二人の行く手に寺町が出現し、その間をくねくねと道が続いている。

二人はふと道に立ち塞がる大男を見た。

長半纏を裏返しに着た男は、広くもない道の真ん中に棒を手に立っていた。

「何者か」

尾張の抱え屋敷に戻ろうとする坂上が、鍾馗の昇平に訊いた。

「坂上の旦那、長井の旦那、ちょいとお話が」

「なんだと！　われらの名を知るおまえは一体だれだ」

「こやつ、腹に一物ありそうじゃぞ」

二人が剣の柄に手をかけて昇平に詰め寄った。

「用のある方は、ほれ、おめえさん方の後ろだ」

昇平の言葉に振り向いたとき、惣三郎が二人の懐に飛び込みざま、拳で鳩尾《みぞおち》を次々に突き上げた。くたっとする体を心得たりと昇平と惣三郎が抱き止めて、肩に担ぎ上げた。

二人が意識を取り戻したのは、荒れ寺の宿坊だ。

広大な敷地の自證院《じしょういん》には、こぶ寺という異名がある。

寛永十七年（一六四〇）に創建されたと伝えられる自證院は、節《ふし》の多い木材で本堂が造られていることから、後年この名がついた。

このこぶ寺の敷地の一角に長いこと使われていない宿坊があり、破れた塀の間から出入りできた。

「目を覚まされたかな」

南町奉行所の定廻り同心の西村桐十郎が二人に言いかけた。

二人はきょろきょろと辺りを見回した。すると二人を捕まえた大男と侍、さらには御用聞きらしい男に手先たちが取り囲んでいた。

「なにを致す気か。先ほどはふいをつかれ不覚を取ったが、許しはせぬぞ」

坂上が虚勢を張るように言い、腰の刀に手をかけようとして、無腰であることに気付かされた。

「な、何者じゃな」

長井鍋之丞も怒鳴った。

「頼みを聞いてくれればすぐにも尾張屋敷に戻そう」

桐十郎が答え、

「あとは金杉様にお任せしよう」

と惣三郎と交替した。

「それがし、金杉惣三郎と申す。お聞き及びはないか」

「金杉……」

と言いかけた坂上三郎助が、

「まさか速水左馬之助どのを倒した金杉惣三郎ではあるまいな」

と呟くように漏らした。

「速水どののほかに沢渡鵜右衛門どのも」

二人が息を呑んだ。

「よ、用件はなんじゃ」

「それがし、尾張柳生の面々に命を狙《ねら》われる覚えなし、大変迷惑を被《こうむ》っておる。これからも際限なく襲われたのではかなわぬ。そこで尾張柳生がなにを考えてのことか、お手前らにお聞きしたくて、かような場所に呼んだ」

「われらがなぜそなたに協力せねばならぬ」

「強《し》いてお願いは致さぬ。その代わりに尾張屋敷にそなたらが着手金四十両を受け取ったら、さっさと逃げ出す考えだと知らせるまで」

「な、なんでそのような……」

「そなたらが大木戸の煮売り屋で話し合ったことは、ここにおられる親分の手の者が探り出しておる。言い逃れは出来ぬ」

　おのれ、と力なく言った坂上と長井が顔を見合わせた。口を開いたのは坂上だ。

「われらが承知のことを話せば、解き放ってくれるな」

「まずは金杉様の問いに答えなせえ」

　花火の房之助が二人を睨んだ。

「われらが承知していることなど多くはない」

「金杉惣三郎を倒すために、お手前方のように浪々の剣客が何人雇われましたな」

「ただ今はわれら二人を入れて十一人が抱え屋敷の道場に寝泊まりしておる」

「十一人の流儀はいかが」

「われら二人の流儀が天心独名流《てんしんどくみょうりゅう》と神流と違うようにばらばらでござる」

「速水どのも鳥羽治助どのも仲間であったか」

「鳥羽氏《うじ》のことも承知か」

「車坂の石見道場に来られて尋常な立ち合いを所望された。見事な振る舞いであったが、だれがいびり殺したな」

「尾張柳生四天王の一人の若僧が指揮して、しくじった者の見せしめに浜御殿そばの蔵屋敷で大勢で嬲《なぶ》り殺したのだ」

「若僧とはだれだ」

「法全正二郎《ほうぜんしょうじろう》だ」

「鳥羽どのを亡き者にしたあと、そなたらは、こちらの抱え屋敷に移ったのか」

「さよう」

「速水と鳥羽のご両者の次は、どなたがそれがしの刺客として差し向けられるな」

「次の機会には仲間全員で襲うと聞いた」

「残された仲間ではだれが腕達者か」

「宝蔵院流《ほうぞういんりゅう》高田派《たかだは》の遣い手、横地坐禅坊《よこちざぜんぼう》の十文字槍《じゅうもんじやり》は、速水どのの俊敏な剣を凌《しの》いでおった。体も大きければ、性情も残忍だ。この者の腕は、尾張四天王とて一目おくものだ」

惣三郎はしばらく沈黙して考えた後、

「尾張柳生四天王の残りの三人とはだれかな」

と聞いた。

「四天王の頭分は、識見技量ともに間違いなく大河原権太夫《おおがわらごんだゆう》にござる。だが、法全正二郎と申す若僧の剣は、遠い間合いから一気に詰めるむささび殺法、ひょっとすると実力は大河原どのより上かもしれぬ。三番手に沢渡鵜右衛門がおられる。そして、最後に牛目幾満《うしめいくみつ》どのにござる」

「そなたらは、柳生六郎兵衛様にお会いしたことがあるか」

惣三郎は菊小童に暗殺された尾張柳生の当主のことを聞いた。

「いや、ちらりとさえない」

長井がはっきりと打ち消した。

「ならば、柳生兵助どのはいかがか」

二人して首を横に振った。

「大河原どのら四天王を動かしておるのはだれか」

「尾張藩の重臣と聞いたが、われらは会ったこともない」

「そなたらに命じる者はだれか」

「四天王のうち、法全と申す若僧がわれらを監視して、尾張の命を伝えるのだ」

そう答えた坂上三郎助は、

「われらが知るところはおよそこんなものだ。約定《やくじょう》だ、身を解き放っていただきたい。夜が明けぬうちに屋敷に戻らぬと厄介《やっかい》なことになる」

と言った。

「そなたらが尾張柳生の手先に使われ、暗闘に命を懸けることもあるまい。この場から逃げられぬか」

二人は顔を再び見合わせていたが、長井が、

「わずかばかりだが、持ち物を置いておる。逃げるにしても持ち出したいものじゃ」

と屋敷に戻ると言った。

「ともかく命あっての物種ですぞ」

惣三郎の忠告に二人して、

「相分かった、今日のうちにも屋敷を離れる」

と真剣な顔で首肯《しゅこう》した。


坂上三郎助と長井鍋之丞が尾張藩の抱え屋敷の裏口を押し開けたのは、明け六つ（午前六時）時分だ。

与えられた部屋に戻って持ち物をまとめて屋敷を出る、と自證院からの道々話し合ってきたのだ。

二人はだれにも見られることなく部屋に戻りついた。

「坂上、長居は無用だ。急ぐぞ」

「承知した」

二人は、部屋に置いてあった金子《きんす》と衣類などわずかな持ち物を風呂敷に包んだ。

「忘れ物はないいな」

「ないない」

二人が部屋の障子を引き開け、庭に面した廊下に出ると横地坐禅坊が槍を小脇に抱えて立っていた。穂先は革鞘《かわざや》に差し込まれてあった。

「おっ、これは横地氏、稽古にござるか」

「何処《いずこ》へ参る」

「いえ、ちと買い物に」

坐禅坊が小脇に抱えた槍を前後に揺すった。すると穂先の革鞘がするりと抜け落ちて、穂先が煌《きらめ》いた。

「なにをなさる気か」

坐禅坊が立ち塞がったのとは反対の廊下から法全正二郎の声がした。

「そなたらがあまりにも夜遊びが過ぎるによって、昨夜は尾行をつけておいた」

二人は慌てて後ろを振り向いた。

「な、なんと、なんのためでござるか」

「ぬけぬけと敵方の手に陥《お》ちよって、尾張を裏切るつもりか」

「法全どの、なにか誤解をなさっておるようだ」

必死で坂上三郎助が言い募《つの》りながら、後退《あとずさ》りした。

「馬鹿めが」
法全の声が合図で、坂上三郎助の首を坐禅坊の十字槍の穂先が突き通した。
げええっ
それを見た長井鍋之丞が、
がばっ
と廊下に這《は》い蹲《つくば》り、
「お許し下され」
と助命を請うた。
「そなたには喋《しゃべ》ってもらわねばならぬ」
法全正二郎のぬらりとした声が廊下に響いた。

三

深夜、市谷の月桂寺裏の尾張藩抱え屋敷の裏口から二挺《ちょう》の乗り物が出た。灯火も点けることなく、月明かりを頼りに東大久保村《ひがしおおくぼむら》へと進み、七面大明神法善寺《しちめんだいみょうじんほうぜんじ》付近から内藤新宿へと道を変えた。

七面大明神とは、日蓮宗《にちれんしゅう》の守護七面尊が安置されていることからこう呼ばれていた。

二挺の乗り物には、陸尺《ろくしゃく》だけで供の侍はいなかった。

南町奉行所の定廻り同心西村桐十郎、花火の房之助と手先たち、さらに金杉惣三郎と鍾馗の昇平は、ひたひたと行く乗り物を尾行した。

昨日の陣容と同じ一行が尾張の抱え屋敷を見張っていると、夜中になって動き出したのだ。

二挺の乗り物は、百人組与力大縄地、さらには内藤新宿の通りを北から南に突っ切り、玉川上水の流れの縁《ふち》で止まった。

水音が響いて、空の乗り物が急ぎ足で引き返していく。

花火の房之助らは月明かりを頼りに下流へと走った。

手先の猪之吉は足を止めると提灯に火を点け、親分たちのあとを追った。

「竹竿《たけざお》かなにかねえか」

房之助の命で手先たちが辺りを探し、三児が長屋から物干し竿を見つけて抱えてきた。

猪之吉が一行に追いつき、提灯を流れに差し出した。すると菰包《こもづつ》みが二つ、上水の流れに浮いて、三児の差し出す物干し竿が引き寄せた。

　玉川上水は、大木戸付近の水番小屋の石水門《せきすいもん》から暗渠《あんきょ》に入る。それが数町先に迫っていた。

　一つ目の菰を上水の岸辺に引き寄せて、手先たちが引き上げた。さらにもう一つ、三児の竹竿が摑んだ。

　二つの菰包みは、小さな稲荷社《いなりしゃ》のかたわらに運ばれた。

「三児、菰を解いてみねえ」

　房之助の命で三児が包《くる》んであった縄に手をかけると緩んでいた菰が開き、ざんばら髪の坂上三郎助の顔が見えた。首筋には止《とど》めの刺し傷がぱっくりと口を開けていた。

　信太郎が二つ目の菰を開いた。

「ひでえことをしやがるぜ」

　拷問《ごうもん》を受けて、責め殺された長井鍋之丞の死体が出てきた。

「わずかばかりの持ち物に拘《こだわ》って、あたら命を落とすことになりましたなあ」

　西村桐十郎が嘆息した。

「それにしても尾張柳生は、異常をきたしているようだな」

長井の遺体には、木刀で殴られた跡が無数ついていた。そして、半死半生の長井に止めを刺した者がいた。

「嫌な感じですぜ」

房之助が吐き捨てたとき、岸辺に殺気が走った。

「二人の詮議《せんぎ》は後回しだ」

惣三郎が言い、西村桐十郎がばらばらと走り寄ってきた一団に立ち塞がった。

「南町奉行所の調べの場に何用か」

凜然と西村桐十郎の言葉が響いた。

一行を指揮するのは、巨漢の僧形だ。小脇に朱塗りの十文字槍を掻い込んでいた。すでに鞘はなく、穂先が猪之吉の提灯の明かりにきらきらと光っていた。

襲撃者の群れが金杉惣三郎らを半円に取り囲んだ。

後方は玉川上水の流れだ。

「西村さん、この者が宝蔵院流高田派の遣い手、横地坐禅坊ではありませぬか」

惣三郎が桐十郎に言うと、

「仲間をこのようにしたのはおめえさんかえ」

と桐十郎が坐禅坊を睨みつけた。

その間に猪之吉が御用提灯を稲荷社の軒に吊した。

「おめえさん方、どこぞの大藩の口車に乗せられて野盗の真似をすると、三尺高い獄門台《ごくもんだい》に素っ首を晒《さら》すことになりますぜ」

房之助の啖呵《たんか》に坐禅坊が、

「不浄《ふじょう》役人の手先がなにを申すか」

と言い放った。

坐禅坊らは九人だ。

惣三郎らは、桐十郎、花火の房之助、信太郎ら三人の手先、それに鍾馗の昇平と七人の陣容だ。

「坐禅坊とやら申す破戒坊主《はかいぼうず》は、それがしが引き受けよう」

惣三郎が槍の穂先の前に立ち塞がった。

坐禅坊が槍を構え、八人の仲間たちが剣を抜きつれた。

「おめえさん方、江戸を立ち退くというのであれば、今夜ばかりは大目に見ますぜ。だんびら、振り回す前によくよく考えなせえ」

房之助が最後に声をかけた。

「ご一統、押し包んで斬り殺すぞ」

坐禅坊の声に、

「おうっ！」

と八人が答えた。

惣三郎はまたも、戦いを暗がりから凝視する目を意識した。

尾張柳生の諜者《ちょうじゃ》か。

「参る」

金杉惣三郎が高田酔心子兵庫を抜いて、地擦りにかます切っ先を置いた。

間合いは二間。

槍の間合いだ。

坐禅坊と惣三郎は互いに目を合わせた。

西村桐十郎は、十手を手にすることなく剣を抜いた。

桐十郎は南北町奉行所の与力同心二百五十人の中でも、十指には入る有数の剣の遣い手だ。複数の者を相手にすることを考え、剣にしたのだ。

花火の房之助は慣れた十手を右手に、捕縄《とりなわ》を左手に摑んでいた。

信太郎、三児、猪之吉の三人の手先は、五尺ほどの長さの竹竿を構えていた。

さらに鍾馗の昇平は、六尺を超す赤樫《あかがし》の棒を片手上段に振り被り、

「てめえら、車坂の一刀流石見道場の鍾馗の昇平を知らねえか。名物の上段撃ちを受けてみな！」

叫んだときには、昇平の大きな体が侍の群れに飛び込んでいった。

昇平の前にいた本間流《ほんまりゅう》の目録を持つ浪人には予想もかけない急襲だった。

脳天を打たれた途端、頭の中に光が飛び散り、腰を砕けさせて倒れ込んだ。

それが乱闘の切っ掛けになった。

早くも八人と七人になった二派が入り乱れた。

金杉惣三郎は、昇平が掻き回した騒乱に乗じた。

坐禅坊の槍の穂先の内側にするすると入り込もうとした。

だが、坐禅坊は、朱塗りの柄を手繰《たぐ》ると惣三郎の意図をあっさりと躱《かわ》し、十文字槍の穂先で惣三郎の足元を刈り取ろうとした。並外れた膂力《りょりょく》と見え、迅速の槍遣いだ。

大きく鋭い円弧が惣三郎を襲った。

惣三郎は虚空へと飛んで、攻撃を避けた。

坐禅坊は足を払った十文字槍を引き付けつつ、後退した。同時に着地した惣三郎の胸に両刃《もろは》の穂先を突き出した。

惣三郎に反撃の機会を与えない、間断なき攻撃だ。

惣三郎は高田酔心子兵庫の物打ちで突き出されてきた穂先を払った。すると十文字槍の半月の刃が眉間に迫ってきた。

惣三郎は半歩下がって避けた。

玉川上水の岸辺では、剣客団と惣三郎らの混成部隊が必死の乱戦を展開していた。

惣三郎は、まず坐禅坊を倒すことに集中して、他に目もくれなかった。

十文字槍が円弧を描いて惣三郎の胸を掻き切ろうとした。寸余に攻撃を躱そうとした惣三郎の綿入れの襟が切られた。

「おおっ」

なんとか避け得た惣三郎は、坐禅坊が槍を手繰《たぐ》る隙をついて、後方に飛び下がった。これで二間の間合いが出来た。

坐禅坊はさらに惣三郎の胸板に穂先を付けると前後に扱《しご》いた。

突き出され、引き戻される穂先が一条の光に変じた。

必殺の突きを繰り出す気だ。

惣三郎は再び地擦りへと二尺六寸三分の酔心子兵庫を落とした。

目まぐるしく突き出され、引き戻される坐禅坊の手元だけを注視した。律動的に動かされる手の筋肉が微妙に変化する、その一瞬に惣三郎は賭けた。

西村桐十郎は、小太りの剣客と刃を合わせていた。実力は互角、どちらもすぐに倒せる相手ではなかった。

桐十郎の胸には、信太郎ら手先たちを助勢せねばという焦りの気持ちが生じていた。それが桐十郎の集中力を欠いて、動きをいつになくぎこちなくしていた。

「おりゃおりゃおりゃ！」

六尺三寸の昇平は赤樫の棒を振り回しつつ、二人目の相手に立ち向かっていた。昇平の胸にはみわへの不満が溜まりに溜まってくすぶり、それが一気に爆発した感じだ。

正眼の剣で昇平の棒を持つ手元を斬り落とそうと間合いを計っていた相手は、跳ね回る大きな体に惑わされて、間合いを狂わされた。

「それそれそれっ！」

昇平が踏み込みざまに、六尺棒を振り下ろした。

夜風を切り裂いて、棒が唸った。

虚空から落ちてくる棒を受け止めようとした剣客は、圧倒的な力に剣をへし折

られ、さらに脳天を赤樫の棒に打撃されて、

くにゃ

と体をくの字に曲げて、そのまま地面に転がり昏倒《こんとう》した。

「ほれほれ、鍾馗様の棒を受けたい者はだれだ！」

睨み回す昇平の目に、三児兄いが斬りたてられて玉川上水の縁《ふち》に追い詰められる姿が飛び込んできた。

三児は内股を斬られ、腕にも手傷を負っていた。それでも棒を振り回して応戦していたが、じりじりと玉川上水へと追い立てられた。

「三下奴《さんしたやっこ》めが！」

突きの構えが三児の咽喉首を狙った。

絶体絶命と三児が目を瞑《つむ》りかけたとき、

「兄い、助勢だ！」

叫んだ昇平の赤樫の棒が大きな車輪を描いて、突きの構えから行動に移ろうとした剣客の腰を、

がつん！

と激しく叩いた。腰骨を砕かれた剣客が、

げえっ！

と叫びながら吹っ飛び、三児が、

「鍾馗の昇平、助かったぜ！」

と叫んでいた。

惣三郎は、三児の声に乱されたか、坐禅坊が繰り出した手元の変化を感じ取っていた。

するすると十文字槍が惣三郎の胸に伸びてきた。惣三郎は穂先に身を投げ出すように踏み込み、
寒月霞斬り一の太刀
を振るった。

坐禅坊の穂先が惣三郎の胸板を貫く、その寸前、地面から弧を描いて伸び上がってきた酔心子兵庫が十文字槍の千段巻きを斬り飛ばした。

酔心子兵庫のかます切っ先は、坐禅坊の死角から伸び上がってきて千段巻きを襲い、さらに慌てて槍を引こうとする坐禅坊の胸から肩口を深々と斬り上げていた。

朱塗りの柄だけを握った坐禅坊が崩れ落ちた。

「一味の首魁《しゅかい》、横地坐禅坊を討ち取ったり！」

惣三郎の声に、西村桐十郎も相手の懐に踏み込みざま、手首を斬りつけていた。

一気に形勢が変わり、総崩れになった一味は、戦いの場から逃げ出そうとして、昇平や信太郎の棒に殴りつけられ、なんとかその場から逃走できたのは三人だけであった。

六人の剣客たちが惣三郎らの足元で呻《うめ》いたり、気絶したりしていた。

「三児、怪我はどうか」

「浅手だ、なんてことはねえよ」

と答えた三児だが、地面にへたり込んで房之助から血止めを受けていた。

「他に怪我人は」

「猪之吉が肩に傷を受けております」

手当てをしていた西村桐十郎が答えた。

大怪我ではないようだ。

「昇平、本日の手柄はそなただ。何人、倒したな」

惣三郎が声をかけた。

「三人だ」

「石見先生がお知りになれば、喜ばれよう。怪我はないか」

「怪我なんぞ、あるものか」

昇平が胸を張った。暴れまわって胸のもやもやが吹き飛んだ感じの晴れやかさだ。

惣三郎は闇の一角に向かって声を張り上げた。

「闇に潜むお方に申し上げる。この者たちの始末、そなた方にて頼もうか」

闇はそよとも答えない。

西村桐十郎や花火の房之助は、南町奉行所の命を受けて内藤新宿まで遠出してきたのではない。

金杉惣三郎の助勢を買って出てくれたのだ。

奉行所の許しもなく、浪人とはいえ武士を捕縛する権限は与えられていない。第一、怪我をした彼らを数寄屋橋に連れていっても相手は御三家、面倒が生じるばかりだ。

「ただし、坂上三郎助どのや長井鍋之丞どのの如く、この者たちの口を封じようとするならば、この金杉惣三郎にも覚悟がござる。お二人の聞き書きとともに幕府当該の役所、大目付《おおめつけ》に届け致す。よろしいな」

惣三郎の言葉に対岸の高遠藩下屋敷の竹藪《たけやぶ》がさわさわと鳴ったのみだ。だが、惣三郎らは、聞き入る者がいることを確信していた。

幕府の職制で大目付が監督糾弾《きゅうだん》するのは、御三家を含む大名諸家だ。

そのことを闇の目も承知なのだ。

「三児兄い、おれの背中に負ぶさりな」

鍾馗様が怪我をした三児に背中を向けた。

「すまねえ」

それを見た房之助が、

「引き上げますかえ」

と声をかけた。

金杉惣三郎と西村桐十郎は、尾張柳生の急襲に神経を配りつつ、大木戸まで戻り、ようやく安堵《あんど》した。

そろそろ七つ（午前四時）に近い、旅人が動き出す刻限だ。もはや天下の往来で攻撃を仕掛ける無謀もするまい。

怪我をした三児を大木戸で拾った辻駕籠《つじかご》に乗せ、一行は南八丁堀へと引き上げていった。

四

新陰流の四天王と言われた丸目蔵人佐が、いつからタイ捨流を創始し、名乗るようになったか不明である。

上泉伊勢守門下の高弟、疋田豊五郎は疋田陰流の、穴沢浄賢《あなさわきよかた》は穴沢流の、神後宗治は神後流の流祖となった。蔵人佐を含めて、高弟たちが新陰の名を使わなかったのは弟子の一人、柳生宗厳が師の流儀を継承したからだとも言われている。

だが、蔵人佐がタイ捨流という変わった流名を付けた背景には、自らの戦場往来の体験があった。甲冑《かっちゅう》武士を倒す独自の刀法からタイ捨流の、

大太刀形十三本

小太刀形四本

など構えをすべて斜めに取り、斬り上げ、斬り下げるという独自の八双が生まれた。それはあまりにも新陰流からかけ離れていた。そこで蔵人佐は、

「タイ捨流」

を名乗り、創始者になったのだ。

タイ捨流には大捨、体捨、体棄、待捨などいろいろの書き方があるように、体を、身を捨てて活路を得る考えが生まれたのではなかろうか。

人吉城下に戻った蔵人佐は、相良家から一武村切原野《いちぶむらきりはらの》に土地を賜り、原野を開墾《かいこん》して、後輩に剣技を教えながら、静かな晩年を送った。

そして、寛永六年（一六二九）二月七日、九十歳の長命を保って、蔵人佐は生涯を閉じた。

蔵人佐の剣を継いだのは、蔵人佐の次女の婿《むこ》、山本八左衛門光興《みつおき》であった。

金杉清之助は、一武村の切原野に蔵人佐が開墾し、水を引いた地に滞在していた。

清之助が丸目家を預かるという人吉藩士の相良小厳太《こげんた》に廻国の趣旨を告げると、

「ようござった、望みんだけおらっせ」

と道場の滞在を許してくれた。

ひなびた道場は土間で、人吉藩の家臣や百姓たちが素足で稽古をする。

清之助も毎朝集《つど》う十数人の門弟たちと同じように素足で独特の構えの八双から

の斬り上げ、斬り下げを稽古した。

打ち込み稽古はほとんど行なわなかった。

隣国の大藩、薩摩藩も、東郷重位《とうごうしげかた》の示現流《じげん》を御家流として採用するまで、戦場往来の気風を残したタイ捨流を流儀としていた。だが、時代が下った今、タイ捨流は肥後南部の田舎剣術として忘れられようとしていた。

清之助は、無口な弟子たちが黙々と形をなぞる稽古の時間に溶け込んで、タイ捨流の真髄《しんずい》を探ることに没入した。

残されたのは「かたち」だ。だが、「かたち」の向こうに早過ぎた剣の天才、丸目蔵人佐の剣の本質があった。

清之助は「かたち」をなぞりつつ、蔵人佐の苦闘に近付こうとしていた。

蓬髪《ほうはつ》の上に異臭を放つ破れ衣の男が丸目道場に姿を見せたのは、肥後の桜も蕾《つぼみ》を大きく膨《ふく》らませ始めた季節だ。手に枇杷《びわ》の棒の五尺五寸（約一六七センチ）余を携えていた。その棒の両端に鉄輪《かなわ》が嵌《はま》っていた。

年の頃合いは三十一、二か。背丈は五尺七寸（約一七三センチ）ほどだが、胸板も厚く腕も異常に太く、両足も大地に根が生えたようにどっしりとしていた。

「寺見八十八《てらみやそはち》と申す。重位《ちゆうい》どんの習《なる》うたタイ捨流、おいも《も》一手指南ば申し受けごあっ」

重位《ちゅうい》とは示現流の創始者東郷重位のことだ。流儀では重んじて重位《ちゅうい》と呼ぶ。

重位は、丸目蔵人佐の高弟藤井六弥太続長《ふじいろくやたつぐなが》からタイ捨流を習ったことがあったから、寺見の言うことも間違ってはいない。だが、その高圧的な態度は、タイ捨流との真剣勝負を望んでのことと思えた。

「ようございた。うちは、出るも去るも自由な道場たい。好きなだけ気張りやんせ」

「おはんが当代でごわすな、おいと試合ば頼み申そ」

寺見は相良小厳太に道場破りであることを明白にした。

「そらぁ困り申したな。うちは他流試合を禁じられとります。申し訳のなかこつです」

相良は丁寧に他流試合の申し込みを断わった。

「なんば言いよっと。蔵人佐どん以来のタイ捨流、試合もできん棒振り剣法に堕落《だらく》しなさったか」

そこまで言われて相良の顔色が変わった。

相良が黙って木剣を手にした。

「相良先生、差し出がましきことなれど申し上げます。先生が最初にお相手なさることもありますまい」

清之助が不安げな顔の門弟衆の間から言い出した。

「いずこも道場破りを相手するのは新参者と決まっております。それがしに先鋒《せんぽう》をお許しくだされ」

清之助を見た相良が、

「客人にそげんこつば頼まれようか」

「一夜の弟子も相良小厳太様の弟子にございます」

清之助はそう言うと、

「寺見八十八どの、それがし、当流末席を汚す金杉清之助と申します。相良小厳太先生の先鋒を務めさせていただきます」

と断わった。

「大男《うど》が打《ぶ》っ殺されてん知《し》んはん」

寺見八十八が吐き捨てた。

「剣者でござれば、死は覚悟の上にございます」

「よか言葉じゃっど」

寺見八十八が土俵のように固められた道場に立ち、枇杷の古棒を軽く振り回して上下左右の余裕を見た。軽く振られた棒が切り裂く空気の音が道場に響いた。

並々ならぬ腕前はその挙動から察せられた。棒の遣い方は空恐ろしい凄みさえ感じさせる。

清之助は、三尺七寸（約一一二センチ）余の木刀を手に寺見の前に進み、不安を漂わせた相良小厳太に一礼した。

「いざ」

清之助の言葉に寺見が枇杷の棒を斜めに寝かせて構えた。

清之助は、手にした木刀を正眼に構えた。その姿勢で腰をわずかに落とした。

間合いは一間を切っていた。

互いが一歩踏み込めば死地に至る。

そのことを道場のだれもが承知していた。

重苦しいほどの時間が流れて、ふいに止まった。

その瞬間、戦いが始まった。

寺見の木刀がゆっくりと立てられ、八双の構えに変えられた。

清之助は微動もしない。

「おおっ！」

と腹の底からの叫びを発した寺見の腰が、
すいっ
と沈み、その反動を利して垂直に飛び上がった。

「ああっ」

悲鳴が門弟たちから漏れた。

寺見は、高く、そして、清之助の眉間に枇杷の古棒の先端、鉄輪の狙いを定めて、迅速に振り下ろした。

道場全体が地鳴りを起こすほどに凄まじい音が響いた。それは枇杷の棒が道場の空気を押し潰《つぶ》す音だった。

清之助は、一拍遅れて正眼の木刀を虚空から雪崩《なだ》れくる鉄輪の内側に擦り合わせるように叩いた。そうしておいてさらに半歩踏み込んだ。

その眼前に寺見が着地した。

寺見は弾かれた棒をすでに手元に引き寄せ、着地と同時に清之助の鳩尾に突き出した。

清之助の木刀は突き出された古棒の内側を左横手からしなやかに叩いた。

かーん！

乾いた音がして、枇杷の棒が先端から一尺余のところで打ち砕かれて飛んだ。

「おおっ！」

どよめきが響く。

寺見は、折れた棒を振り上げた。

そのとき、相良小厳太は、棒を見事に打ち砕いた清之助の木刀が体の右横に流れて消えたのを見た。

(なんということか)

その木刀が再び姿を見せたとき、清之助の頭上に静止していた。

霜夜炎返し
寺見の棒も上げられ、
ちぇーすと！

という気合いとともに清之助の眉間に振り下ろされた。

清之助も動いた。

互いの得物が相手の眉間を狙って打ち下ろされた。

相良小厳太は、炎がまとわりついた清之助の木刀が寺見の額に吸い込まれるのを言葉もなく見ていた。

それは寺見の棒が清之助の眉間に達しようとする、ほんの一瞬前のことであった。

ぐしゃ

不気味な音が響いて、寺見八十八の体が横倒しに崩れ落ちた。

清之助は木刀を引くと、静かに相良に一礼し、

「道場を汚しまして申し訳ありません」

と息一つ乱さずに謝った。

みわはその日、湯島天神の境内で半刻余りも軽部駿次郎が来るのを待っていた。駿次郎は屋敷勤めの身だ。

（なにかあったのかしら）

みわが心配したとき、境内に駿次郎が入ってきた。顔からはいつものさわやかさが消え、心に懸念があるようで暗く沈んでいた。

「駿次郎様」

みわが小さな声で何度か声をかけたあと、ようやく駿次郎がわれに返ったようにみわを見た。

「あ、相すまぬ。ちと考え事をしておった」

「なんぞございましたか」

「いや、ご奉公のことでな、考えることがあった。長く待たせたようだな」

駿次郎は門前に戻ると茶店にみわを誘い、

「みわどの、少し酒を飲んでよいか」

と断わった。

「どうぞご自由に。でも、駿次郎様、憂《う》さは酒では晴らせませぬよ」

「それがしには、憂さを晴らす神様がついているので大丈夫だ」

「憂さを晴らす神様ですか、どなたでございましょう」

「みわどのに決まっております」

そう言う駿次郎はいつもの笑みと自信を取り戻していた。

駿次郎は自分に酒を、そしてみわに茶と団子を頼んだ。

「お国許の丹後宮津に参られたことがございますか」

「むろんある。江戸屋敷で、二度は行こまい丹後の宮津、縞《しま》の財布がからになる、と歌われるほど、北前船が寄港する殷賑《いんしん》の地だというから、どのようなところかと期待して参ったら、冬は海鳴りと一緒に雪が吹き荒れるところでな、江戸では想像もつかぬほどだ」

「そんなにも雪が……」

「降る。横殴りに吹き付ける。気持ちが沈むほどに暗く降る」

と笑った。

「実母の実家ゆえ、だれもがよくしてくれた。だがな、江戸屋敷に生まれ育った
それがしには、耐えられないところであった」

苦笑いする顔を横に振った駿次郎は、

「江戸者にはやはり江戸がなによりだ」

そこへ酒が運ばれてきた。

「不調法ですが」

みわは銚釐《ちろり》を取り上げ、駿次郎の杯に酒を注いだ。

「これで元気になる」

駿次郎は、酒をうまそうに飲み干した。

「父もなにかにつけては酒を飲みます。それほどまでに楽しいものでしょうか」

「金杉惣三郎様も飲まれるか」

「はい。十分に」

「あれほどの達人だ、酔われることはあるまいな」

「いえ、酒の上の失敗は数知れずでございます。いつぞやは、大川端の飲み屋で酔って堀に落ちました。弔《とむら》いを上げる話が出たほどです」

「なにっ、お父上が足を取られて堀にな」

驚いた駿次郎が、

「で、どうなさった」

「数月後、無精髭《ぶしょうひげ》の上に傷だらけの父が、長屋の戸口にいた私の前に立ちました」

「堀に落ちて数月も行方が分からなかったのですか」

「はい、二、三年前のことにございました」

みわの平然とした答えに駿次郎が呆れた顔をした。

将軍吉宗を狙う葵斬《あおいぎ》り七剣客との死闘の折りのことだ（『完本密命　刺客　斬月剣』）。京への密命の旅に出るために金杉惣三郎が死んだことにするという密かな企ての結果だが、むろんみわはそんなことは喋らなかった。

「みわどのの家は、やはり風変わりだな」

ふうっ、と駿次郎が息をつき、

「金杉惣三郎様は超人にござる」

と言った。

「いえ、不器用なだけにございます。浪々としていた折りに世話になった方々とのお付き合いを今も大切にして、仕官などは眼中にないようにございます」

「みわどのは、父上が屋敷勤めに戻られたほうがよいと考えられるのか」

「だってお侍の本分は、主君に忠節を尽くしてご奉公なさることではありませぬか」

「奉公専一に考える侍など、この江戸に数えきれないほどおる。だがな、上様のご信頼厚い大岡忠相様と昵懇《じっこん》の付き合いをなされ、老中水野家の剣術指南をなさる御仁は、そうはおられぬ。金杉惣三郎様は名や官職など歯牙《しが》にもかけられぬ人物ゆえに、大岡様や水野様も親しき交わりを許されておるのであろう」

「駿次郎様は父のことになるとえらく熱心に話されますな」

「それはそうだ。剣を志す者にとって、金杉惣三郎様は大きな巌《いわお》だ。娘のみわどのはそのことを認めようとはなさっていないようだ」

「あのようにだらしのない父が、巌にございますか」

「いつの日か、教えを乞いたいものだ」

駿次郎はどこか夢見るように呟いた。

「いつなりとお会わせ致します」

「その機会が遠からず参ることを祈っておる」

駿次郎が言い切ると杯に残った酒を飲み干した。


水野家の朝稽古を終えた惣三郎は、大川端に行く途中に八丁堀に立ち寄った。

三児の傷は意外と重く、馴染みの外科医の渓晏《けいあん》の診療所に運ばれ、傷口を消毒した後、縫合手術が行なわれた。手術の後、高熱を発した。

「どうかな」

三児が寝かせられた部屋には、花火の親分の家に住み込むうめがいて、甲斐甲斐しく額に濡れた手拭いをあてたりしていた。

「昨日よりはだいぶ熱も下がったようですよ」

心配そうにうめが答えた。

「でもまだ気は確かでないようで、うわ言ばかり言っています」

「そうか」

惣三郎が来た気配に渓晏が姿を見せた。

「刀に悪いものが付いておったと見えて、それが三児に熱を発させておるようだ。峠は越えたと思うが、傷が膿《う》むと厄介だ」

「意識が戻るにはまだ掛かりますかな」

「まずは熱が下がることだな。解熱薬《げねつやく》を飲ませておるが、どうも効きがいま一つじゃな。体力はあるで大丈夫とは思うが」

惣三郎らが当初想像したよりも重傷だった。

「金杉さん、来ておられたか」

西村桐十郎が野衣と一緒に顔を出した。野衣の手には擂《す》り鉢《ばち》が抱えられ、

「山口の家に伝わっておりました解熱の練り薬にございます。渓晏先生のお許しを得ましたので作って参りました」

と惣三郎に見せた。

「どこへ塗るのかな」

「胸に塗布《とふ》するのがよいと山口は申しておりました」

野衣は朝早く小梅村《こうめむら》まで行って、薬草を摘《つ》んできたという。

うめと野衣が三児の寝巻きの胸前を開いて、濃緑色の練り薬を塗りつけ、白布をかけた。

「半刻もせぬうちに乾いて参ります。丹念に取り替えると驚くほど熱が下がります」

三児は女たちに治療を受けているのも知らず、赤い顔で唸っていた。

花火の房之助と静香が顔を見せた。

「野衣様、お手を煩《わずら》わせまして申し訳ございません」

房之助が礼を述べた。

「内藤新宿で医者に診《み》せて、傷口を洗ってもらうだけでもやっておけばよかったな」

それが房之助の後悔だった。

「今になって嘆いても遅い。あとは三児のさだめに期待するしかないな」

渓晏の言葉に一同が祈るように頷《うなず》いた。

惣三郎は荒神屋に行くために診療所を辞去した。すると桐十郎と房之助が表まで従ってきた。

「そなたらにえらい迷惑をかけたな」

惣三郎は頭を下げた。

「この一件は、大岡様もご存じですよ。金杉さん一人が狙いじゃない。なんとしても尾張柳生の妄想を潰すまで気を抜くなとのお奉行の命にございます」

と桐十郎が言った。

惣三郎は友の厚意に黙って頭を下げるしかなかった。

第五章　湯島天神《ゆしまてんじん》の恋

一

翌日、金杉惣三郎が大川端から渓晏の診療所に立ち寄ると、三児の熱が下がっていた。三児は意識を取り戻し、うめの手で白湯《さゆ》を飲まされていた。

「三児、加減はどうか」

「なんだか、えれえ眠っていたようで、体の節々がばりばりすらあ」

言葉に力はないが、冗談口が叩《たた》けるほどに回復したということだろう。

部屋に姿を見せた渓晏が、

「桐十郎様のご新造が繰り返し解熱の練り薬を塗布なさった効果があったのだ。三児、野衣様とうめさんの熱心な看病に感謝せねばならぬぞ」

「なんだって、野衣様自ら練り薬を……」

負傷で気弱になっていた三児の目が潤《うる》んだ。高熱で頰がこけ、一回り小さくなった顔に涙が流れた。

「三、四日もすれば、長屋に戻れるだろう」

渓晏の託宣《たくせん》に惣三郎もほっとした。

今日は西村桐十郎も花火の房之助親分も別の事件の探索で大井村《おおいむら》まで遠出して、まだ診療所に顔を出していなかった。

「三児、静香どのにはそなたが元気になったと伝えておく。明日も顔を出すでな、渓晏先生の申されることをよく聞くのだぞ」

「へえっ、親分にも姐《ねえ》さんに世話をかけたと言っておいてくんな」

惣三郎が南八丁堀に寄ると、ちょうど西村桐十郎や花火の房之助らが戻ってきたところだった。

「三児が元気になってうめに白湯を飲ませてもらっていたぞ。もう大丈夫と渓晏先生も申されていた」

「そいつは嬉しい話ですぜ。どうです、三児の快気祝いに一杯」

房之助が手で盃のかたちを作り、口に持っていった。

「三児が床上《とこあ》げするまで待っていよう。今日はこのまま失礼致す」

と玄関口から表に出ようとすると、

「父上」

という結衣の声が背後でした。

「どうした、結衣」

「姉上がまだ戻ってこられませぬ。母上が心配なさって、おろおろされていますゆえ、こちらにお邪魔してないかと伺いました」

「め組はどうか」

「め組にも冠阿弥様にも寄りました」

結衣が顔を横に振った。

「五つ（午後八時）過ぎか」

房之助が言った。

人の往来も少なくなる刻限だ。

「みわはいつ出たのだ」

「八百久から戻られた後、母上にちょっと出てくると言い残されて出かけられたままです」

みわは朝間《あさのま》から八つ（午後二時）過ぎまで八百久を手伝っていた。

「ひょっとしたら今頃は長屋に戻っているかもしれぬ。結衣、戻ろうか」

惣三郎が期待を口にしたとき、

「やっぱりこちらでしたかえ」

め組の若頭の登五郎とお杏、それに鍾馗の昇平が姿を見せた。

「結衣様が見えて、姉上はこちらにと尋ねなさったと聞いて、急いで長屋に行ったのさ。そしたら、しの様が一人不安げな顔をなさっているからねえ、大方、親分の家か大川端と見当つけて来たところなの」

お杏も言い添えた。

「それは相すまぬことだ。まだ長屋に戻っておらなかったか」

お杏が顔を横に振り、

「惣三の旦那、みわ様が行った先の見当がつかないのかい」

と聞いた。

惣三郎はしばし迷った後、

「みわが近頃落ち着きを欠いておってな、なにか秘め事を抱えていたことは確かなのだ」

「好きな人が出来たということだね」

ずばりお杏が言った。すると静香が、

「玄関先ではなんです。皆さん、上がって下さいな」

神棚のある居間に惣三郎らは顔を揃えた。

「みわ様の相手はだれか承知なの」

「正月、神明社に詣でたとき、みわが若い侍と会釈をし合ったことがあったそうだ。しのはなんとなくその者が相手ではないかと推量していたところだ」

お杏が頷《うなず》き、

「おまえさん、やっぱりあの侍ではないかねえ」

と登五郎を見た。

「わっしが見かけたのは、正月の松の内前後のことと思います。芝の通りを端整な顔立ちの若侍とみわ様が肩を並べて歩いてこられるのを見かけましたんで。そのご様子がいつものみわ様と違って、一途《いちず》な思いが両眼に宿っているようでございました。いえ、これはわっしの勝手な推量ですがねえ」

「しのが見た若侍と若頭が見た武士とは同じ人物と見てよいようだな」

惣三郎はそう呟《つぶや》くと、どうしたものかと思案した。するとお杏が、

「結衣様、みわ様が出かけられたことが、正月以来、幾たびかありましたね」

と聞いた。

「五度、いや、六度ほどです。でも、このような刻限になったことはございません」

「なにっ、六度もその若侍と会っておったか」

惣三郎が絶句し、登五郎に聞いた。

「どこのご家中か見当つかぬか」

「それがちらりと見かけたばかりだ。着物、腰のものから推量して下っ端侍じゃないねえ。まあ、何百石取りの身分と見たがねえ」

と登五郎が答え、お杏が、

「おまえさん、江戸にはそんな侍は馬に食わせるほどいるよ」

「ありゃ、お国言葉の浅葱裏《あさぎうら》じゃねえや。江戸屋敷育ちと見たぜ」

「それほどしっかりなさった身分の方が、若い娘をこの刻限まで連れ回すとはどういうことだい」

お杏の言葉に一座に重い沈黙が走った。

「あのう……」

と言い出したのは結衣だ。

「もしや姉上とそのお方が会っていた場所は、湯島天神ではないかと思います。いつぞや、姉が湯島の甘酒は美味しかったと漏らしたことがございました」

「結衣、その言葉を聞いたのは、そなただけか」

「はい。二階に上がったあとのことで姉上はなにか考え事をしながら、うっかりと漏らされたのです」

「とすると門前町の茶店で甘酒を飲まれたか」

そう呟いた房之助が、

「金杉様、こう思案していてもしようがありませんや。湯島まで伸《の》してみませんかえ」

「わが家のことでお上の御用を務める親分に足労をかけられぬ」

「いや、ここは花火に力を借りた方がいい」

と西村桐十郎が言い、

「大げさになってもいかん。ここは、父親の金杉さんと花火の一家にご出馬願おう」

と続けた。

「よし、頼もう」

と腹を決めた惣三郎は、

「結衣、そなたは母上についておれ」

と命じた。

「惣三の旦那、あとは任しておきなさい。結衣様もしの様もしっかりとめ組のお杏が面倒見てますよ」

探索から戻ってきたばかりの房之助と手先たちが惣三郎に従い、南八丁堀から湯島へと急行した。

昌平坂《しょうへいざか》の学問所の裏手から湯島天神へと門前町が一筋延びていた。

房之助は手先たちを手分けして、表戸を下ろした茶店の聞き込みに当たらせた。

四つ（午後十時）に近い刻限、お上の御用を務める者しかできない芸当だ。

房之助自身も惣三郎を従えて戸を叩き、聞き込みに回った。そんな根気のいる聞き込みの結果、表参道の茶店には、みわらしき娘が立ち現われたことはないことが判明した。

「よし、東の坂下の茶店を当たれ」

房之助の命に手下たちは坂下の茶店を叩き起こし始めた。三軒目の茶店の松風で初めて手応えがあった。

寝巻きに綿入れを重ね着した女将《おかみ》と女中の二人が首を寒さに竦《すく》めながら、

「その年の頃の娘さんと若侍なら、何度か甘酒を飲んだり、お茶を飲んだりしながら、話をしていかれましたよ」

と答えた。

「若いお侍は、娘さんに確か駿次郎様と呼ばれていたように思います。ただ今日はお見えでありませんねえ」

と女中が言い添えた。

「その若侍だが、どこのご家中か分からないかえ」

女将と女中は首を横に振り、言い足した。

「いつもお侍が剣術の話ばかりを娘さんにせがんでいたんで、奇妙なことと覚えてますよ」

「剣術の話だと」

「はい。なんでも娘さんのお父つぁんが剣術の達人だとか……」

惣三郎と房之助は、顔を見合わせた。

「駿次郎とかいう若侍だが、娘と一緒に来た以前に姿を見かけたことはねえかえ」

さあ、と女将と女中が首を捻《ひね》り、女中が、

「なんでもお侍は柳生流の門弟とか言っていたことを聞いたような覚えがございますよ」

「なにっ！　柳生流とな。柳生には大和江戸柳生と尾張柳生があるが、どちらの門弟か分からぬか」

「お侍さん、柳生様は柳生様ですよ。そんなこと、私らに分かるものですか」

と答え、

「知っていることはそんなものですがねえ、もう勘弁してくれませんか」

と言い出した。

「床《とこ》から引き出してすまぬことをしたな」

惣三郎は貴重な証言をしてくれた二人に詫《わ》びた。

湯島の坂下から神田明神下《かんだみようじんした》の道を八丁堀へと辿《たど》りながら、房之助が、

「みわ様は、尾張柳生の手に落ちたと考えるのは間違いですかえ」

と遠慮げに言い出した。

「いや、みわは尾張の策に籠絡《ろうらく》されたのだ」

「尾張様も卑怯《ひきょう》な手を使いなさいますねえ」

「年頃の娘のことゆえ、あまり問い質《ただ》さなかった。油断であった」

「こうなればみわ様探しには南町が乗り出しますぜ。わっしらと尾張との戦いだ。ともかく、その前に西村の旦那に相談だ」

惣三郎らは一気に南八丁堀まで戻ってきた。

西村桐十郎はまだ静香相手に話をしながら、房之助の帰りを待っていた。

「旦那、厄介事《やっけえごと》だ」

房之助が湯島の茶店松風で聞き込んだ話を告げた。

「みわ様の秘め事にしては、ちとおかしいと姐さんと話していたところだ」

と顔を曇らせた桐十郎が、

「駿次郎なる者が尾張藩の家臣かどうか、早速調べてみます。若頭が見て取ったように何百石取りの家臣なら武鑑《ぶかん》にも名が記されているやもしれませぬ」

西村桐十郎は、その足で南町奉行所に行くと言った。

「すまぬな」

「なあに、金杉さんと花火に動いてもらってそれがしはぬくぬくとしていたんだ。任せて下さい」

　桐十郎は立ち上がりながら、

「金杉さんはどうなさいますな」

　と聞いた。

「しのが心配しておろう。それがしは、長屋に戻る」

　と桐十郎と一緒に花火の親分の家を出た。


　翌日、惣三郎は水野邸の朝稽古の日であった。

　長屋を出ようとすると一睡もしなかった様子のしのが、

「みわはどこでどうしておりましょうか」

　と惣三郎に聞いた。

「昨夜のうちに西村桐十郎どのが南町奉行所に行かれた。みわのことは、大岡様の耳に届いている。こうなれば、尾張との力勝負だ。われらが慌てるようなことがあってはならぬ」

「そうは申されますが」

　しのがまた泣きそうな顔をした。

「しの、思い出してもみよ。みわは三つの折り、豊後相良から海路、伊豆沖まで船底に押し込められて連れてこられた経験もしておる。騙《だま》されたと知ったなら、そのときどうするかくらいの分別は持っていよう。慌て騒ぐことが一番いかぬ」

惣三郎の言葉にしのはなにも答えなかった。

惣三郎は佐々木治一郎らを相手に稽古に専念した。二刻《ふたとき》（四時間）に及ぶ稽古が終わったとき、上段の間で見物していた家老の佐古神次郎左衛門が、

「今朝の先生の稽古は普段にも増して力が入っておりましたな」

と言い出し、治一郎が、

「先生に面を打たれてくらくらしました」

と苦笑いをした。

「金杉どの、茶を差し上げたい」

次郎左衛門が惣三郎の異変に気が付き、御用部屋に呼んだ。

「なんぞ心配ごとか」

「恐れ入ります」

惣三郎は、昨夜来の出来事を告げた。すべては吉宗憎しの尾張の一念から生じた事件だ。老中水野忠之にはこれまで直接には関わりがなかった。だが、享保の

大試合が絡む以上、忠之も無縁ではありえなかった。

吉宗の発案とはいえ、大試合は老中水野忠之の名で主催されたのだ。

「そなたの娘ごを、さようにも卑劣な策で拐《かどわ》かしたか」

次郎左衛門が激昂《げっこう》し、

「この一件、殿とご相談申しあぐる。当然のことながら、大岡どのとも手を携えつつ、娘ごを救い出す策を講じよう」

と言い切った。

「御用繁多《はんた》なご老中を煩《わずら》わせまして申し訳ございませぬ」

惣三郎は次郎左衛門に頭を下げた。

「ともあれ、駿次郎なる者が尾張の家中の者と決まれば、交渉の手立てもある。心平らかに吉報《きっぽう》を待たれよ」

惣三郎は、水野邸を出た足で南町奉行所に立ち寄った。すると織田朝七がすぐに現われ、

「奉行は城中じゃが、娘ごの一件は承知しておられる」

と言った。

「ただな、尾張の江戸屋敷には、駿次郎という名の家臣はおらぬ。まだ部屋住み

かもしれぬし、偽名かもしれぬ。しばらく時間をくれ」

「よしなにお願い致します」

「奉行もいたく心配されておる。金杉どの、ここは慌てぬことじゃぞ」

水野家の家老と同じように織田も落ち着いていよと忠告してくれた。

大川端の荒神屋に着いたとき、すでに四つ半（午前十一時）に近かった。

惣三郎が遅刻を詫びると親方の喜八が、

「先ほど花火の親分が顔を出されて、みわ様のことを聞いた。仕事は休みなせえ。いつも申しているように火事さえなければ、なんとでもなる」

と言った。

「ありがたい言葉だが、仕事をしていた方が気も紛れる」

頷いた喜八が、

「それなれば好きなようにしなせえ」

と言ってくれた。

じりじりとした時間が過ぎていく。

惣三郎には、長い一日となった。

京橋の薬種問屋伊吹屋金七《いぶきやかねしち》の娘、葉月が芝七軒町の長屋を訪ねたのは、むろん清之助からの便りが届いていないかと思ったからだ。ところが奥の部屋でしのが沈み込み、め組のお杏と結衣が昼餉《ひるげ》の仕度をしていた。

「お杏さん、結衣様、なんぞ心配事でございますか」

葉月がおずおずと聞いた。

「姉上が……」

と結衣がみわの行方不明を話した。すると葉月が、

「みわ様が姿を消されたのはいつのことにございますか」

「昨日の昼下がりにございます」

「待ってください。私、ひょっとしたら、みわ様をお見かけしたかもしれません」

「葉月さん、どこで見ましたか」

お杏が急き込んで聞き、

「市谷にございます」

と葉月が答えていた。

「よし、かなくぎ惣三に知らせよう。いや、うちの奴を大川端まで走らせた方が

早いや。それに花火の親分にもご注進だ」

お杏がてきぱきと動き出した。

二

芝七軒町に最初に飛び込んできたのは、西村桐十郎と花火の房之助、それに信太郎ら手先たちだ。間もなく惣三郎が戻ってきて、葉月を囲んだ。

「先ほどの話をもう一度願えますか」

お杏が仕切って、葉月に聞いた。

「豊前小倉藩の元留守居役の市橋《いちはし》様が、いつも服用の薬が切れたとの知らせに私が市谷のお宅まで持参しました。その帰り、待たせていた駕籠に乗り、お屋敷横の道を尾張様の上屋敷の方へと下っておりました。その途中、みわ様によく似た方と若いお武家が何事か話しながら、私の駕籠と行き違われました。私は垂れ越しに見たことですし、芝からあまりにも離れている場所でもあって、みわ様ではあるまいと考えておりました」

「刻限はいつごろのことですかえ」

「七つ（午後四時）時分だったと思われます」

「芝を八つに出て、どこかで駿次郎なる若侍と落ち合い、市谷まで行けねえことはありませんぜ」

房之助が唸《うな》り、

「若い武家ですがねえ、どんな風体でしたね」

と葉月に聞いた。

「年の頃は、二十二、三歳でございましょうか、お屋敷勤めのお侍のようでした。お召し物もお納戸《なんど》色《いろ》の羽織小袖を着こなされ、頭髪も本多髷《ほんだまげ》にきれいに結われておりました。身のこなしが軽やかそうで、なにより端整なお顔立ちにございました」

「まず駿次郎と見てようございますぜ」

房之助が断定した。

「葉月様、二人がどちらに向かったか、分かりますかえ」

「駕籠のかたわらに従っていた手代が申すには、豊前小倉藩と同じ並びの、手前のお屋敷に消えたようだと。ですが、手代もずうっと見ていてのことではありません」

葉月は申し訳なさそうに答えた。

「助かった。これで手がかりが一つできた」

惣三郎が葉月に礼を述べた。

「金杉さん、葉月さんがみわさんを見かけた場所は、先日、不逞《ふてい》の剣客たちが隠れ潜んでいた尾張藩の抱え屋敷のそばだ」

桐十郎が指摘した。

「だが、手代は小倉藩の下屋敷の手前に入ったようだという。どこの屋敷ですかねえ」

房之助が首を捻った。

「親分、手前の屋敷なら丹後宮津藩四万八千石青山幸秀《あおやまよしひで》様の下屋敷だ」

信太郎が答えた。

「青山様か、尾張と関わりがあったか」

と呟いた桐十郎が、

「奉行所に参り、武鑑を繰ってみましょう」

惣三郎も花火の親分も手先たちも長屋を出て足早に奉行所へ向かった。

南町奉行所に備えられた武鑑には宮津藩の江戸在府の家臣団に、

「駿次郎」

という名の藩士は見つけられなかった。

同心の御用部屋で惣三郎らは思案に暮れた。そこへ与力の牧野勝五郎が部屋に入ってきて、

「難航しているようですな」

と惣三郎に言いながら座り込んだ。

「尾張屋敷に詳しい大目付探索方と会いましてな、ちょいとおもしろいことを聞き込んで参りました」

牧野はどこか得意げだ。

「なんでございましょうな」

「尾張柳生の四天王の一人、法全正二郎のことです。法全家は供番頭八百七十石の家柄ですが、次男の正二郎は、丹後宮津藩に養子に出されております。ですがねえ、柳生道場では、実家の名のままで呼ばれておるようです」

「養子に行った先で駿次郎と改名されたということですね」

桐十郎が先走って聞いた。頷いた牧野が、

「法全家の奥方は丹後宮津藩の軽部家の出でして、法全正二郎は、軽部家に入り、代々当主の後継者が名乗る軽部駿次郎と名を変えたのだ」

桐十郎がぽーんと膝を叩き、

「まだ当主でないので武鑑にも名がない。これですべて符丁《ふちょう》が合いましたな。みわ様に下心を隠して近付いたのは、軽部駿次郎こと法全正二郎に間違いございませぬ」

「伊吹屋の手代が豊前小倉藩と同じ並びの屋敷に二人が入ったというのは正しかったのでございますな」

桐十郎が牧野に葉月が見たみわと若侍の話をした。

「なんとのう……」

と首肯した牧野は、

「青山幸秀様に掛け合いか。これはお奉行の知恵を借りねばなるまい」

と牧野が大岡忠相の下に出向いていった。

「丹後宮津藩とのことはお奉行にお任せして、われらには宮津藩下屋敷を見張る場所がいるな」

桐十郎はすでにそのことを考えていた。

「伊吹屋さんがお出入りの豊前小倉藩にはわっしも関わりがございます。留守居役の千家《せんけ》様にお願いして、藩下屋敷を使わせて頂けるように掛け合ってみましょう」

と言う花火の房之助に案内されて惣三郎は、南町奉行所から大名小路を行き、道三堀《どうさんぼり》の北側にある小倉藩上屋敷を訪ねた。

小倉藩の留守居役、千家唯継《ただつぐ》は、花火の房之助親分の面会に応じてくれた。

大名家ではどこも出入りの町方を持っていた。府内で藩士たちが厄介事を起こしたとき、表沙汰《おもてざた》になる前に町方で内々に処理してもらうためだ。

花火の房之助と小倉藩は先々代以来の付き合いという。

千家は同道してきた金杉惣三郎の顔を見て、

「もしやお手前は元豊後相良藩の公儀人、金杉どのではござらぬか」

その昔、惣三郎も千家と同じ留守居役であった。しかし、主家の石高が異なるために所属する寄合《よりあい》が違っていた。だが、城中で何度か顔を合わせたこともあった。

「覚えていて下さいましたかな」

「先の享保の大試合では審判を務められたとのこと、なんで忘れましょうか」

と応じた千家が、

「金杉どのは町奉行大岡様と親しいと聞き及んだが、今日の訪問もその関わりかな」

惣三郎が頷き、房之助が、

「事情はちと厄介で申し上げられません。いえ、小倉藩に後々ご迷惑がかかるといけませんので、申し上げない方がよろしいかと考えましたんで。市谷の下屋敷の片隅をわっしらに貸しては頂けませぬか。お許しいただければ、わっしらも庭木職人の体《てい》で裏口から出入り致しますが」

「下屋敷の一角と申しても広いぞ。どちらの一角を借り受けたいのか」

「東側にございます」

「丹後宮津藩が隣り屋敷じゃが……」

千家が独白した。

「よかろう。それがしの一存で目を瞑《つぶ》るゆえ。くれぐれも小倉藩に迷惑はかけんでくれよ」

と釘を刺しながらも応諾《おうだく》してくれた。

金杉惣三郎は黙って千家に頭を下げた。

みわは目を覚ました。

薄暗がりの部屋に寝かされていた。

この数日、定期的に与えられる煎《せん》じ薬《ぐすり》のせいか、とろとろとした眠りの中にいた。だが、この日、小女が薬を与えるのを忘れたせいで、みわの意識ははっきりと覚醒《かくせい》していた。

辺りは森閑《しんかん》としていた。

頑丈な格子戸が嵌《は》められた蔵の中に畳四枚が敷かれてあった。座敷牢《ざしきろう》として使われるのだろう。

行灯《あんどん》が格子の向こうの板の間に置かれてあった。

(なぜ幽閉《ゆうへい》されているのか)

みわはもやっとした頭を振ってみた。

そうだ、駿次郎様はどうなさったか。

いつものように湯島天神の拝殿の前で駿次郎と会うと、言い出した。

「みわどの、本日はそなたに会わせたき人物がござる。それがしの屋敷までお付き合いいただけぬか」

駿次郎に案内されて市谷御門のかたわらを通り、寺町の間を抜けた。

駿次郎がみわを案内したのは丹後宮津藩の下屋敷だ。通用門から中に入り、お広敷を通って庭に囲まれた離れ座敷に導き上げられた。

「暫時《ざんじ》、お待ちください。今、それがしがお連れ申すでな」

「駿次郎様、どなたにございますか」

「それは会っての楽しみにされよ」

駿次郎がそう言い置いて姿を消し、座敷奉公のお女中が茶を運んできた。

丹後宮津藩の下屋敷は、一万千七百三十一坪と広く、鶯《うぐいす》の声がのどかに響いていた。

駿次郎は四半刻、半刻を過ぎても戻ってこなかった。なにか急用が生じたか、それともみわと会わせたいという人物がいないのか。

湯島天神から早足で歩いてきたせいで、咽喉が渇いていた。

みわは茶碗の蓋《ふた》を取ると茶を喫した。冷えたせいか、苦味が感じられた。みわはそれでも二口三口と飲んだ。

頭が朦朧《もうろう》として、体が重くなった。

その直後、意識が途絶した。そのあと、みわはとろとろとした眠りの中にあった。

どのような手違いでかような目に遭わされるのか。

それにしても駿次郎様はどうなさったか。

みわは、格子戸に近付くと、

「もし、どなたかおられませぬか」

と声をかけた。だが、静寂の蔵にみわの声が木霊《こだま》するばかりで人の気配は感じられなかった。


花火の房之助と猪之吉は、植木職人の風体で豊前小倉藩の東側の庭木の手入れの真似事をしながら、丹後宮津藩の下屋敷を覗《のぞ》いて回った。だが、手入れされた庭木に視界を阻《はば》まれ、人影一つ見ることは出来なかった。

「猪之吉、南側に回り込むか」

二人は梯子《はしご》を担いで移動した。


尾張中納言の上屋敷は、市谷御門の西側に七万二千二百余坪の広大な敷地を誇っていた。市谷御門に近い一角に執務や役宅や奥向きの建物が並ぶ東御殿が、その西側に泉水を取り巻くように藩主の屋敷が、そして見事な庭の楽々園が静寂の中に広がっていた。

尾張柳生流の道場は東御殿の北側にあった。

門弟たちの大半は、尾張家の藩士だ。だが、尾張藩の屋敷は上屋敷のほかに中屋敷、下屋敷、抱え屋敷、蔵屋敷と江戸じゅうに無数にあった。その屋敷から通ってくる門弟や、数は少ないが支藩の家臣たちもいた。

その者たちが出入りに利用するのが北門である。

その夕暮れ前、尾張藩上屋敷北門の門番に、柳生新陰流のお招きにより参ったと申し出た者がいた。

門番はあまりにも堂々とした態度に、うっかりと羽織袴の武士を敷地の中に入れてしまった。

尾張藩邸の柳生道場は夕稽古の最中であった。

袋竹刀で打ち合う音と気合いが道場の外まで流れてきた。

豪壮な玄関先に立った侍は、

「お頼み申す」

と訪《おとな》いの声をかけた。

前髪立ちの若侍が姿を見せて、用件を聞いた。

「それがし、先の大試合にて審判を仰せつかりました金杉惣三郎と申す者にござる。本日、近くまで所用にて参りましたで、柳生六郎兵衛様、ご在宅なればお目にかかり、ご挨拶をと伺った次第にございます」

若侍の顔色が変わり、

「しばらくお待ちを」

と言い残すと道場の中へと消えた。

それはそうであろう。

尾張柳生の当主、六郎兵衛は、享保の大試合の勝者になった夕刻に剣の異才一条寺菊小童に湯殿で襲われ、その怪我が因《もと》で落命していた。だが、六郎兵衛を襲った者の身許もその死も公表されず、秘匿されてきたのだ。

そこへ金杉惣三郎が面会を求めたのだ。むろん惣三郎は六郎兵衛が死んだことを承知の上である。

惣三郎はしばし玄関先で待たされたあと、御用人を名乗る初老の大和田儀三郎《おおわだぎさぶろう》が姿を見せて応対した。

「金杉惣三郎どのにござるか。当主六郎兵衛は、生憎《あいにく》来客がござって応対中でな、そなた様の面会には応じられませぬのじゃ。大変申し訳ござらぬが、またの日にして頂きたい」

大和田も惣三郎が六郎兵衛の死を知っていると承知していた。

互いに腹の中を探り合っていた。

「それは残念至極にござる。いやいや、思いついて立ち寄ったそれがしが悪い。六郎兵衛様にお詫びしてくだされ」

と頭を下げた金杉惣三郎は、

「そうじゃ。かような機会でもなければ、尾張柳生様の道場稽古を拝見でき申さぬ。道場の端からお稽古を見せて頂くわけには参らぬか」

将軍家のお声がかりの大試合の審判を務めた人物が稽古を拝見させてくれと丁重に申し出ているのだ、断わるわけにはいかない。

しばし思い迷った大和田が、

「金杉惣三郎先生の申し出をお断わりするのは失礼にござろう。夕稽古なれば、門弟も少のうござるが、まずはこちらへ」

と道場に通した。

天井が高く、重厚な造りの道場に五、六十人ほどが打ち込み稽古をしていた。

二人の姿に広々とした道場の上段の間付近に緊張が走った。

御用人の大和田が、

「止《や》め！」

と声を張り上げた。

門弟たちが竹刀を引いて、大和田と訪問者を見た。

「先の大試合にて審判を務められた金杉惣三郎先生である。たってのお申し出で稽古を見学される。一同の者たち、しっかりと気合いを入れて稽古せよ」

門弟からどよめきが起こった。

「稽古の邪魔をして申し訳ござらぬ。どうか、続けて下され」

惣三郎が飄々《ひょうひょう》と言い、大和田は惣三郎を上段の見所に案内しようとした。

「御用人どの、それがし、押しかけの見物人でござる。この入り口近くの端にて見物させていただく」

惣三郎はその場にさっさと座った。

「それでは金杉先生に失礼でござる。尾張柳生は礼儀も知らぬと世間に非難されましょうぞ」

「なんの、道場の稽古を見物するに礼儀もなにもござらぬ。ここにて十分」

惣三郎は再開された稽古の見学に没頭し、もはや御用人のことなど眼中にないようだ。

それから一刻余り、惣三郎は、

「おっ、なかなか鋭い面撃ちかな」

とか、

「そこそこ、そこに隙がござる」

とか、まるで格子戸にしがみついて見物する八つぁん、熊さんの体で稽古を熱心に見物した。

この夕刻、六郎兵衛の後継者の柳生兵助は、他用で外出していた。四天王の筆頭の大河原権太夫も供で不在だった。

金杉惣三郎が現われたとき、上段の見所には尾張藩大目付の佐渡嶋太郎左衛門《さどしまたろうざえもん》が座り、その近くでは仁王立ちになった巨漢の四天王の一人、牛目幾満が夕稽古の指導をしていた。

「御用人、あやつ、何用あって参じたのか」

佐渡嶋が御用人に尋ねた。

「六郎兵衛様との面会を断わると稽古を見物させてくれと申す。先の大試合の審判を務めた人物の申し出を重ねて断わるわけにもいき申さぬ。そこで道場に招じたのじゃが、ほれ、あのとおり、稽古見物に没頭しておるわ」

「御用人、あれがあやつの手じゃぞ。これまでどれほどわが藩はあやつに煮え湯を飲まされてきたか」

「どうなさいますな、佐渡嶋様」

牛目幾満が声を潜めた。

「沢渡鵜右衛門ほどの手練《てだ》れがあやつの刀の錆《さび》になったを忘れたか」

牛目と沢渡は同年輩で物心ついたときから互いに腕を競ってきた。それだけに沢渡が、「腕は一枚上」と評されるのに切歯《せっし》してきた牛目だ。

「いや、鵜右衛門は、あやつの態度に油断したのでござる。そこを狙《ねら》われて一命を落とした。われら、尾張柳生の四天王がまともに勝負致さば、なんなく始末でき申す」

「兵助どのもおられぬ」

「兵助様には、ご帰宅の折りにお詫び申し上げる」

「牛目、確かに倒す自信があるのじゃな」

大和田が牛目の目を見て聞いた。ぎらぎらと光る目玉がしかと大和田を見据え

て、

「お任せあれ」

と請け合った。

佐渡嶋と大和田は顔を見合わせて頷き、

「道場ではまずいぞ」

と佐渡嶋が最終の決断をした。

「牛目、門弟を四、五人連れていけ」

「勝負は一対一でようございますな。見届け人としてなら連れていきます」

「よかろう」

三人が今度は頷き合った。

そのとき、

「おおっ、長いことお邪魔を致した。大変勉強になってござる。これにて失礼致します」

と金杉惣三郎が立ち上がった。

三

老中水野忠之の用人、杉村久右衛門は、丹後宮津藩四万八千石の上屋敷を訪ね、留守居役との面会を求めた。

老中の用人の訪問と聞いた青山家では、江戸家老の山本辰兵衛《やまもとたつべえ》、留守居役の井出半左衛門《いではんざえもん》らが大慌てで面会に出た。

江戸幕府において老中の権威は絶対である。大藩の加賀前田、薩摩島津といえども、

「その方」

と呼びかけ、御三家からも会釈される存在である。

丹後宮津四万八千石の青山家にとって、陽が落ちての老中の使者訪問に仰天《ぎょうてん》したのも無理はない。

「突然の訪問、許されい」

杉村は、主《あるじ》の忠之から言い含められてきたことを守り、気さくに言い出した。

「ご老中水野様のご用人どのが火急の訪問とは、わが藩になにかよからぬことが

生じましたかな」

「さような懸念は一切ご無用に願いますぞ。確かに主の代理にございますが、今宵の訪問はあくまでそれがしの気まぐれと……」

「はあ、それは」

山本辰兵衛も困惑の体である。水野の代理と明言しておきながら、用人の気まぐれと言われても対応に困る。

「なんぞ当藩に不行き届きがございますれば、忌憚《きたん》なくおっしゃって下され」

と山本が言った。

「宮津藩の市谷下屋敷に、娘が連れ込まれたと申す者がいましてな」

二人の丹後宮津藩の重臣は思わず顔を見合わせた。

「中間《ちゅうげん》の類が悪さでもしましたかな」

恐る恐る井出が上目遣いに杉村を見た。

「さて、それは」

とのんびり応じた杉村が言い出した。

「だれが連れ込んだかをそれがしが口に致さば、貴藩は動かざるを得まい、となれば迷惑もかかる。われらとしては、金杉みわと申す娘を無事に藩邸の外に連れ出して頂きたいだけでござる」

南町奉行所の与力牧野勝五郎から知らせを受けた大岡忠相は、老中水野忠之と相談の上に丹後宮津藩の藩主青山幸秀を通さずに、用人同士の密かな折衝《せっしょう》でみわを屋敷の外に連れ出す方策を考えた。

丹後宮津藩を、尾張藩が企てる騒ぎに巻き込みたくないと考えたからだ。

「金杉みわと申されるか」

「享保の大試合にて審判を務められたのが娘の父親の金杉惣三郎どの、そして、柳生六郎兵衛どのと決勝を戦われた若武者の清之助どのが兄でござる。一家を上様もご存じである」

「な、なんと……」

と驚きの声を漏らした山本辰兵衛の顔が青く変わって引き攣《つ》り、気持ちを落ち着けるようにしばし瞑想した。そして、なにか考え付くことがあったか、両眼を開けると、

「相分かりましてござる」

と答えた。

「それは重畳《ちょうじょう》、私めが使いに来た甲斐《かい》があったというもの、これで主に復命で

き申す」

この場で軽部駿次郎や軽部家の名が出れば、宮津藩としても処分をせざるを得ない。だが、水野家の用人は、公《おおやけ》の訪問ではないと明言し、

「金杉みわ」

さえ屋敷の外に出せば、あとは目を瞑ると言っているのだ。

「重ねてお聞きしますが、娘ごを無事に屋敷の外に連れ出せばようございますな」

「はい。傷一つつけることなく外に出されることが肝心にござる。それが宮津藩に、青山様に迷惑がかからぬただ一つの始末にござる」

「われら自身が動きます、ご安心下され」

と山本辰兵衛が厳しい顔で請け合った。

金杉惣三郎は、尾張中納言家の上屋敷北門を出ると市谷御門に向かい、橋は渡らずに御堀沿いに牛込《うしごめ》御門へと下った。さらに牛込揚場町《あげばちょう》を過ぎると御堀に江戸川が流れ込み、流れは神田川と名を変える。

江戸川の流れに架かる最後の橋が船河原橋《ふなかわらばし》である。

江戸川から神田川へと流れ込む瀬音から、土地の人間はこの橋をどんど橋と呼んだ。

この橋に惣三郎がかかったのは五つ（午後八時）の刻限、右手は河原、左手の奥は屋敷町の夜は深く、濃かった。そして、堰《せき》を落ちる水が、

どどどっ

と闇に響いていた。

惣三郎は地形を思い出しつつ歩いていた。すると行く手に、明かりが点された。

橋の上に巨漢が立っているのが見えた。

明かりは欄干の左右に立つ若い武士が手にした提灯からのものだ。

「金杉惣三郎、なんぞ策があって尾張柳生の道場を訪ねたか」

巨漢の口からこの問いが漏れた。

「尾張柳生の方のようだな」

「四天王の一人、牛目幾満」

「牛目どの、それがし、そなたらに襲われる覚えがない。柳生六郎兵衛どのを襲ったは、一条寺菊小童と申す不遇の剣客にござってな、それがしとは、無縁の者

にござる」

「いらざる言い訳は見苦しい」

牛目は肩に着ていた朱の陣羽織を脱ぎ捨てた。

「よく聞かれよ。六郎兵衛どのを襲いし直後、菊小童は、それがしの倅《せがれ》、清之助をも襲い、倒された。菊小童は、享保の大試合の勝ち残り二人を襲い、自らを天下一の剣客と世間に認めさせようとしたものでござる」

「菊小童に師匠は倒され、師匠に負けたそなたの倅が菊小童との戦いに勝ちを得たと強弁《きょうべん》致すか」

「勝ち負けは、その場の運なれば仕方なし。それに六郎兵衛どのは湯殿で裸、倅は武者修行に発とうと緊張のうちに車坂の道場を出てきたばかりにござれば、意気込みが違い申した。それが生死を分けたまで」

牛目幾満が剣を抜いた。

惣三郎は未だ剣の柄に手もかけていなかった。

「それがしが今宵、尾張柳生道場を訪ねたは、知りたきことがあってのことだ。それがしの娘がだれぞの手にて拐かされた。そのことを確かめたくて参ったのだ」

「尾張柳生の剣を学ぶわれら、娘を拐かして戦いを有利に進めようなど毛頭考えてはおらぬ」

牛目の語調に迷いはなかった。少なくとも牛目はみわを誘拐《ゆうかい》したことに関わってはおらず、その事実も知らされてないようだ。

「なれば、それがしとお手前が戦う理由《いわれ》はない」

「問答無用」

牛目は、正眼に剣をとった。

尾張柳生を代表する剣者と相対して逃げられるはずもない。それに惣三郎の背も二人の若い門弟によって塞がれていた。

「仕方ござらぬ」

惣三郎は、旧主斎木高玖から拝領した高田酔心子兵庫を抜き放った。

構えは牛目の正眼に対して、地擦りの、

寒月霞斬り一の太刀

であった。

牛目のほかに四人の尾張柳生の門弟たちが橋の四隅を固めていた。

牛目との戦いだけにしたいと惣三郎は考えていた。そのためには雑念を払って、一気に倒し、橋から逃走するしかない。

牛目は不動の構えに見えて、その実、じりじりと間合いを詰めていた。

明かりは牛目の背後の左右から照らされて、惣三郎には牛目の大きな体も剣を持つ手元も相貌も暗く沈んで見えなかった。

一方、惣三郎の姿は二つの明かりによって橋上に晒《さら》されていた。これでは微細な動きも牛目に気取《けど》られる。

惣三郎は薄く瞼を閉じて、影になった巨漢の肩の線の動きを感じとろうとした。

間合いは一間半を切り、牛目の肩が微妙に動いた。剣が静かに引き付けられ、巨体の影の中に剣が同化した。

「おおおっ！」

牛目の口から咆哮《ほうこう》が響き、黒い巨大な岩が雪崩《なだ》れ落ちるように惣三郎に迫ってきた。その剣は未だ体の影に同化して遠近感の見極めが難しかった。

惣三郎もわずかに遅れて死線を越えた。

酔心子兵庫のかます切っ先が突進してくる影に向かって伸びていった。腰を沈ませての突進と相乗して、想像した以上の伸びと迅速さで牛目の下半身に迫った。

だが、金杉惣三郎の迎撃は、牛目に向かって真っ直ぐに突き抜けられたのではなかった。牛目の体の前、右から左に向かって斜めに流れながら攻撃が行なわれたのだ。

二つの明かりに均等に映し出されていた惣三郎は、斜めに走ることによって牛目の間合いを狂わせていた。

押し潰すような圧力が惣三郎を襲い、牛目の剣がすうっと伸びてきて、眉間に迫った。

明かりを持つ若い門弟が思わず叫んでいた。

惣三郎を照らす光が揺れた。

「やり申した、牛目様!」

刃風を感じつつ惣三郎の体がわずかに斜め前に流れて、眉間に落ちてきた剣を躱《かわ》した。

その直後、かます切っ先が牛目の下半身を深々と斬り裂いた。絶叫が船河原橋に響き、牛目の大きな体が虚空に舞った。

明かりを持つ門弟は、想像したのとは異なる展開に立ち竦《すく》んだ。

花火の房之助親分は、丹後宮津藩の下屋敷全体に緊張が走ったのを感じ取った。豊前小倉藩の下屋敷の道具蔵の二階の風抜き窓からその様子を眺めていたのだ。

階段が軋《きし》み、手先の猪之吉が姿を見せた。

「親分、表門から二挺の乗り物が入ったぜ。どうやら宮津藩の重臣が見えられたようだ」

「牧野の旦那が大岡様に相談なさったことが実を結んだようだな」

「塀を乗り越えて潜り込もうか」

猪之吉が言い出した。

「いや、重臣方のお手並みを拝見しよう。塀を乗り越えるところを見つかってみろ。小倉藩に迷惑がかかる」

「ならば、おれは表門の出入りに気を配るぜ」

猪之吉がそう言い残して姿を消した。

みわは食膳を運んできた女中に、

「このお屋敷はどちらにございますか」

と聞いた。

だが、細面《ほそおもて》の若い女は能面のように表情も変えず、無言を通そうとした。年の頃は二十一、二か。挙動や衣装は、屋敷勤めの奥女中を思わせた。

「私、かような目に遭う覚えがございませぬ。この屋敷のご用人様にお会いして事の次第をお尋ねしとうございます」

女は黙って膳を格子の前に置くと立ち去ろうとした。

みわは、意を決した。

「軽部駿次郎様にお会いしとうございます」

女が立ち止まり、みわを見た。

表情が崩れていた。

小さな声で吐き捨てた。

「騙されたのが分からぬか」

女は踵《きびす》を返すと階段を下りていった。

(どういうことか)

みわには理解がつかなかった。

駿次郎がみわを騙したというのか。それにしても駿次郎がみわを騙す理由が見当たらなかった。

偶然、芝浦の浜で出会った二人が、湯島天神の境内で何度か逢瀬《おうせ》を重ねてきただけのことだ。

みわを騙して武家屋敷の蔵に連れ込んでなんの得があろうか。

みわの胸がふいにざわめいた。

駿次郎様は柳生新陰流の門弟と申されたが、父と敵対する勢力の人間であろうか。でも、

「それがしは、大和江戸柳生……」

と申されたと記憶する。大和江戸柳生なれば、当主は先の大試合で父上とご一緒に審判団を形成なさった柳生俊方様ではないか。その門弟がこのような馬鹿げた真似をするはずもない。

(もしや尾張柳生なれば……)

みわは慄然《りつぜん》とした。

だが、軽部駿次郎様に限ってさようなはずがない。

みわの手が胸元にいった。

いつ、だれによって抜き取られたか、懐剣がなかった。

(母上が心配しておられよう)

みわは、母しのの気持ちを考えると、慙愧《ざんき》の念に見舞われた。

(なんとしてもこの屋敷から抜け出さねば……)

みわがそう思ったとき、下の戸が慌しく開けられた。階段が軋《きし》んで、だれかが走り寄ってきた。

みわは見た。

血相を変えた駿次郎が足袋裸足《たびはだし》で二階に姿を見せると、

「みわどの、えらい目に遭わせたな」

と叫んだ。

「駿次郎様、どうされておりました」

「いきなり藩のご重役に捕らえられて、牢屋敷に押し込められていたのだ」

「なぜでございます」

「なんぞ誤解されているように思える」

と答えた駿次郎は、手にしていた鍵をみわの格子戸の錠前に落とし込んだ。

「みわどの、ともかく今は屋敷から逃げ出すのが先決だ。ささっ、出られよ」

開けられた格子戸から出たみわの手を駿次郎が握って、

「藩への釈明はそなたを無事に外に連れ出したあとのことだ。まずそれがしを信じてついてこられよ」

（そうだ、私に出来ることは駿次郎様を信じることだけだ）

そう心に誓ったみわの手を駿次郎が握ると階段を走り下りた。

蔵の戸は開け放たれたままだ。屋敷じゅうに光が右往左往していた。それがみわの気持ちを恐怖に陥れ、混乱させた。

「こちらに来られよ。下屋敷のことなればそれがしがよう承知しておる」

駿次郎は、みわの手をしっかりと握ったまま、庭の樹木伝いに暗がりに走り込んだ。


猪之吉は、丹後宮津藩の下屋敷の表門を月桂寺の塀下から見張りながら、屋敷内に忍び込みたい誘惑に駆られていた。

親分の命令は絶対だ。

だが、広大な大名屋敷を外から見張るなど頼りないこと夥《おびただ》しかった。それにみわがこの屋敷内で幽閉されていると思うと、一刻でも早く会って勇気付けてやりたいという思いにも駆られていた。

(よし、どこぞに潜り込むところはないか)

猪之吉は、丹後宮津藩の下屋敷の南側に回ってみることにした。

左手に根来衆百人組与力の組屋敷を見ながら、市谷町《たにまち》の辻まで行き、右手に折り返した。すると涼月寺《りょうげつじ》と旗本屋敷の先に丹後宮津藩の南側の塀が見えてきた。

塀際に楠《くすのき》の大木が立っていた。

猪之吉は、迷うことなく大木の幹から横手に張り出した枝に向かって捕縄を投げて絡め、それを頼りに枝の上に登りきった。しばらく辺りを窺《うかが》うが、猪之吉の行動に気が付いた者がいるとも思えない。

視線を変えた。

庭木の間から泉水が黒々と見えて、さらにその奥の屋敷では騒然とした様子が見て取れた。捕縄を引き上げて手に持った。

(なにかが起こっていた)

猪之吉は枝伝いに塀を乗り越えて、捕縄を下屋敷の敷地に垂らすとするすると降りた。

「逃げたぞ！」

「追え、軽部駿次郎を捕まえよ！」

風に乗ってそんな言葉が聞こえてきた。


猪之吉が丹後宮津藩の下屋敷に入り込んだと同じ刻限、入れ違いに南の通用口から通りへ忍び出た二人の影があった。

「みわどの、それがしを信じて下され」

駿次郎がそう言うと、

「追っ手がかからぬうちに四谷大通りまで出よう。そうなれば辻駕籠も拾えよう。それまで、ほれ、それがしの背中におぶさってください」

裸足のみわを気遣った駿次郎が腰を屈めて、みわに背を向けた。

「さようなことはできませぬ」

「暗闇を裸足で歩くことはできません。それに追っ手が今にも来る。迷う余裕はございません」

強引に駿次郎に言われたみわは、向けられた背にそっと体を寄せた。

駿次郎は一瞬、すぐ近くの尾張上屋敷に逃げ込もうかと迷った。だが、この騒ぎに尾張藩を巻き込むわけにはいかないと思い直した。今の軽部駿次郎は、尾張藩とは関わりがなかった。宮津藩に養子に出された身だ。となれば、咄嗟《とっさ》にお稲《いね》に漏らした場所へ向かうか。

（約定を守ってもらうためにもなんとしてもここは己の力で切り抜けねば……）

「南町奉行の大岡忠相の密偵、金杉惣三郎を倒すために娘のみわを誘惑し、拐かす」

それが尾張との約束だ。

「みわどの、ご辛抱ください」

駿次郎は背の捕囚《ほしゅう》にそう言うと、先ほど猪之吉が辿ってきた道を反対に市谷谷町へと下っていった。


猪之吉は泉水の周りに植え込まれた庭木や見事に配置された庭石を伝って、屋敷の奥へと入り込んだ。すると人声は東側の蔵から聞こえてきた。明かりもそちらに集中していた。

猪之吉は、懐の紺手拭いを出すと盗人《ぬすっと》被《かぶ》りにして、蔵に近付いていった。

蔵の前には上屋敷からきた重臣を囲むように下屋敷詰めの家来たちが輪になっ

て立っていた。その輪の中には、一人の奥女中が引き据えられていた。

みわに膳を運んできた女中だが、猪之吉には何者か、推測もつかなかった。

猪之吉は話し声が聞こえるように蔵前に接近した。

「こやつ、お稲が軽部駿次郎の女か」

江戸家老の山本辰兵衛が下屋敷の用人に尋ねた。

「はっ、噂によりますとそのようでございます」

「こやつがみわと申す娘の世話をしていたのは確かだな」

「お稲が密かに膳を用意していたのを見た者がおります」

「娘が蔵に閉じ込められているのを承知していたのは、だれとだれか」

「何人かの家臣は薄々承知していたようですが、軽部駿次郎に藩の御用と厳しく口止めされていたそうにございます」

「家老、どうなさいますな。金杉みわに逃げられたでは済みますまい」

留守居役の井出半左衛門の言葉には焦りが漂っていた。

「丹後宮津藩の一大事じゃぞ。よいか、お稲を蔵に閉じ込め、駿次郎の逃げた先をなんとしても聞き出すのじゃ」

お稲が家臣たちの手で蔵に連れ込まれた。

猪之吉は蔵に潜り込むところはないかと裏手に回った。

花火の房之助は、丹後宮津藩下屋敷の騒ぎに豊前小倉藩邸を抜け出して、表門の望める月桂寺まで忍んできた。だが、表門を見張っているはずの猪之吉の姿はどこにもなかった。

房之助は、胸騒ぎを覚えた。

(猪之吉は宮津藩下屋敷に忍び込んだか)

房之助はいらいらとしながらも猪之吉が姿を見せるのを待ち受けた。だが、半刻が過ぎても一刻が過ぎても手先の姿は現われなかった。そして、夜九つ(午前零時)の時鐘が響いて四半刻後、

「親分、すまねえ」

という声とともに猪之吉が暗がりから姿を見せた。

「みわ様はもうこの屋敷にいないぜ。駿次郎に連れられて、別の場所に移されたようだ」

「どこだ」

「それがなんと品川だ」

「品川だと」

「へえっ、駿次郎の実家の法全家の菩提寺《ぼだいじ》が御殿山《ごてんやま》にあるそうだ。駿次郎の女が宮津藩の必死の責め問いに口を割りやがった。高源院《こうげんいん》に行くと駿次郎は言い残したそうだ」

「宮津藩と競争だな。品川まで突っ走るぜ」

「あいよ」

二人の町方は夜の道を走り出した。

四

金杉惣三郎が猪之吉と一緒に御殿山の東にある高源院に走り込んだとき、山門に花火の親分が悄然《しょうぜん》と立っていた。

猪之吉は親分の命で芝七軒町の惣三郎の長屋を訪ねた。そして、牛目幾満との戦いの亢奮《こうふん》のためにまだ眠りにつけないでいた惣三郎に急な展開を告げたのだ。

「親分、ここではなかったか」

猪之吉が聞いた。

「金杉様、みわ様を誘拐した軽部駿次郎という男、一筋縄ではいかねえかもしれませんぜ」

惣三郎は弾む息の下で頷いた。

「猪之吉の話じゃあ、駿次郎は宮津藩の下屋敷を逃げ出すとき、自分の女に菩提寺に頼み込むと言い残したようだ。が、女が口を割ることを想定して、わざと嘘をついたかもしれねえ。確かに法全家の菩提寺は、この高源院だがねえ、野郎が現われた様子はない」

「よくまあ、こんな夜中に寺に問い合わせできたな」

寺の境内は寺社奉行の管轄、町方が自由に手を付けられる場所ではない。それも深夜のことだ。

「これだけは運がよかった。通夜から戻ってきた和尚様に山門前で会ってねえ、人間一人の命がかかっていると事を分けて説明したら、和尚様も寺じゅうを好きに探しなさいと許してくれた。ところが寺の坊さん方に聞いても駿次郎がみわ様を預けた様子もないし、隠れ潜みそうな場所を探したがいそうにございませんので」

房之助はがっくりと肩を落とし、石段に腰を下ろした。

「深夜に親分を走らせてすまぬことであったな」

惣三郎は謝った。

「親分、これから野郎が現われるってことはねえかえ」

猪之吉が口を挟んだ。

「みわ様を連れての夜の道行だ。時間がかかるかもしれねえな……」

房之助と猪之吉は、市谷から一気に走ってきたという。このことを考えれば、これからということも考えられた。

「無駄かもしれねえが待とう」

房之助はじっくりと腰を据える覚悟をつけて言った。

惣三郎も頷くと親分のかたわらの石段に並んで座った。

「親分、まさかこう早い展開があるとも思わず、それがし、尾張柳生の道場を訪ねておった」

「なんですって！　金杉様一人で敵地に乗り込みなすったか」

「さよう」

と頷いた惣三郎は、道場の様子や船河原橋での尾張柳生の四天王の一人、牛目幾満との戦いの模様を告げた。

「金杉様も忙しい夜を過ごしておいででしたか」

「みわの行方をそれがしなりに探らんと尾張柳生に出かけてな、分かったことがある。牛目らは、だれぞにそれがしの暗殺を吹き込まれたのは確かだが、少なくともみわの拐かしに手を貸している風はないことだ」

「軽部駿次郎の一人芝居にございますか」

「むろん背後には尾張藩の差し金があってのことだろうが、猪之吉の話を聞いてますますその感を強くした」

「ならば夜が明けたら、駿次郎の周辺を徹底的に暴き出しますかえ。みわ様の行方を探るのもそれが近道のようだ」

三人は夜が白み始めるまで高源院の山門前で駿次郎とみわが現われるのを待っていた。が、ついに二人は姿を見せなかった。

その代わり、丹後宮津藩の重臣二人を乗せた乗り物が供を従え、高源院へとやってきた。

惣三郎らはそれを山門の陰から見送ると寺を後にした。

その夕暮れ、花火の房之助親分の南八丁堀の家には金杉惣三郎と鍾馗の昇平がいた。そこへ南町奉行所与力の牧野勝五郎が同心の西村桐十郎を伴い、姿を見せた。

神棚のある居間に親分、惣三郎、勝五郎、そして、桐十郎が座した。

昇平は台所に行き、静香やうめの手伝いを始めた。三児が渓晏の診療所から親分の家に移り、うめも南八丁堀に戻ってきていた。

「牧野様までお出でとは恐縮にござる」

惣三郎が頭を下げた。

「この一件は、どこぞのご兄弟の執念が生み出した事件にござれば、さような懸念はご無用にございます」

と牧野が答え、みわの拐かしが個人的な問題ではないことをその場で改めて宣告した。

「花火、なんぞ分かったか」

「へえ、半日の調べでまだ半端ですが、みわ様を拐かした駿次郎には、法全正二郎の顔と軽部駿次郎の顔の二つがありましてねえ、法全と軽部ではまったく別人物と思うくらいに違うんで」

「どういうことだ、花火」

「駿次郎は、法全家から十歳のとき、軽部家へ養子に行かされております。二つの顔の使い分けはこのとき、生じたと思えます。駿次郎は、外に出された恨みを抱いていましてね、尾張柳生の道場では、法全正二郎の名のまま修行を続けることを自ら望んでいます。ただ、養子に出された恨みが剣の修行にはいい方に作用したのかもしれねえ、十四、五のときにはすでに尾張柳生の天才児、若武者と呼ばれて、兄弟子たちも手も足も出ねえ腕前になっております。十分に間合いをとった距離からの連続攻撃は、むささび殺法と呼ばれて恐れられています。ともかく玄妙に変化して相手に反撃の隙を与えないそうで、むささび殺法のほかにも疾《しっ》風剣《ぷうけん》の正二郎と異名《いみょう》を取っているそうです。尾張柳生の道場に通っていた門弟を探して聞いてみますとねえ、駿次郎は、度を超した稽古で門弟に怪我をさせたりして、度々柳生六郎兵衛様に注意を受けています。わっしが聞いた人の中には、すでにその頃から真剣勝負を何度も経験していたはずだ、そうでなければ、あのような凄《すご》みは出せないと言う方もございました」

そこへ静香と昇平が盆に茶を載せて運んできた。

房之助は静香が運んできた茶碗を取って、舌を潤した。

「その一方で、女、酒、賭博《とばく》と一通りの悪さは覚えていやがるんで。へえっ、法全の家でも正二郎を養子に出した負い目から、養子に行った後も金は渡していたようなんで。その上に養家からも小遣いを貰《もら》うんで銭には困らなかった。器量のよさに腕っぷし、それに金を持っているんだ、鬼に金棒だ、だいぶ好き放題をやってきたらしい。そんなこんなで性悪《しょうわる》の若侍が出来上がったとかで」

「それが法全正二郎の顔だな」

「はい、牧野様」

「ところが軽部駿次郎になると違う人物になるのか」

「そこなんですよ、軽部家の周辺で昔、女中に出ていた女と出入りの商人に聞いたんですがねえ。だれもが口を揃えて、養父母には孝を尽くし、まったく非の打ち所もない若様を演じているようなんで、悪口一つ聞こえてきませんので。みわ様はこの軽部駿次郎に引っかかったのでございましょう」

「養子に出されたことが二重の性格を作り出したと花火は言うのか」

　桐十郎が念を押した。

「法全正二郎と軽部駿次郎、二つの人物を使い分けていることを駿次郎自身が楽しんでいやがるとわっしは感じましたがねえ」

「親分、柳生六郎兵衛様は、法全正二郎を信頼されていたわけではなさそうだな。それどころか、手厳しく注意をされていたそうな」

惣三郎の言葉に牧野が応じた。

「ほう、尾張柳生四天王随一の腕の弟子を信頼されていませんでしたか」

「本日、江戸柳生の道場に伺いましてな、法全正二郎らのことを聞いてみました。仲が悪いとは申せ、もとを正せば同根にございます。兄弟のような流派のことは当然承知と考えたものですからな」

惣三郎はいったん言葉を切り、親分、と声をかけた。

「法全正二郎の激しい性情に六郎兵衛様が危惧《きぐ》を持たれたのは、正二郎が十五のときに、尾張から一人の門弟が出てきたことに端を発している。この富岡淳五郎《とみおかじゅんごろう》と申す者はすでに柳生新陰流の皆伝を授けられた者でな、剣一筋の三十男であったそうな。正二郎は、尾張からきた富岡と最初から肌が合わぬと見えて、正二郎が富岡を田舎剣術と見下せば、富岡は正二郎を世間も知らぬ小僧っ子と小馬鹿にしていた。この二人が道場でぶつかって、他の門弟衆の制止も聞かずに木刀で立ち合った。そのとき、六郎兵衛様は留守であったとか……」

一座が惣三郎の話に聞き入った。

「結果は正二郎の俊敏なむささび殺法が重厚な富岡の剣を一歩の差で圧した。

が、勝負が見えた後も正二郎の疾風剣は、執拗《しつよう》にも富岡の額や脳天を繰り返し攻撃して、道場の板は血と脳漿《のうしょう》で染まった。この勝負のことを帰宅後に知らされた六郎兵衛様は、正二郎を呼んで激しく叱責《しっせき》して、道場の出入りを禁じられたという」

「そんなことがありましたので」

「親分、ところが法全と軽部両家の嘆願で、正二郎の道場復帰が八月《やつき》後に叶った。むろん尾張の後押しがあってのことだ。それに二家では富岡の一件を表沙汰にしないためにかなりの金を使われたという」

「だが、正二郎は懲《こ》りたようではない。その後も六郎兵衛様の目を盗んで、悪さを続けてきたというわけですかえ」

花火の親分が聞いた。

「それは親分の調べのとおりだ。ただな、興味深いことがある。先の享保の大試合の尾張柳生の代表はそれがしにと、法全正二郎自らが六郎兵衛様に直談判《じかだんぱん》した経緯があったそうな。むろん、高弟衆に慮外者《りょがいもの》がと叱責されて退《しりぞ》けられておる」

「ほう、法全正二郎こと軽部駿次郎は、師匠を差しおいて自分が尾張柳生の代表として出るつもりでしたか」

牧野勝五郎が相槌《あいづち》を打った。

「六郎兵衛様が天下一の剣者となられた知らせを聞いて、正二郎は憂鬱《ゆううつ》な顔をしたということです。その直後に六郎兵衛様が菊小童の襲撃を受けて不覚をとった。突然、正二郎が、師匠の仇はおれが討つと言い出したのは、そのあとのことらしい」

「だが、六郎兵衛様を襲った菊小童は清之助さんに倒されてもはやこの世のものではない。そのことを承知してなかったにしろ、尾張柳生ほどの流派だ、最初から金杉の旦那が六郎兵衛様を襲ったのではねえことは承知していたはずだ」

房之助が言い出した。

「尾張柳生としては当主を討たれ、その上に手をこまねいていたとあっては、武門の名折れと考えたかねえ」

牧野が応じた。

「ともかく名目だけでも六郎兵衛様を襲った者を倒す必要が尾張柳生にはあった。それがこのような暴挙に走らせているんじゃありませんか」

「なんとしても金杉惣三郎を敵にして六郎兵衛様の仇を討つというのか」

桐十郎が話に加わった。

「金杉惣三郎どのは尾張の宿年の敵だからな」

牧野勝五郎が言い切ったとき、玄関先に人の気配がして、手先の信太郎が戻ってきた。

「親分、駿次郎の行方だが、なんとも摑めねえ」

信太郎は、朝から駿次郎がみわを連れて潜り込む隠れ家を探して走り回ってきたのだ。

「高源院はどうだ」

「先ほども寄ってきたがその気配はありませんぜ。あとは尾張藩の屋敷に潜り込むか、そうなるとちょいとわっしらの手に負えねえ」

「いや、尾張藩ということはあるまい」

房之助が言い切り、

「猪之吉らはどうした」

と聞いた。

「駿次郎は懐にさほど銭を持ってないということでしたねえ。となると銭を無心する相手は実家か養家だが、これまでも駿次郎の使いをやってきたのは軽部家の老中間《ちゅうげん》の相八《そうはち》らしいんで。そこで猪之吉らは、虎御門《とらごもん》の丹後宮津藩の上屋敷を見張ってまさあ。ひょっとしたら、駿次郎の使いが上屋敷内の軽部家に行き、相八が動くんじゃねえかと考えたんで」

「信太郎、よう考えた。ともかく駿次郎が動きそうな気配のところをどこでも網を張ろうか」

「おや、結衣様」

という静香の声が玄関先でした。

惣三郎らが玄関へ注意を向けたとき、結衣が青い顔で静香に連れられて姿を見せた。

「父上、文にございます」

結衣が懐に仕舞ってきた書状を差し出した。受け取った書状の宛名は、
直心影流金杉惣三郎殿
とあった。が、差出人の名はない。

「この文、だれによって届けられたな」

「力丸の吠え声がしましたので玄関に下りてみますと、文が戸の隙間に挟んでございました」

惣三郎はこの数日で結衣がしっかりとした言動に変わったことを見て取った。

姉の誘拐に自らがしっかりとしなければと思ってのことだろう。

　頷いた惣三郎は封を切った。

〈みわ殿の身、預かり候《そうろう》。無事に取り戻したくばそなた一人にて深川砂村元八幡《ふかがわすなむらもとはち》
幡鳥居《まんとりい》に今宵九つ（午前零時）参られたし　尾張柳生法全正二郎〉

　惣三郎は、黙って牧野勝五郎に渡した。

「なんと、駿次郎から砂村の元八幡に呼び出しとはな」

「砂村新田ですって」

　房之助が応じて、書状が一座に回った。

　砂村新田は、摂津《せっつ》国の出の砂村新左衛門《しんざえもん》が干潟地《ひがたじ》の干拓を幕府に申し出て、新田を造成したゆえにそう呼ばれた。

　場所は深川洲崎《すさき》の東側だ。

　砂村八幡宮は、太田道灌らも参拝したというから、江戸創生よりも古い宮である。しかし、場所が辺鄙《へんぴ》なことと度々洪水に見舞われることから、寛永四年（一六二七）に長盛法印《ちょうせい》がこの八幡宮を西の深川に移築し、名を富岡《とみおか》八幡宮と改めた。だが、砂村には元の八幡宮の鳥居だけが残されていた。元八幡と呼ばれる由《ゆ》縁《えん》だ。

駿次郎の呼び出しは、そんな辺鄙な場所へだ。

「どうも胡散臭《うさんくさ》い呼び出しですぜ」

「みわ様を連れて、市谷から地縁もねえ砂村なんぞに呼び出しやがったか」

「親分、そういえば、さっき話した軽部家の老中間が砂村近くの猿江裏町《さるえうらまち》の出と聞いたぜ」

「となるとまんざら深川に縁がないわけでもねえか。みわ様は、相八の家に匿《かくま》われているんじゃねえかえ」

「相八の実家が知りたいが、当人に聞くわけにもいきませんぜ」

静香が部屋に入ってきて、

「こっちにもいないかねえ」

と首を捻った。

「どうした」

「いや、さっきまで台所にいた昇平さんの姿が、急に見えなくなったのでねえ」

「鍾馗め、砂村元八幡に走ったようだ」

房之助が惣三郎の顔を見た。

「となれば行くしかあるまい」

金杉惣三郎は、かたわらの高田酔心子兵庫を手に立ち上がろうとした。

「金杉様、指定の刻限にはちと早い。こちらもそれなりの仕度で出かけましょう」

西村桐十郎が惣三郎の逸《はや》る行動を諫《いさ》めるように言った。

「駿次郎はそれがし一人を呼び出しておる」

「そこが相談ですよ。それに昇平のこともありますからね」

西村桐十郎は所帯を持って落ち着きと風格が出たようで悠然としていた。

鍾馗の昇平はみわが姿を消して以来、まともに眠れなかった。若頭の登五郎にも、

「おめえみてえな腑《ふ》抜《ぬ》けは火事場に出せねえ。みわ様がどこにいなさるか、花火の親分の手伝いでもしていろ」

と言われて、南八丁堀に来たところだ。そこへもたらされたのがみわを拐かした男からの呼び出しだった。

砂村元八幡に行けばみわに会える。

そう考えただけでじっとしていられなかった。

静香の隙を見て、花火の親分の家を抜け出した。抜け出すときに玄関に立てかけられてあった寄棒《よりぼう》を借りた。

寄棒とは捕り物の際に使われる六尺棒で、枇杷《びわ》や樫《かし》の堅木で造られていた。

南八丁堀の河岸を稲荷橋まで下った昇平は、橋の袂《たもと》の船宿で猪牙舟《ちょきぶね》を頼んだ。

「め組の兄さんじゃねえか。勇ましい格好でどこぞに殴り込む気か」

顔見知りの船頭《せんどう》の茂平《もへい》にからかわれた。

「急ぎだ、砂村新田の元八幡まで飛ばしてくんな」

「あいよ」

昇平を乗せた猪牙舟は大川河口を横断すると仙台堀《せんだいぼり》から木場へ、さらに深川六万坪の埋立地を横に見て、砂村新田に到着した。

「兄い、元八幡の鳥居はほれ、あそこだぜ」

耕作地の間に土手が延びて、桜並木が続いていた。耕地の南側は干潟地が広がり、さらに江戸の海に続いていた。

船頭が猪牙舟を土手に泊めた。

月明かりに鳥居が浮かんでいる。

「よし」

鍾馗の昇平が立ち上がった。

「兄い、なにがあったか知らないが、め組の頭は承知かえ」

茂平が聞いた。が、その問いにも答えず、昇平は寄棒を手に土手を上がっていった。


金杉惣三郎が徒歩で元八幡に到着したとき、夜四つ半（十一時）の刻限だった。土手には猪牙舟が舫われていたが、船頭の姿もない。

惣三郎は海辺新田《うみべしんでん》まで南町奉行所の御用船で来たのだ。そこで惣三郎だけが陸路を砂村新田まで行くことにした。

御用船に残った西村桐十郎や花火の房之助らの一行は、時をずらして元八幡に向かう相談が出来ていた。


鳥居が遠くに見えた。

惣三郎が月の明かりにそちらを見たとき、

「てめえ、みわ様をどこにやりやがった！」

という昇平の声とともに、いきなり闘争の物音が響いた。

「しまった、遅かったか」

惣三郎は土手を走った。

「わあっ、やられた！」

という昇平とは別の声が響いて、

「人殺し、人殺しだぞ！」

と続けてその声が騒ぎ立てた。

惣三郎もその声に呼応するように、

「昇平！」

と叫びつつ鳥居に駆けつけた。すると鍾馗の昇平が桜の幹の下に転がり、船頭風の男が、

「兄い、大丈夫か」

と昇平のかたわらに立っておろおろしていた。

「昇平、いかがした」

惣三郎が膝をつくと、両断された寄棒を手にした昇平がぐったりしていた。足を斬り割られている様子だ。意識も判然としていない。

「まずは血止めをせねばなるまい。船頭どの、この者の背中を押さえてくれ」

惣三郎が月明かりを頼りに血止めをしていると、西村桐十郎や花火の房之助の一行が駆けつけてきた。

提灯の明かりで昇平の傷の様子が判明した。

右の太股《ふともも》から下腹部を斬り上げられていた。

昇平の持つ寄棒を両断したせいで刀勢が殺《そ》がれたか、深手にはいたっていないように思えた。

船頭が騒いだせいで二の太刀を振るえなかったのだ。それが昇平の命を救っていた。

「金杉さん、まずは八丁堀の渓晏先生のところに担ぎ込もう。すまないがみわ様のことは後回しだ」

西村桐十郎の指図で御用船と茂平の猪牙舟に分乗して、一行は砂村元八幡を慌しく去っていった。

その光景を軽部駿次郎が少し離れた土手から黙然と眺めながら、

(金杉惣三郎、そなたの命、この駿次郎が貰いうけた)

と胸の中で呟いていた。

第六章　仙台坂梅寺《せんだいざか》の決闘

一

　星明かりを頼りに薩摩国境に沿って一人旅する若者がいた。武の国薩摩の御家流東郷示現流を一目見たいと願う金杉清之助だ。

　だが、外様《とざま》の雄、薩摩は国境を閉ざして外部からの侵入を厳しく拒《こば》んでいた。どこの関所も、

「武者修行の旅の者」

　を入れることはなかった。

　清之助は、肥後、日向《ひゅうが》と薩摩の国境線のどこかに綻《ほころ》びはないかとこの数日、山歩きをしてきたが、薩摩はかたくなに門戸《もんこ》を閉ざしていた。

人吉領内のタイ捨流の丸目道場で薩摩の武芸者、寺見八十八を木刀試合で倒した清之助は、丸目道場に迷惑がかかることを危惧《きぐ》して退転を決意した。

だが、道場主の相良小厳太は、

「尋常な立ち合いにござれば、恐れるこつばなにもありまっせんぞ」

と清之助の滞在を願った。

それを押し切るように出たのには、薩摩藩と国境を接する人吉の緊張を肌で感じていたからだ。

清之助は人吉を出ると足を南に向けた。

険《けわ》しい山道を歩きながら、清之助の気持ちは微妙に変わっていた。

薩摩は自らを秘匿していた。その国に無理に押し入ってみたところで、なんの益があろうか。

剣を学ぶことは、人の道を学ぶことだ。先人から伝えられ、師に教えられ、同輩から学ぶことによって剣術の向上がある。それを密かに盗み見したところで自らの剣技にはなんの変化があろうか。

そんな考えを抱きながら、清之助は人吉藩の属領米良《めら》へと下っていった。

「三児が治ったら、今度はめ組の鍾馗が担ぎ込まれたか」

渓晏がそう言いながらも助手たちと外科手術を手早く始めた。

昇平の傷は、惣三郎が想像したよりも深く、重かった。

昇平が漏らす呻《うめ》きを聞きながら、惣三郎、西村桐十郎、花火の房之助らは、船頭の茂平から経緯を聞いた。

「おれはさ、昇平の兄いが仲間と喧嘩《けんか》でもするのかと思ってよ、命じられるままに砂村の元八幡近くの土手下に猪牙舟を着けたんで。兄いはよ、おれにちょいと待っていてくんな、と言い置いて土手をすたすたと登っていった。おれは気になったもんで、兄いの後を尾《つ》けたのさ。すると兄いは、元八幡の鳥居で立ち止まり、だれかを探すようにきょろきょろしていたと思いねえ。そのときだ、鳥居の陰から若い侍が無言で出てきやがった。兄いがみわ様をどこへ隠したと侍に言いかけた途端、若い侍が走り寄りざまに剣を抜いて斬り上げやがった。その早さったら、なかったぜ。兄いも手にしていた棒で応じようとしたが、見てのとおりだ。これが親分、おれが知っていることのすべてだ」

「若侍は一人だったかえ、若い娘を連れてなかったか」

房之助が聞く。

「砂村新田だぜ、娘なんかいるものか」

「野郎は、舟で来た風か」

茂平はしばらく考えた末に、

「いや、ありゃ、舟を待たせている風じゃなかったぜ」

と言い切った。

「昇平！」

め組の若頭登五郎とお杏が駆けつけてきた。

「どんな按配で」

「手当《てあて》の最中だ」

惣三郎はそう言うと二人に、

「迂闊《うかつ》であった、申し訳ないことをした」

と頭を下げた。

「使いの信太郎さんに話は聞かせてもらいましたよ。昇平の野郎、みわ様のことが心配で箸《はし》も手につかない様子にさ、おれが花火の親分の手伝いでもしてこいと送り出したんだ。こっちにも責任がありまさあ」

登五郎の言葉にお杏が頷《うなず》き、

「まだみわ様の行方は知れないの」

と聞いた。

惣三郎が顔を横に振り、

「夜が明けたら深川猿江裏町に戻り、軽部家の老中間の実家を訪ねてみるつもりだ」

と言った。

「みわ様がいるといいけど……」

西村桐十郎がいったん奉行所に戻り、昨夜の様子を上役の与力牧野勝五郎に報告に行った。

縫合の手当が終わったのは夜明け前だ。

一刻半（三時間）にわたった手当をしのぎ切り、昇平の命を繋《つな》ぎとめたのは、並外れた体力だった。

渓晏が疲れ切った顔で、

「並みの男なら、もはやこの世の者ではあるまい」

と呟《つぶや》いた。

「先生、助かりますよねえ」

お杏が念を押した。

「だいぶ血が出たで助かるとは答えられぬ。だが、鍾馗様の若さと体力があれば、なんとか乗り切ろう。そう願っておる」

そこへ再び西村桐十郎が戻ってきた。

「参ろうか」

惣三郎と花火の房之助一行は、あとのことを登五郎とお杏に任せて再び砂村新田に戻ることにした。

亀島橋《かめじまばし》際に御用船を泊めているというので、そちらに向かうと朝の光に同心の女房の姿が初々しく見えてきた。

西村野衣が小者に重箱を渡している。

「おまえ様、命じられたとおりに握りめしと漬物を十分に詰めておきました。茶も用意してございます」

「ようやってくれたな」

桐十郎が恋女房を労《ねぎら》った。

奉行所に戻る前に役宅に立ち寄り、徹夜になった捜索の者たちの腹具合を心配して、桐十郎は野衣に炊き出しを命じていたのだ。

野衣の顔には憂慮が漂っていた。

「金杉様、ご心配でございましょう」

「野衣どのにもいらぬ心労をかけるな」

「しばらくしましたら、芝七軒町を訪ねてみるつもりです」

しのを見舞うという野衣に惣三郎は黙って頭を下げた。

御用船に乗って再び大川を渡った。

「金杉様、野衣様の心遣いだ。頂きましょうか」

惣三郎の気持ちを察して房之助が努めて明るく言い、信太郎に重箱を開けるように命じた。

三段のお重には、握りめしがびっしりと並んでいた。かたわらの鉢には大根や瓜《うり》の古漬けが添えられていた。

桐十郎の小者が茶を淹《い》れて、まだ温かい握りめしを頬張りながら、大川を渡り、小名木《おなぎ》川を進んだ。

「おい、猿江橋で船を止めろ」

船頭に西村桐十郎が命じた。

「軽部家の老中間の相八探しだがな、あてもなく猿江裏町をほっつき歩いても仕方あるまい。海辺大工町《うみべだいくちょう》の百兵衛《ひゃくべえ》の知恵を借りようと思うがどうだ」

「西村様、これはうっかりしておりました。百兵衛爺様《じいさま》なら深川から砂村界隈のことはお見通しだ」

と房之助が応じ、

「百兵衛爺様は、十数年前まで十手持ちだった男です。寄る年波には勝てないと、隠居したあと、孫の面倒を見ながら飾り職人の倅《せがれ》の家でのんびり暮らしているんですよ。体は動かなくとも頭は、はっきりしたもんだ」

と惣三郎に説明した。

「旦那方、船で待っていておくんなせえ。わっしがひとっ走り百兵衛の爺様に会ってこよう」

房之助は、船の舳先《へさき》が船着き場にぶつかる前に飛んでいた。さらに手先の信太郎が続き、二人がまだ朝靄《もや》の漂う町に消えた。

二人は四半刻もしないうちに戻ってきた。

「西村様の勘が大当たりだ。百兵衛爺様、思い出すのにだいぶかかったが、相八の家は猿江裏町も外れ、広済寺《こうさいじ》前の豆腐屋と思い出しましたぜ」

信太郎が船頭に行き先を告げた。再び、船が小名木川を東へと進んだ。

御用船が着けられたのは下総古河藩《しもうさこがはん》の下屋敷のそばだ。

惣三郎らは船から降りた。だが、だいぶ時が過ぎていた。なにしろ駿次郎と昇平がぶつかったのが夜半のことだ。

町中に、大豆を茹でる香りが漂った。それを目当てにいくと豆腐屋の前に出た。

房之助と信太郎がすいっと裏手に回った。

「ごめん」

西村桐十郎が湯気が立つ店の奥に声をかけた。すると腰の曲がった老婆が南町奉行所の定廻り同心を見て、皺《しわ》の寄った顔に不安を漂わせた。相八の母親か。

「丹後宮津藩軽部家に奉公する相八の家だな」

その声に奥から五十年輩の男が出てきた。

主《あるじ》の伍平《ごへい》だ。

「へえっ、相八はわっしの兄にございますが、なんぞございましたか」

「この家に軽部駿次郎が娘を連れて立ち寄ってはおらぬか」

「なんのことでございますな」

と伍平がとぼけたとき、裏口で騒ぎ声が起こった。

惣三郎が飛び出すと房之助親分らが一人の中間を引っ立ててきた。そこには御用船に乗っていなかった猪之吉の姿もあった。

「旦那、こいつが相八なんで」

房之助の言葉に相八がうなだれた。

「親父、おめえは先ほどおれの問いにとぼけたな。これは一人の娘の命がかかった調べである」

桐十郎の峻烈《しゅんれつ》な言葉が発せられ、伍平も老母も顔面を蒼白にして、体を震わせた。

「申し訳ございません、兄《あに》さに頼まれて、駿次郎様と娘ごをお匿《かくま》い申し上げました」

伍平が頭を下げた。

「二人はどうしたか」

「夜中のうちに出ていかれましたんで」

「確かだな」

「嘘は申しません」

老母も一緒になって頷いた。

「軽部駿次郎は、どこへ参るか言い残さなかったか」

「慌てて戻ってこられたと思ったら、娘ごの手を引くように飛び出していかれたんで。なにも……」

「言い置かなかったのだな」

「へえっ」

「主どの、娘のことだが、どんな様子であったな」

惣三郎が聞いた。

「へえっ、えらく疲れておいでの様子で、ぼうっとしておられました。うちで食事を差し上げたんだが、一口二口箸をつけられただけでしたよ」

「わしの娘だ、世話をかけたな」

惣三郎が頭を下げ、豆腐屋の亭主が息を呑んだ。

「花火、相八を近くの番屋に引っ立てて調べよ」

きびきびした西村桐十郎の命に房之助が頷き、信太郎と猪之吉が相八の両側を固めた。

相八を乗せた御用船が猿江橋へと戻る船中、猪之吉が親分に経緯を話し始めた。

「夜明け前に丹後宮津藩上屋敷の通用口から相八の父つぁんが顔を出しましてねえ、江戸の町を西から東に突っ切り、大川を新大橋《しんおおはし》で渡るんで、こりゃ、駿次郎のところだと張り切ったんだがねえ。相八が豆腐屋の裏口から姿を消したと思ったら、親分と信太郎の兄いがいきなり路地に顔を出したってわけでさあ」

頷いた房之助が、

「父つぁん、軽部駿次郎は罪咎《つみとが》もねえみわ様を引き回しているんだぜ。ここじゃあ、尾張柳生の四天王の法全正二郎だ、丹後宮津藩の軽部駿次郎だなんて戯言《ざれごと》は通らないぜ」

と啖呵《たんか》を切り、

「おめえ、駿次郎に金を届けにきたか」

と糾《ただ》した。

相八が小さく頷き、懐から袱紗《ふくさ》包みを差し出した。

「ほう、包金二つか。軽部の内証はなかなかのようだな」

相八が顔を上げ、なにかを言いかけて言葉を呑み込むように黙り込んだ。

そのとき、船が小名木川と横川《よこかわ》が交差する船会所の船着き場に着いた。新高橋《しんたかばし》際《きわ》には深川西町《にしまち》番屋がある。

相八を番屋に連れ込んで本格的な調べが始まった。

取り調べるのは西村桐十郎自身だ。

「相八、よおく耳をかっぽじって聞け、一度しか言わねえ。ことと次第じゃあ、軽部の家が取り潰しになる話だ。おめえはだれに頼まれて、五十両もの金を運んできた」

相八が体を震わせて、

「お役人様、わしは軽部様に世話になって三十四年にならあ。軽部の家が潰れるのをこの目で見たくない。なにか救う途《みち》はあるんでございますか」

と聞いた。

「この一件にゃあ、尾張様だ、尾張柳生だと絡んだ話だ、そのことはおめえも察しがつこう。内々に事を済ますにはほんとのことを正直に話してくれなければ、どうにもならねえ」

猪之吉が相八の前に白湯《さゆ》を置いた。

「父つぁん、こいつで口を潤《うるお》してよ、西村様にすべて申し上げるんだ。そうすりゃあ、西村様がおめえの顔の立つように取り計らって下さるぜ」

へえっ、と白髪頭を下げた相八が白湯の入った茶碗を握った。一口二口啜《すす》っ

て、茶碗を手にしたまま、

「軽部家にとって駿次郎若様は、大切な跡取りにございます。法全家から養子に来られたときから、大事に大事に育てられました。反対に駿次郎若様は法全の家を出されたことが、胸につかえていたようで、なかなか軽部の家風に馴染んではいただけませんでした。ひどいやんちゃもなさいましたし、女中らを泣かせもされました」

花火の房之助が調べたものとは微妙に違っていた。

「軽部の家では駿次郎は、養父母にも孝心を尽くす、申し分のねえ養子だと聞いていたがねえ」

「へえっ、若様は養父母様の前では孝行な倅にございました。それでも悪い噂は耳には届きましょう、ですが、悪さを見て見ぬ振りなさっておりました。大事な跡取りにございますからな。そこでもっぱら駿次郎若様の悪さの後始末は用人様の仕事にございます。ともかく軽部の家の外に漏れないように金で口止めされておりました」

「法全正二郎と軽部駿次郎の二つの顔を使い分けていると思ったが、中身は一緒かえ」

「ただ、駿次郎若様はこの相八にはえらく素直でございましてな、養子に来たころ、若様を猿江裏町の家にお連れしたこともございますので」

相八はまた白湯を啜った。

「よし、話を元に戻すぜ。その金はどこから出た」

「金がどこから出たかと聞かれましても、中間風情には分かりかねます。ですが、一昨日、軽部家を訪ねてこられましたのは、尾張藩の御用人長倉栄五郎《ながくらえいごろう》様にございました」

「普段から軽部の家と長倉栄五郎様は付き合いがあるのかえ」

「私の知る限り初めてのことにございます」

「おめえは駿次郎が下屋敷からおめえの実家に移ったことをどうして知ったな」

「へえっ、弟が昨日の昼間に使いをくれまして、駿次郎若様がどこぞの娘ごと一緒に姿を見せられたと知らせてくれましたんで」

猪之吉が舌打ちした。使いを見逃したことを悔やんだからだろう。

「相八、駿次郎はどこへ行ったか、見当つかねえか」

「若様がどこを頼られるか、先ほどから考えておりましたが、どうも思い浮かばないんで」

　みわはどこに連れていかれたのか、惣三郎はしのの悲しみがさらに深くなるなと漫然と考えていた。

「尾張柳生の道場はどうだ」

　相八は、しばらく考えた後、首を横に振った。

「高弟衆の大河原権太夫様らと決して仲がよくはありませんでした。そんな道場に頼るとは思いません」

「駿次郎はこれからもおめえに連絡《つなぎ》をつけると思うか」

　桐十郎の問いに、

「駿次郎若様には、心を許した人など他にありません。金も持っておられませんし、一両日うちには使いがどこからか見えるかもしれません」

　と答えた。

「相八、先ほども申した。この一件、軽部家の浮沈《ふちん》がかかっておる。悪くすると丹後宮津藩四万八千石にも影響しかねない。それもこれもそなたの動き次第だ、分かるな」

「どうせよと言われますので」

「藩邸に戻り、使いを待て。駿次郎の命じたとおりに動くのじゃ。そなたにはわれらの手の者がぴたりと張り付いておることを忘れるな。もし、そなたがわれらの命に背《そむ》くのなら……」

と桐十郎は、言葉を切り、

「みわ様を救うためなら、われら、軽部家も丹後宮津藩をも潰す覚悟だ。そのことを肝に銘じておけ」

と言い切った。そして、房之助に相八を解き放つよう命じた。

二

南町奉行所定廻り同心の西村桐十郎と花火の房之助親分と金杉惣三郎の三人は、八丁堀に戻ってきた。

渓晏の執刀で手術を受けた鍾馗の昇平の様子を見るためだ。

信太郎ら手先たちは、丹後宮津藩上屋敷役宅に帰された相八の動静を見張るためにその足で向かっていた。

三人が八丁堀の通りに入ったとき、渓晏の診療所から手先の三児がうめに手を取られて出てきた。どことなく三児の顔が緩んでいる。

怪我した間、うめに世話をされてまんざらでもない様子だった。どうやらその余韻を楽しんでいる風情だ。

「親分、お帰りなさい」

「どうだ、具合は」

「もう、先生も大丈夫というご託宣だ。二、三日うちには仕事に戻れるぜ」

「あとは鍾馗の怪我だな」

「昇平の傷は深いや、おれのように簡単にはいくめえが、今は幾分落ち着いているようだぜ。お杏さんがつきっきりで看病したそうだ」

「気をつけて戻れ」

先に南八丁堀に戻るという三児とうめを房之助が送り出し、代わりに三人が診療所の門を潜った。

門といっても渓晏の診療所は、同心の役宅の敷地の一部に建てられていたから、同心屋敷の門でもあった。

町方同心は、役宅の一部を医師などに貸して、少ない俸給を補っているところも少なくない。

西村桐十郎のように定廻り同心であれば、出入りの屋敷やお店《たな》から盆暮れにそここその金が届く。だが、三十俵二人扶持の内勤の同心が俸給だけでそれなりの体面を保つのは、大変なことだった。そこで屋敷の一部を貸して地代家賃を稼ぐことが習わしになり、お目こぼしされていた。

昇平は先日まで三児が寝かされていた部屋にいた。

枕元にお杏とめ組の若い衆が二人ついていた。

当の昇平は無精 髭《ぶしょうひげ》の目立つ青白い顔を時折り歪《ゆが》めては、口で荒い息をついていた。

「お杏どの、どんな具合だ」

惣三郎が聞いた。

「あれからずっと熱に浮かされてうわ言ばかり言い続けるものだから、心配しましたよ。だけど、先ほどから熱が下がったせいか、息も鎮まった。この分ならなんとか大丈夫と思うんだけどねえ」

三人が見舞いにきたというので渓晏が顔を出した。

「渓晏先生、どんな具合で」

房之助が聞いた。

領いた渓晏が昇平の腕をとって脈を測っていたが、

「さすがに鍾馗だ、峠は越えたようだな。元々体力は馬並みだ、あとは時が薬だ」

「安堵《あんど》した」

惣三郎の気持ちは、その場にいる全員の気持ちだった。

「みわ様はどうなったの」

お杏がもう一つの気がかりを尋ねた。

「それが後手後手に回って、駿次郎の行方が摑《つか》めないでおる」

惣三郎が昨夜来の経過を説明した。

「みわ様の体も心配だよ」

昇平の顔を見ながら、お杏が呟いた。

「ともかくさ、今度の一件じゃあ、結衣様がしっかりとしていなさるからねえ。昨日も野衣様が七軒町を訪ねられたら、おっ母さんの面倒を結衣様が見ていなさったそうだよ」

「結衣も大人になったようだな」

「なんたってかなくぎ惣三の家は、おっ父さんやおっ母さんより娘たちがしっかりしているからねえ」

「相すまぬな、お杏どのにいつまでも頼りっきりで」

そう言うと惣三郎は立ち上がった。このところ車坂の石見道場も水野邸への出稽古も怠けていた。

石見鋏太郎の下へ昇平の経過を報告しておこうと思ったのだ。

「金杉さん、長屋にお戻りになりますか」

「荒神屋の親方がみわの一件が解決するまで仕事は休んでよいと許しをくれたのでな、石見道場に立ち寄った後は、七軒町にいる」

桐十郎の問いに答えた惣三郎はお杏にいま一度、

「昇平のこと、くれぐれも頼む」

と頭を下げて部屋を出た。


石見道場の朝稽古は終わりを迎えようとしていた。

惣三郎が石見鋏太郎に稽古に出られぬことを詫《わ》びた。

「さような斟酌《しんしゃく》は無用ですよ。それよりみわ様の行方、摑めましたかな」

と二人が話していると、棟方新左衛門が姿を見せた。今日は相良藩の出稽古の日ではないらしい。

「みわの一件、未だ解決の目処《めど》が立ちませぬ。だが、昇平はなんとか峠を越えたようにござる。これも渓晏先生の腕とお杏どのらの看病のお陰です」

「一つだけ懸念が去りましたか」

石見銕太郎がほっとしたように呟き、言い足した。

「あとはみわ様をなんとしても尾張柳生の手から取り戻さねばなりませぬな」

「軽部駿次郎と申す者、それがしとの勝負を望んでいる様子、それまでみわを手元においておくつもりでしょう。武芸者同士の立ち合いと申し込まれれば、拒みはせぬものを」

「金杉さん、軽部駿次郎こと法全正二郎なる男、だいぶ根性が捻《ね》じ曲がっておるように思える。みわ様を手元におくのは、金杉さんを誘《おび》き寄せるためだけであろうか」

銕太郎は手蔓《てづる》を求めて駿次郎のことを調べたようだ。

「忘れるところであった。水野様の口利きで柳生俊方様が尾張柳生の柳生兵助様と近々面会なさるということにございます。柳生六郎兵衛様の死が公《おおやけ》になるようなことがあれば、ただ今の揉め事も一歩前進するのですがな」

銕太郎はその会談に望みをかけるように言った。

「尾張柳生の背後には、尾張藩が控えておられる。事が進めばよいが……」

惣三郎の言葉に鋏太郎が小さく頷き、

「朝餉《あさげ》を食していかれぬか」

と誘ってくれた。

「女二人を残したまま、昨日から長屋にも戻っておりませぬ。今朝は早々に辞去致します」

「好きになされよ」

玄関先まで新左衛門が見送りにきて、

「金杉先生、それがしにできることあらば申し付けください」

と言った。

「お言葉に甘えようか。水野屋敷の出稽古が気になっておる。すまぬがそなたが時に顔を出してくれぬか」

「金杉先生の代役は務まりませぬが、石見先生と相談の上、精々努めさせていただきます」

「安心した」

金杉惣三郎は愛宕山に登り、権現社に昇平の回復とみわの無事を祈って、芝へと下った。

長屋ではしのと結衣が朝餉の膳につこうとしていた。しのが期待を込めた視線を惣三郎に向けた。惣三郎が顔を横に振り、しのの視線が力なく下ろされた。

「朝餉には遅いな」

「母上が芝神明社のお百度参りから戻られたのがつい最前のことで」

結衣は答えた。

「朝餉の仕度をそなた一人でしたか、ご苦労であったな」

惣三郎は末娘を労《ねぎら》うと、

「みわをいま一歩のところで取り逃がした。だがな、軽部駿次郎という男、必ずわしに連絡をつけて参る。それを待つしか方策はない」

昨日からの経過を二人に説明した惣三郎は、

「結衣、すまぬが父にも朝餉を用意してくれ」

と言った。しのと結衣が同時に立ち上がり、仕度を始めた。

しのは動いていたほうが気が紛れるのであろう、と思いながら惣三郎は、台所の床の大徳利から茶碗に冷や酒を注いだ。戦いの時のために少しでも体を休め、眠っておきたい、そう思ったのだ。

惣三郎がちびちびと酒を飲んでいると、春大根の千切りが具の味噌汁《みそしる》が温め直されて出てきた。菜は、鰯《いわし》の丸干しに大根おろし、昨夜の残りの煮物だ。

「丸干しは野衣様から頂いたものにございます」

結衣が父に説明し、

「皆に世話をかけるな」

と惣三郎が呟いた。

しのは黙って味噌汁の椀《わん》を手に取り上げた。が、それに口をつけようとはしなかった。

「しの、そなたがしっかりせんでどうする。ここは一家の力を合わせてみわを取り戻すときだぞ」

しのの瞼《まぶた》に涙が盛り上がってきた。


惣三郎は結衣の慌てた声に起こされた。二階の障子に差す明かりは、七つ（午後四時）前と思えた。

「水野様のお使いが見え、暮れ六つ過ぎに屋敷にお越しをと申されております」

「参上致しますとお伝えしてくれ」

結衣が階段を下りていき、使いの者に父の言葉を伝えていた。代わりにしのが上がってきて、

「ただ今、お召し物を用意致しますゆえ、表の蟹床《かにどこ》で髭を当たっておいでなされ」

と言った。しのも先ほどより元気を取り戻した様子だ。

「そう致すか」

惣三郎は表通りの蟹床を訪ねた。すると親父の高吉《こうきち》が所在なげに通りを見ていたが、

「浪人さん、この刻限にいるなんて珍しいね」

「急ぎの用でな、すまぬが髭を当たってくれぬか」

「あいよ」

と答え、小僧に桶《おけ》に湯を張るように命じ、その間に髷《まげ》を手際よく直してくれた。

「近頃、八百久にみわ様の姿がねえな」

「ちと理由があって、家におらぬのだ」

「そうかい。若い娘を持つとなにかと心配だ」

「まあ、そういうことだ」

高吉は惣三郎の顔に親の憂慮を感じ取り、男とでも駆け落ちしたと考えたか、それ以上なにも訊《たず》ねようとはしなかった。


惣三郎が老中水野忠之の上屋敷の門前に立ったのは、暮れ六つ前のことだ。御用人杉村久右衛門の名を出すとすぐに邸内に招じ入れられた。玄関番の若侍は、

「先生、案内仕《つかまつ》ります」

と言いかけた。よく見れば佐々木三兄弟の次男坊、次郎丸だ。

「おおっ、次郎丸どのか。このところ稽古を休んで申し訳ないな」

「先生には身辺ご多忙と聞いておりますれば、ご懸念なきようにお願い申します」

「稽古は進んでおるか」

「はい。先生のお教えどおりにわれらで繰り返しております」

「兄上に伝えてくれ。それがしが参られぬ代わりに棟方新左衛門どのに指導を頼んである。ご家老の佐古神様の許しを得られれば、明朝にも見えよう」

「津軽卜伝《ぼくでん》流の棟方先生にございますか」

次郎丸が喜びの声を発した。

新左衛門は水野屋敷の者たちにとっては、先の大試合に出て活躍したから馴染みの剣客だ。

「兄らも喜びましょう」

そう答えた次郎丸に案内された惣三郎は、奥書院に通った。

そこには当家の主の老中水野忠之、江戸家老の佐古神次郎左衛門、それに用人の杉村久右衛門の三人が顔を揃えていた。

「お呼び出しにより参上致しました」

「娘ごの行方、いかがか」

忠之が聞いた。

惣三郎は掻《か》い摘《つま》んで動きを伝えた。

「先の大試合が金杉の一家に災いをもたらしたな」

と憂いを漂わせた顔で呟いた忠之は、

「今宵、そなたを呼んだは、尾張柳生の誤解を解こうとな、俊方どのと兵助どのを当家に招いてあるからじゃ。金杉、機会を見て兵助どのにそなたを紹介致す。剣に生きる者同士、虚心坦懐に話し合え」

「ありがたきご配慮、金杉惣三郎、お礼の言葉もございませぬ」

「まずは柳生俊方どの、柳生兵助どの、それと余の三人で話し合う」

と言い残し、忠之がその場を立った。


水野邸に先に到着したのは大和江戸柳生新陰流五代目柳生備前守俊方であった。少し遅れて尾張柳生八代目に就くことになる柳生兵助厳春《よしはる》が着いた。

柳生流二派を代表する二人は水野家の離れ座敷で顔を合わせた。

「俊方どの、兵助どの、ようも忠之の招きを受けて下された」

主が礼を述べ、

「本日はご両者に願いの儀があって、当家までご足労頂いた」

「なんでございましょうな」

俊方は顔に笑みを浮かべて忠之に応じた。

が、兵助は硬い表情を崩さなかった。

「単刀直入に成り行きを申し上げる。不快と聞かれるやもしれぬが、この話、先の享保の大試合に関わりがあるによって、ないがしろに出来申さぬ」

俊方も兵助もさらに緊張した。

「兵助どの、大試合にて天下一の栄を得られた六郎兵衛どのがご病気と聞いた、確かか」

兵助の返答にはしばしの間があった。兵助は老中の問いにどう答えるか、必死の様子で考えをまとめると切り出した。

「はっ、六郎兵衛、体調を崩し、療養の身にございます。老中水野様にまでご心配をお掛け致しまして恐縮至極にございます」

「尾張柳生の当主は、なんの病にて療養中かな」

「持病の痔疾《じしつ》にございます」

兵助の言葉に忠之が頷き、

「ちとおかしな話を耳にした。六郎兵衛どのが身罷《みまか》られたという噂だ」

「水野様、さような話は根も葉もなき風聞にございます」

と兵助が素早く言い切った。

忠之が傍方に視線を回した。

「兵助どの、それがしも聞いた」

「傍方様までなんという仰せで」

兵助がきっとした顔で大和江戸柳生の当主を睨み返した。

「兵助どの、今宵の会合は公のものではない。だが、この噂、放置しておくと上様お声がかりの大試合の成果に傷をつけかねぬ。また、江戸じゅうを争いに巻き込みかねぬ。因《よ》って余がお二人をお呼びした」

再び忠之は、呼び出しの理由を明白にした。

「水野様、尾張柳生の当主、六郎兵衛は存命にございます」

兵助が重ねて明言した。

「俊方の聞いた話は、先の大試合の当夜、湯殿で刺客に襲われ、それが因で不運にも身罷られたというものだ」

「大試合を制した六郎兵衛が一刺客ごときに斃《たお》されるわけもございませぬ」

兵助は顔を紅潮させて否定した。

「誠にさよう」

忠之が頷き、

「兵助どの、この水野が尾張柳生に言いがかりをつけておると不快の念を催されているやもしれぬが、理由がござってな」

「ほう、いかなる子細《しさい》にございますな」

「この場に一人、呼び入れたいが構わぬか」

「水野様のお屋敷、主はご老中にござれば、拒みようもございますまい」

「兵助どのとは互いに剣の道を志す仁、話も合おう」

忠之が手を叩いた。足音がして、三者が会談する座敷の外の廊下に座した者がいた。

障子が開かれ、平伏したのは金杉惣三郎だ。

「お呼びにございますか」

「先の大試合にて審判を務めた金杉惣三郎じゃ」

「おおっ、金杉どのか。一別以来じゃのう」

俊方が懐かしそうな声を上げた。

だが、兵助は、じろりと惣三郎を睨み付け、

「水野様、いかなるお考えにございますかな」

と老中の振る舞いを非難するように言った。

「重ねて申す。この一件、扱いを間違えば大騒ぎになる火種を抱えておる。ゆえに今宵の席を設けた。金杉惣三郎の身に起こった話、聞いてくれぬか」

忠之の言葉に兵助の額に青筋が走った。だが、さすがに尾張柳生を代表する剣術家、すぐに感情を鎮め、言い出した。

「お聞き致します。ですが、尾張柳生を為《ため》にする話なれば、兵助、即刻失礼させて頂きまする」

忠之が頷き、惣三郎に話せというように視線を送った。

惣三郎がどう切り出そうかと思い迷っていると、

「そなた、それがしが留守の折りに柳生道場を訪ねて、いらざる挑発をなしたようじゃな」

と兵助が吐き捨てた。

「柳生兵助様、そのことにございます。それがしの話、最後までお聞き下さりませ。その上で兵助様のいかなるお尋ねにもお答えする所存にございます」

「話せ」

兵助がさらに不愉快そうな声を上げた。

金杉惣三郎は、尾張柳生と関わりのある事柄だけを述べることにした。

「それがし、過日、芝神明社の境内にて尾張柳生の高弟沢渡鶴右衛門どのに、柳生六郎兵衛様の仇を討つと名乗りかけられた上に、剣を抜き合う羽目に陥ってございます。この勝負の結果は、兵助様もご存じのことと存じます。ただ、なぜ、それがしが六郎兵衛様の仇と狙《ねら》われるか、それがしには理解のつかぬことにございました。また、それがしが尾張藩邸の柳生道場を訪ねた帰り道にも牛目幾満どのに待ち伏せされました。兵助様、それがし、六郎兵衛様の仇と狙われる覚えはまったくなし……」

惣三郎は兵助に一条寺菊小童なる異才の剣客について話し、

「もし六郎兵衛様の油断を衝《つ》いて湯殿で襲いし人物があるとすれば、この菊小童をおいて他にございますまい。さりながら、この人物、すでに鬼籍に入っておりますれば、真相を知る術《すべ》はございませぬ」

「金杉どの、都合よき話じゃな」

と兵助がさらになにかを言いかけたが、口を噤《つぐ》んだ。

「兵助様、今宵、水野様がかような場をお考えあったは、いま一つの理由からです。尾張柳生に法全正二郎と申す剣客がおられるそうな」

「法全正二郎がどうした」

兵助の言葉には先ほどと微妙に違いがあるように思えた。

「それがしの娘、みわを拐かし、丹後宮津藩の下屋敷から軽部家の老僕の実家などを連れ回して、それがしに勝負をせよと迫っております。そのことを探りたくて、過日も尾張柳生の道場を訪ねたのでございます」

「な、なんと……」

という呟きが兵助の口から漏れた。それは兵助が駿次郎の行動に関知していないことを示している。

「それがしも剣の道を究《きわ》めんと生きてきた者、尋常な勝負をせよと申されれば、お受けも致します。だが、なんの罪もなき娘を拐かして勝負を迫るなど剣を志す者の道にもとる。もし、兵助様がご存じなきこととなれば、それがし、父親の務め、娘を取り返すためにこの一命を抛《なげう》っても、法全正二郎を打ち果たす所存、とくとご承知置き下され」

「うっ」

と兵助が言葉を詰まらせ、しばし一座に重い沈黙が走った。

それを破るように水野忠之が言い出した。

「柳生兵助どの、柳生六郎兵衛どのの襲撃はいささかも金杉惣三郎に関わりござらぬ。よってこれ以上の無益な闘争は、尾張柳生を、ひいては尾張藩をも危険な淵《ふち》に連れていくことになる。そのことを心配しており申す。今宵、当家にお呼びした真意、とくと察して下され」

兵助が両眼を閉じると、しばし感情を鎮めるように沈黙した。

「水野忠之様のご配慮、柳生兵助、確かに承《うけたまわ》りましてございます」

「おおう、ご理解頂けたか」

「その上で改めて申し上げます。尾張柳生七代目柳生六郎兵衛厳儔、痔疾の治療にて尾張に戻っておりまするが、存命にございます。よって六郎兵衛の仇を高弟らが討たんと金杉惣三郎どのを付け狙う理由もまたなし。金杉惣三郎どのの妄想にござろう」

兵助はそう明言すると一座を見回し、

「水野様、俊方様、これにて失礼致しますぞ」

と立ち上がった。

三

柳生兵助が席を立った後も、座には重苦しい空気が漂っていた。尾張柳生の執拗なる敵愾心《てきがいしん》を思ってのことだった。

「兵助どのに水野様の配慮は届いたのであろうか」

俊方が祈るように言った。

「この場ではあ突っ張るしか方策はなかったのであろう」

忠之は呼応し、

「金杉、ここは静かに尾張柳生の出方を見ようではないか。もはやそなたに刺客を送ってくることはあるまい」

と言い切った。

「ご配慮、かたじけのう存じます」

惣三郎は忠之と俊方に向かって頭を下げた。

「兵助どのも、軽部駿次郎がそなたの娘ごを拐かしたことを知らぬ様子であったな。こやつ、もはや尾張柳生の頸木《くびき》から遠くへ逃げ去ったと考えたほうがよいかもしれぬ。金杉どの、駿次郎の狙いはそなた一人《いちにん》、気をつけてくれ」

俊方の言葉に惣三郎は、

「軽部駿次郎との対決、娘を取り戻すためにも抜き差しなりますまい」

と答えた。

惣三郎は夜道をわが長屋へと辿《たど》りながら、忠之と俊方との会話を思い起こしていた。

いつの間にか増上寺大門前に達して、惣三郎は慌てて曲がった。さらに七軒町へと門前通りから右へ曲がる。と、数間奥に編笠の武士が立っていた。

惣三郎は足を止めた。

「金杉惣三郎どのじゃな」

「いかにも金杉惣三郎です。そなた様は」

「尾張柳生大河原権太夫にござる」

尾張柳生の四天王、第一番の剣客が惣三郎を待ち受けていた。

「大河原どのが何か用かな」

「ちとお付き合い願いたい」

大河原はそう言うと編笠を脱ぎ、月明かりに照らされた顔で会釈した。

「初めに申しておく。それがしは一人にござる」

大河原は編笠を右手にするとすたすたと南に向かって歩き出した。仕方無しに惣三郎もその後を追う。

数筋も行くと新堀川にぶつかった。

大河原は惣三郎を後ろに従えて平然と新堀川を上流へと歩き続ける。

惣三郎は大河原に肩を並べて、言いかけた。

「先ほどまでそれがしが柳生兵助様と同席していたことをご存じか」

「いかにも」

「兵助様にも説明致したが、それがし、六郎兵衛様を襲わせしことなどない」

「およその子細は、兵助様より聞いた。そこもとが理不尽に思うこと、兵助様もそれがしも承知」

「なれば、なぜそれがしに刺客を送ってこられるな」

「尾張柳生は、尾張藩の庇護《ひご》の下に栄えてきた流儀にござる」

「尾張の命なれば、逆らえぬと言われるか」

「忠義とは哀しいものにござる」

権太夫の言葉には諦観《ていかん》が込められていた。

二人は三縁山増上寺の南側を新堀川に沿って上がっていった。

右手には壮大な山門、華麗な五重塔、風格のある鐘楼《しょうろう》、将軍家の御霊屋《みたまや》などが広大な寺領の間に点在していた。

「一つだけ釈明しておこう。そなたの娘ごを拐かしたことに、尾張柳生が関わったことは一切ない」

「軽部駿次郎の独断と申されるか」

「あやつ、いずれ尾張柳生に後ろ足で泥をかけていく人物にござった」

二人の行く手に赤羽橋《あかばねばし》の反り上がった影が見えてきた。

橋の前は広場になっており、久留米藩主有馬玄蕃頭《くるめはんしゅありまげんばのかみ》の上屋敷の塀が延びて、その上から火の見櫓が突き出ているのが見えた。

久留米藩は、増上寺警備を仰せつかり、そのために火の見櫓があるのだ。

「柳生六郎兵衛様が得られた天下一の称号、われら御配下にある四天王はどれほど名誉に思うたことか。だが、それも束《つか》の間《ま》に消え申した。さらに沢渡鶴右衛門、牛目幾満とまた姿を消し申した。そこもとのせいでな」

「大河原どの、柳生六郎兵衛様を襲いし者は、一条寺菊小童」

「その者をそなたの倅、清之助どのが打ち倒されたそうな」

「そこまでお分かりなれば、なぜそれがしを目の敵《かたき》になさるな」

「尾張柳生の矜持《きょうじ》にござる。六郎兵衛様が出自も定かではない京侍に殺され、それを清之助どのが倒された。尾張柳生は地に落ち申した」

「だが、われら父子のせいではござらぬ」

「尾張柳生の名誉を回復するために金杉惣三郎、清之助親子をわれら宿年の敵と定め申した。そこもとらの意思とは関係なきこと、また、ことの真相がどうであるかにも関わりなきこと、われらが突き進まねばならぬ茨《いばら》の道にござる」

大河原権太夫の足が止まり、右手の編笠が投げ出された。

「金杉惣三郎どの、そなたの宿命《さだめ》と諦《あきら》めなされ」

「迷惑至極」

「これが武門に生きる者の考えにござる」

大河原は剣を抜き放った。

「尾張柳生の欺瞞《ぎまん》にござるぞ、大河原どの」

「問答無用」

「そなたとなぜ剣を交えねばならぬのか」

惣三郎の呟きは哀しげに響いた。

もはや大河原の口から言葉は発せられなかった。

惣三郎は、高田酔心子兵庫を抜いた。

大河原は豪壮な剣を正眼に構えた。

惣三郎は、
寒月霞斬り一の太刀
をとった。

間合いは二間。

二人の対決を月光が見下ろしていた。

静かな対決はいつまでも続くように思えた。

金杉惣三郎は地擦りの剣にいつ意志を与えるか、迷っていた。生半可《なまはんか》に避けられる相手ではない。

生きるか死ぬか。

それしか選択肢はない。

そんな惣三郎の考えを読んだように、大河原が地擦りからの斬り上げを避けて右手へと走り出した。

惣三郎はその動きに呼応した。

走りながらも正眼と地擦りの構えを互いに保持し続けた。

横走りが速度を増した。

惣三郎も蟹の歩行で従った。

大河原は横走りをしながらも間合いを巧妙に詰めてきた。

一間、半間……さらに縮まった。

「ええいっ！」

横走りがふいに前方へ、惣三郎の喉元への突きへと変化《へんげ》した。

大河原は柄《つか》を握る両手を絞るようにしながら虚空へ身を投げ出した。流れるような変化で剣は惣三郎の咽喉元に躍った。

惣三郎は、変化を見たと同時に酔心子兵庫、二尺六寸三分のかます切っ先を地から虚空へと翻《ひるがえ》した。

直線の剣と円弧を描く刃が寸毫《すんごう》の間で交わった。わずかに先に捉《とら》えたのはかます切っ先だ。

修羅場を潜り抜けた数の差が生死を分けた。

大河原権太夫の躍動する下半身を斬り上げると身を虚空に持ち上げた。

ううっ
大河原は呻き声を漏らして片膝で地面に着地した。

ぐらり
と上体が揺れたが、大河原は超人的な精神力でその姿勢を保ちつつ、さらに剣を保持していた。

惣三郎は間合いの外から大河原を振り見た。

「お見事にござる」

と言うと、大河原の体が左右に揺れた。だが、再び体勢を立て直し、

「金杉どの、軽部駿次郎には品川宿に巣食うごろつき浪人どもの知り合いがござる。そなたの娘ごを探すなら、まずそこいら辺りを調べなされ」

「……かたじけない」

「さ、さらば……」

大河原権太夫の体が片膝の姿勢から前のめりに倒れ込んで、剣が地面に転がった。

金杉惣三郎は、月明かりの下の壮絶な剣士の死をただ眺めていた。


みわは駿次郎の背を見ていた。

背の向こうの庭では昼下がりの光が穏やかに散っていた。

駿次郎の背は光に向かって必死でなにかを考えていた。

(信じてよいのか)

いや、

(恋とは一途に信じること)

みわの心は思い悩んでいた。

丹後宮津藩の下屋敷の蔵に幽閉された後、駿次郎と軽部家に奉公するという中間の実家を頼って大川を渡った。

猿江裏町の実家は豆腐屋だった。

「若様、よう来られたな」

実直そうな老母と弟夫婦が駿次郎を歓迎するのを見ていると、

(駿次郎はだれぞの悪巧《わるだく》みに陥《おとしい》れられたのだ)

とみわは思え、最後まで駿次郎に従おうと決意した。

人に会わねばならぬと深夜に外に出ていった駿次郎が慌しく血の臭いをさせて戻ってくると、深川から再び大川を渡り、品川へと夜の逃避行を続けた。

その道中、みわは、

「駿次郎様、わが長屋が近くにございます。父に頼られませぬか。父には駿次郎様が予想もされぬ知り合いがございますし、きっと助けてくれます」

と言ってみた。

「みわどの、父上に会うのはしばらく待ってくれ。軽部駿次郎にも武士の面目がござる」

と断わられた。

その駿次郎がしばらくの辛抱だ、とみわを連れていったのは南品川裏手の荒れた寺だった。

朱引地界隈を鮫洲《さめず》海岸と呼ぶ。

品川沖で網にかかった鮫の腹から観世音《かんぜおん》の木像が現われ、その木像を祀《まつ》った海晏寺《かいあんじ》の寺伝からこう呼ばれるようになったとか。

駿次郎がみわを連れていったのは、紅葉で有名な海晏寺の裏手、仙台坂の一角を占める山門が傾きかけた小さな寺の離れだった。

「駿次郎様」

みわは考えに耽《ふけ》る駿次郎の背に何度か呼びかけた。

思案に暮れる駿次郎はみわの声が聞こえていないのか、背を硬くしたままだ。

が、ふいに振り向いた。

みわは、思わず息を呑んだ。

駿次郎の相貌《そうぼう》は険しかった。

夕暮れの光を背から受けているせいか、顔が暗く沈み、邪悪に見えた。

「どうした、みわどの」

駿次郎の顔が和やかなものに変わった。

「これからどうなさるのです」

「それを考えておった」

「父の助けを借りませぬか」

「金杉惣三郎どのには、なんとしても近々会わねばならぬ」

「それがようございます」

とみわは答えながら、父と母になんと説明しようかと不安になった。

本堂から離れへの廊下を小坊主の了念《りょうねん》が姿を見せた。

「軽部様、猪狩《いかり》様がお見えにございます」

了念の言葉に狼狽《ろうばい》した様子の駿次郎が、

「ようやく来たか」

と応じ、

「仲間に屋敷の様子を見に行かせようと思うてな」

とみわに言い残すと、小坊主と一緒に急ぎ本堂に向かった。

(駿次郎様にもお仲間がおられる)

丹後宮津藩には二派に分かれて抗争が繰り広げられるような内紛が生じているということか。

父上の奉公なさっていた豊後相良藩も分家の当主が藩主の座を狙って、藩を二分する戦いがあった。

そんなことをみわが考えていると了念がお茶を運んできた。

「退屈でございましょう」

十歳という了念は茶碗をみわの前に置くとぺたりと座り込んだ。

病に伏せっている和尚と、酒の臭いをさせている寺男に了念の三人だけの寺だ。話し相手もいない了念自身が退屈していた。

「駿次郎様のお客様は藩のお方ですか」

「猪狩様が大名家の家臣ですって。品川宿で飯盛旅籠から汚れ仕事を貰《もら》っているごろつき浪人ですよ」

「ご浪人ですか」

みわは意外な言葉に驚いた。

「寺男の鎌造《かまぞう》さんは、血腥《ちなまぐさ》い仕事も請け負っている輩《やから》だって、いつも言っていますす」

了念はそう言うと、

「こんなこと喋《しゃべ》っちゃいけなかったんだ。みわ様、忘れて下さいな」

と慌てて本堂に戻っていった。

みわの胸が立ち騒いだ。

駿次郎様はなぜそのような不逞の浪人とお付き合いなさるのか。

(待て、待って)

了念は、

「猪狩様がお見えになりました」

と言わなかったか。そのとき、駿次郎が狼狽を見せたのだ。

(猪狩ですって、まさか……)

みわは立ち上がっていた。


東海道の最初の宿場に品川宿が指定される以前から、品川は目黒川《めぐろがわ》をはさんで北品川と南品川に分かれていた。だが、元禄期ごろ、北品川の北側、江戸に近いほうに人家が建ち、新町が形作られ、しだいに酒食を商う煮売り屋や旅籠が集まってきて、歩行新宿《かちしんじゅく》が誕生した。

このことによって、品川宿は南北品川に歩行新宿を加えた三宿で構成されることになった。

宿場の総家数はおよそ千五百軒、人数は七千人弱と大きい。

この日、目黒川に架かる境橋《さかいばし》の上に南町奉行所定廻り同心西村桐十郎、花火の房之助親分、それに金杉惣三郎が陣取って、手先の信太郎や奉行所の小者たちの探索の結果を待っていた。

むろん金杉惣三郎と対決した尾張柳生四天王の一人、大河原権太夫が死に際して言い残した言葉を受けての捜索だ。

だが、飯盛旅籠などは朝が一番忙しい刻限で、なかなか探索は進まなかった。

時ばかりがだらだらと進み、ついには昼下がりを迎えようとしていた。

「人間が死に際に残した言葉だ、嘘はつくまいと思うがな」

惣三郎は堂々とした戦い振りの大河原権太夫の風貌と挙動を思い起こして呟いた。もう何度も繰り返された言葉だ。

「金杉様、わっしも大河原様の言葉を信じておりますよ。だが、品川は大きいや、北品川だけでも旅籠が二十余軒もございます。もちっと辛抱して下せえ」

と房之助が惣三郎の苛立《いらだ》ちを宥《なだ》めた。

「親分」

という三児の声がした。

渓晏の診療所を出たばかりの三児もみわの新しい情報に接して、おれも行くぜと探索に加わることを志願していた。

「問答河岸《もんどうがし》の漁師がよう、南品川の飯盛の裏手に浪人者が出入りする長屋が海から見えるというが調べてみるかい」

問答河岸というのは、品川の物揚場の別名である。

三代将軍家光《いえみつ》がこの河岸に船を着けて東海寺《とうかいじ》を訪ねようとしたとき、開山の沢《たく》庵《あん》和尚が出迎えて問答したところからこう呼ばれるようになっていた。

「参ろうか」

と言うと、惣三郎はすでに歩き出していた。

慌てた三児が案内に立ち、西村桐十郎と房之助が従った。

問答河岸の漁師が見たという長屋は、長徳寺《ちょうとくじ》と東海道をはさんで海側の町家の一角にあった。海に杭を立て並べて、その上に掘っ立て小屋をいくつも造った長屋だった。木戸口は陸にあるが、長屋の部屋の半分は、尻を海の上に突き出すように出張っていた。

どぶ板の前で黒猫を抱き、西日を浴びている女に三児が聞いた。

「浪人者が住んでいる小屋はどれだい」

「一番どんづまりだよ」

体に酒の臭いを染み付かせた女が言うと、

「今はいないよ」

「仕事かえ」

「さあ」

　と言った女が、

「あいつら、今度はなにをやったんだえ」

「長屋に娘を連れ込んでいまいな」

「男五人が窮屈に寝泊まりしている小屋だ。娘を連れ込む隙間はあるまいよ」

「野郎どもがどこに行ったか、知ってねえか」

　女が三児に片手を突き出した。

「なんの真似だ」

「酒が切れてんだ、どうにかしてくれないか」

「てめえ、南町奉行所の手先を強請《ゆす》る気か」

　と気色ばむ三児を制した惣三郎がいくばくかの金を手にして、

「確かであろうな」

　と聞いた。

「旦那、あいつらが出ていくとき、大声で喋っていたんだ。間違いあるまいよ」

惣三郎が金を渡した。

「仙台坂の荒れ寺のだれぞに会いに行ったのさ」

「寺の名は分からぬか」

女は金を握った手を袖に仕舞うと、

「仙台坂には、梅寺一軒しかないよ。今の季節なら梅の匂いがあたりに漂っているさ。ほんとの寺の名がなんだったか、和尚だって知るまい」

と言った。

四

みわは寺全体に漂う老梅の香りをかぎながら、本堂の前の階段で立ち話する駿次郎らを回廊から見下ろした。

人の気配に気が付いた駿次郎がふいに振り向いた。

「みわどの」

みわは五人の餓狼《がろう》のような浪人をゆっくりと見回した。見覚えがあった。

「そなたは、私を騙《だま》されましたな」

「どういうことだ」

駿次郎の形相と言葉付きが変わっていた。

「仲間に私を襲わせ、そなたが助けに入られた。すべて私の気を引く茶番でありましたか」

「さようなことは一向に知らぬな」

駿次郎が白を切った。

「猪狩とはそなたであったな」

よれよれの羽織を着た中年の浪人剣客をみわは厳しく見た。

「大男が緒方と申したか。私に蹴られたのは高松、そなたであったな」

みわの眼差しが次々に浪人たちに突き刺さる。

「駿次郎さん、もう騙し続けられないぜ」

猪狩が薄笑いを浮かべた。

「結構鈍な娘と思っていたが、感づきやがったか」

駿次郎も苦笑いした。

「駿次郎どの、私が鈍な女であったことを認めましょう。そなたは、尾張柳生の手の者と見ました。私を騙したのは父に関わりのあることですね」

「ようやく気が付いたか。いかにもそれがし、法全正二郎は、尾張柳生の四天王の一人よ。だが、丹後宮津藩なんて高々四万八千石の田舎大名の家臣の家に養子に出しやがった。名も軽部駿次郎と変えられた。おめえも田舎大名の元家臣の娘だ。しけた暮らしは分かろうというものじゃないか。御三家尾張と雲泥《うんでい》の差だぜ。その尾張が金杉惣三郎を始末すれば、おれに新しく一家を設けて召し抱えるという申し出だ。こんなうまい話はねえぜ」

「呆れました。それが実家を、養家を、宮津藩を裏切る理由ですか」

「おおっ、十分な動機だぜ」

「なんと愚かな人物にございましょう。私はかような愚か者を好きになったのですか」

みわの言葉は悲しみに震えていた。

「しゃらくせえや、離れに連れ戻せ！」

駿次郎の命に巨漢の緒方と仲間がみわの立つ回廊にじりじりと迫って、囲んだ。

「今晩はおめえらが好き放題にしな。明日には川崎宿《かわさきじゅく》の女郎屋に叩き売るぜ」

「しめた！」

緒方らがみわを捕らえようとしたとき、庭に箒《ほうき》を持った寺男の鎌造が姿を見せて叫んだ。

「おまえさん方、寺の中でなにをするだ！」

駿次郎が動いたのはその瞬間だ。十数間の距離を低く地を這うように走ると、いきなり抜き打ちにして鎌造の股のあたりから腹部を斬り上げた。

「あっ！」

鎌造は血を振り撒《ま》きながら後ろ向きに倒れた。

その声を聞いたか、使いに出ていた小僧の了念が寺に走り戻ってきた。

「了念さん、逃げるのよ！」

みわが叫んだ。

了念はしばらくなにが起こったか分からない様子で、呆然と視線を倒れた鎌造の姿にやっていた。

高松が了念を捕まえようと駆け寄った。

「逃げて、了念さん！」

再びみわが叫んだ。

ようやく危険を察した了念が山門へと身を翻《ひるがえ》して走った。

そのあとを高松が追う。

みわもその隙を衝《つ》くように回廊の端へと逃れようとした。が、血刀を提げた駿次郎が俊敏にも回廊に走り寄ると、一気に跳躍してみわの行く手を塞いだ。

みわは後ろを振り向いた。

が、背後には巨漢の緒方らが迫ってきた。

みわは回廊から庭に飛んだ。

了念が逃れた山門を目指した。が、数歩も走らぬうちに気配もなく迫った者によって、襟首を摑まれた。

うっ
首が絞まった。

みわはもがきながらも振り向いた。

そこには今まで見たこともない軽部駿次郎の顔が冷笑を浮かべていた。

「金杉惣三郎の娘じゃなきゃあ、とっくに女郎屋に叩き売っているところだぜ。よし、小便臭いがおれが賞味してやろうか」

みわは、いやいやをするように首を振った。その度に息が苦しくなり、ふいに意識が遠のいた。

武蔵野《むさしの》台地の南東端が品川の海に突き出されるところに生じた標高差九間の坂道があった。陸奥仙台藩が幕府から拝領した下屋敷があったところから、坂は仙台坂と名付けられた。

その坂を了念は必死の形相で駆け下りてきた。

背後には高松の荒い息が段々と迫ってきた。

了念の目に坂を走り登ってくる男たちが映った。

「た、助けて下さい！」

了念はそれがだれか分からぬままに先頭に立つ男の胸に飛び込んだ。すぐに高松が走り寄ってきて、

「町人、その小僧、貰い受けた」

と弾む息の下で言った。

「ことと次第によっちゃあ、渡しもしましょうが小僧さん、おめえさんは梅寺の者かえ」

「はっ、はい」

了念が助けを求めた男が岡っ引きの親分と気付いた。

高松も花火の房之助親分や定廻り同心の西村桐十郎らの姿を認めた。

「な、なんと……」

踵《きびす》を返そうとする高松の襟首を房之助がぐいっと摑み、

「おめえにはちと聞きたいことがあらあ」

と引き戻した。

「親分さん、娘さんが危ないんです。助けて下さいな」

「みわはやはり寺に引き込まれていたか」

惣三郎が房之助のかたわらの坂道を擦り抜けると坂上へ走り出した。

西村桐十郎は高松の鳩尾《みぞおち》に拳を打ち込むと、

「花火、みわ様の危難だ。寺社だなんだは後回しにするぜ」

と言うと惣三郎に続いた。

「猪之吉、こやつを縄で縛って転がしておけ！」

房之助もそう言い残すと十手を構えて、

「小僧さん、案内してくんな」

と了念を先に立たせて走り出した。

惣三郎が朽《く》ちかけて半ば傾いた山門を潜ると、みわの声が梅林の樹間の向こうから響いてきた。

「みわ！」

惣三郎は憤怒《ふんぬ》に塗《まみ》れた声を吐き出すと、荒れた参道から梅林に走り込んだ。するとし浪人たちが惣三郎を振り向いた。

「怪しげなやつよ、何者か！」

巨漢の浪人、緒方が叫んだ。

「不逞の者はその方らであろう。みわは何処《いずこ》か」

浪人たちの背後には荒れ放題の離れ屋が見えた。

「駿次郎どの、娘の父親が来やがったぞ！」

緒方が叫んで知らせると剣を抜いて立ち塞がった。

惣三郎は足を緩めることなく緒方に走り寄ると、高田酔心子兵庫二尺六寸三分を抜き上げた。それは緒方の想像を超えて迅速に伸びると、巨漢の太股《ふともも》を深々と斬り割って老梅の間に転がした。

その形相に頭分の猪狩らが立ち竦《すく》む。

だが、惣三郎の意識はすでに浪人三人にはなかった。

一気に離れへと飛び込んだ。だが、そこにはみわの姿はなかった。

惣三郎が飛び込んだところと反対の襖《ふすま》が大きく開かれていた。さらに隣室の向こうの障子が開け放たれて風が惣三郎の肌を撫《な》でた。

惣三郎は離れから荒れた梅林に飛び戻った。

「みわ様だぞ！」

猪之吉の声が仙台坂から響いてきた。

惣三郎は梅林を抜けると山門脇の石垣から仙台坂の上に出た。すると坂の途中でみわの手を引いた若侍が抜き身を翳《かざ》し、その前に猪之吉が必死の形相で十手を構えて立ち塞がっていた。

「猪之吉、ようやった」

惣三郎が声をかけるとゆっくりと坂を下っていった。

「父上！」

みわの顔が泣き崩れて惣三郎を見た。

「頑張ったな」

みわの手を掴む若侍が抜き身の剣をぐるりと回して、惣三郎を見た。

「そなたが軽部駿次郎、またの名を法全正二郎という痴《し》れ者《もの》か」

惣三郎は、駿次郎の顔に見覚えがあった。

年の暮れ、芝七軒町の長屋から出てきた侍が軽部駿次郎だった。

(みわは巧妙な尾張の罠《わな》に落ちたか)

「尾張柳生で四天王とまで謳《うた》われた者にしてはやることが薄汚い」

「黙れ！」

「そなた、師の柳生六郎兵衛どのを差し置いて、先の享保の大試合に出ようと企てたそうな。剣を修行するは功名心のためでもなく、出世の道具でもなし。己の心を磨くために野に伏し、食を断って稽古に励む。無こそ苦難の修行の果てに得られるすべてだ」

「おめえも説教屋か」

駿次郎がみわの手を突き放すように解いた。

みわが路傍に倒れた。

「軽部駿次郎のむささび殺法を受けてみるか」

坂下の駿次郎が抜き身の剣を右手一本に構えると横手に広げた。さらに左手に小刀を抜き、左横に流して構えた。

むささびが樹間を飛ばんと両手を広げた格好だった。

坂上の惣三郎は、豊前の刀鍛冶高田酔心子兵庫が鍛えた一剣を静かに地擦りに置いた。

　間合いは十間。

　二人の対決する南側は陸奥仙台藩下屋敷の練り塀が続き、北には梅寺の壊れかけた山門があって、猪狩らを捕縛した西村桐十郎や花火の房之助親分たちが顔を覗《のぞ》かせていた。

　駿次郎の体が坂道に這い蹲《つくば》るように沈んだ。

　惣三郎の地擦りの構えは微動もしない。

「そなたの兄弟子、沢渡鵜右衛門どの、牛目幾満どの、大河原権太夫どの、ことごとく金杉惣三郎の寒月霞斬りが倒して参った。そなたに骨があるやなしや、かます切っ先が見届けようか」

　駿次郎の顔が歪《ゆが》んだ。

「剣客鳥羽冶助どのを嬲《なぶ》り殺した仇もある。死んでもらおう」

「しゃらくせえ！」

　北風が仙台坂に吹き抜けた。

　梅の香りが舞うように漂ってきた。

　駿次郎が地を這うように走り飛んだのはまさにその直後だ。

坂上に向かって滑空するように走った駿次郎は瞬《また》く間に間合いを詰めた。

金杉惣三郎の地擦りに対し、低い姿勢で対決した駿次郎は、易々《やすやす》と間合いに入って、攻めに転じた。

右手の大刀と左手の小刀が鋏《はさみ》のように左右から惣三郎の不動の足を襲う、秘剣蟹鋏《かにばさみ》で迫った。

両の刃が合わさるところに惣三郎は立っていた。

寒月霞斬り一の太刀は動けない。

地擦りを振り上げて、駿次郎の大刀と合わせれば、小刀の刃が惣三郎を襲う。

反対に小刀を撥《は》ねれば、大刀が飛んでくる。

駿次郎の大小の剣が蟹鋏を遂行しようという直前、惣三郎は思いがけない行動に出た。

酔心子兵庫を捨てると虚空に飛んだ。

その足の下で駿次郎の大刀と小刀の刃が交差して虚空を切り裂いた。同時に駿次郎は、地に這うようにした姿勢を伸び上がらせて、交差した剣を惣三郎が飛び上がった虚空へ振り上げようとした。

惣三郎は、梅の香が漂う空に身を預けながら脇差を抜くと、伸び上がってきた駿次郎の眉間に瞬速の勢いで叩き付けた。
夕暮れの光に、
ぱあっ
と血が飛んだ。
惣三郎が脇差を構えて坂に降り立ったとき、駿次郎は棒立ちに立ち竦んだまま、惣三郎を見詰めていた。が、
ゆらり
と体を揺らすと横倒しに倒れていった。
惣三郎は脇差に血振りをくれるとみわを見た。
みわのそばには猪之吉が付き添っていた。
「父上……」
みわがそう言うと泣き崩れた。
夜明けの芝浦の海に都鳥が飛んでいた。
朝風を受けて千石船が江戸の海から外海へ出ていこうとしていた。

鍾馗の昇平は、杖をついて浜に立っていた。

渓晏の診療所から戻ってきたのが昨日のことだ。

並みの人間なら冥土《めいど》の旅を何往復かしていようという大怪我だったが、昇平の運と体力が乗り越えさせて、杖に縋《すが》って歩くまでに回復した。

「当分休んでおれ。火事場だ、剣術《やっとう》だなんて当分は無理だ」

と渓晏に命じられていたが、じいっと寝てなんかいられる性分ではない。

万作の漁師舟が三角帆を広げて、浜に戻ってきた。

「おおい、万作！」

「昇平、生き返りやがったか！」

「あんなのは蚊《か》に刺された程度の傷だぜ」

「抜かしやがれ、おめえは、真っ青な顔をして弱々しい虫の息でよ、め組の頭取もよ、鍾馗の棺桶《かんおけ》は特別誂《あつら》えかと心配したくらいだぞ！」

舟の舳先が浜に乗り上げた。

昇平の足元まで波が押し寄せてきて、草履《ぞうり》の足を濡らした。

その途端、昇平は生きてこの世にいることを実感した。

「今日はなにが獲れたんだ」

「眼張《めばる》が大漁だ。お杏さんに塩焼きにしてもらえ」

「万作、暮れの約束がまだだったな。夕餉は、め組に食べにこい」

「おれはいいがよ、もう一人、忘れてないか」

昇平が吐息を漏らすと、

「みわ様か、駄目だ駄目だ」

と力なく顔を振った。

「そうかねえ、おれは大丈夫と思うがねえ」

小柄な万作が六尺三寸を超えた鍾馗の昇平の手を取ると、くるりと後ろ向きにした。すると浜の入り口にみわが硬い表情で立っていた。

「みわ様だ……」

昇平が呟いた。

「迎えにいきねえ、男の務めだ」

万作に背を押された昇平は、杖をつきながら浜を上がっていった。それを見ていたみわが、

「昇平さん、ごめんなさい」

と泣きながら昇平に駆け寄っていった。

終　章

豊後相良藩内を流れる番匠川《ばんじようがわ》に夜半、大天狗《おおてんぐ》が姿を見せるという噂が流れた。

それは十年余振りに故郷に戻った金杉清之助の姿だった。

金杉惣三郎は不遇の折りに寒の番匠川の流れに身を浸して、流れに映る満月を水中から斬り上げ、虚空から斬り下げして修行した。

父を乗り越えねば、己の剣は一人前とは認められない。そう考えた清之助は、父が二十七年も前に孤独な稽古をした地を修行の場に選んだのだ。

陰暦三月、豊後を流れる川の水は未だ冷たかった。

清之助は、四尺の木剣を手にして、満月を映した流れに入った。すでに流れに身を浸すようになって十数日が過ぎたが、木剣で月を揺らすことなく水中から抜き上げることは叶わなかった。

清之助は、流れに抗して姿勢を不動のものとした。

眼前の流れに満月が映じていた。
ふうーっ
と息を吐き、止めた。
手が柄にかかり、木刀を抜き上げた。
木刀の先端が弧を描いて水中に潜った。だが、水圧に押されて水に映る月が崩れた。
父は真剣で水面に映じる満月を見事に斬り上げた。
真剣で月を両断したところで父を超えたことにはならない。
抵抗の掛かる木刀で月が見事に斬れるか、それが己に命じた課題だった。
清之助は呼吸を調《ととの》えて、木刀を腰に戻した。
父が何年もかかって会得した、
「寒月霞斬り一の太刀、二の太刀」
倅《せがれ》はその域に達するのに何年の、何十年の歳月を必要とするのか。
清之助は無心にも父の跡を追う修行に故郷で挑もうとしていた。
異能の剣士、一条寺菊小童に殺された尾張柳生七代目柳生六郎兵衛厳儔の死が公《おおやけ》にされ、兵助厳春が八代当主に就くのは、この物語から三十四年も経った宝《ほう》暦《れき》六年（一七五六）二月六日のことであった。

刊行によせて

『密命　見参！　寒月霞斬り』が世に出たのが十六年前のことだ。巻を数えて二十六巻『晩節　終の一刀』で完結した。この度、通巻して手を入れる機会を得た。密命シリーズは、私にとって、

「時代小説とはなにか」

ということを勉強させてくれた作品であった。すでに累計で七百万部近く上梓されたものに最終的に手を加え、『完本　密命』として今一度世に問いたい。剣豪小説であると同時に家族それぞれの絆、成長や挫折、喜び哀しみを描写してきた家庭劇だ。核家族になって家族の結びつきが希薄になった現代だからこそ、こんな物語があってもよいのではと思う。

佐伯泰英

◎どこまで読んだか、チェック用にどうぞご活用ください。
キリトリ線で切り離すと、書店に持っていくにも便利です。

佐伯泰英
文庫時代小説
全作品チェックリスト

2015年12月現在
監修／佐伯泰英事務所

掲載順はシリーズ名の五十音順です。
品切れの際はご容赦ください。

佐伯泰英事務所公式ウェブサイト「佐伯文庫」
http://www.saeki-bunko.jp/

キリトリ線

居眠り磐音 江戸双紙

いねむりいわね えどぞうし

双葉文庫

□ ① 陽炎ノ辻 かげろうのつじ
□ ② 寒雷ノ坂 かんらいのさか
□ ③ 花芒ノ海 はなすすきのうみ
□ ④ 雪華ノ里 せっかのさと
□ ⑤ 龍天ノ門 りゅうてんのもん
□ ⑥ 雨降ノ山 あふりのやま
□ ⑦ 狐火ノ杜 きつねびのもり
□ ⑧ 朔風ノ岸 さくふうのきし
□ ⑨ 遠霞ノ峠 えんかのとうげ
□ ⑩ 朝虹ノ島 あさにじのしま
□ ⑪ 無月ノ橋 むげつのはし
□ ⑫ 探梅ノ家 たんばいのいえ
□ ⑬ 残花ノ庭 ざんかのにわ
□ ⑭ 夏燕ノ道 なつつばめのみち
□ ⑮ 驟雨ノ町 しゅううのまち
□ ⑯ 螢火ノ宿 ほたるびのしゅく
□ ⑰ 紅椿ノ谷 べにつばきのたに
□ ⑱ 捨雛ノ川 すてびなのかわ
□ ⑲ 梅雨ノ蝶 ばいうのちょう
□ ⑳ 野分ノ灘 のわきのなだ
□ ㉑ 鯖雲ノ城 さばぐものしろ
□ ㉒ 荒海ノ津 あらうみのつ
□ ㉓ 万両ノ雪 まんりょうのゆき
□ ㉔ 朧夜ノ桜 ろうやのさくら
□ ㉕ 白桐ノ夢 しろぎりのゆめ
□ ㉖ 紅花ノ邨 べにばなのむら
□ ㉗ 石榴ノ蠅 ざくろのはえ
□ ㉘ 照葉ノ露 てりはのつゆ
□ ㉙ 冬桜ノ雀 ふゆざくらのすずめ
□ ㉚ 侘助ノ白 わびすけのしろ
□ ㉛ 更衣ノ鷹 きさらぎのたか 上
□ ㉜ 更衣ノ鷹 きさらぎのたか 下
□ ㉝ 孤愁ノ春 こしゅうのはる
□ ㉞ 尾張ノ夏 おわりのなつ
□ ㉟ 姥捨ノ郷 うばすてのさと
□ ㊱ 紀伊ノ変 きいのへん
□ ㊲ 一矢ノ秋 いっしのとき
□ ㊳ 東雲ノ空 しののめのそら
□ ㊴ 秋思ノ人 しゅうしのひと
□ ㊵ 春霞ノ乱 はるがすみのらん
□ ㊶ 散華ノ刻 さんげのとき
□ ㊷ 木槿ノ賦 むくげのふ
□ ㊸ 徒然ノ冬 つれづれのふゆ
□ ㊹ 湯島ノ罠 ゆしまのわな
□ ㊺ 空蝉ノ念 うつせみのねん
□ ㊻ 弓張ノ月 ゆみはりのつき
□ ㊼ 失意ノ方 しついのかた
□ ㊽ 白鶴ノ紅 はっかくのくれない
□ ㊾ 意次ノ妄 おきつぐのもう

□ シリーズガイドブック「居眠り磐音 江戸双紙」読本（特別書き下ろし小説・シリーズ番外編「跡継ぎ」収録）

□ 居眠り磐音 江戸双紙 帰着準備号 橋の上 はしのうえ（特別収録「著者メッセージ&インタビュー」「磐音が歩いた『江戸』案内」「年表」）

□ 吉田版「居眠り磐音」江戸地図 磐音が歩いた江戸の町（文庫サイズ箱入り）超特大地図＝縦75cm×横80cm

キリトリ線

キリトリ線

鎌倉河岸捕物控 かまくらがしとりものひかえ

ハルキ文庫

- □ ① 橘花の仇 きっかのあだ
- □ ② 政次、奔る せいじ、はしる
- □ ③ 御金座破り ごきんざやぶり
- □ ④ 暴れ彦四郎 あばれひこしろう
- □ ⑤ 古町殺し こまちごろし
- □ ⑥ 引札屋おもん ひきふだやおもん
- □ ⑦ 下駄貫の死 げたかんのし
- □ ⑧ 銀のなえし ぎんのなえし
- □ ⑨ 道場破り どうじょうやぶり
- □ ⑩ 埋みの棘 うずみのとげ
- □ ⑪ 代がわり だいがわり
- □ ⑫ 冬の蜉蝣 ふゆのかげろう
- □ ⑬ 独り祝言 ひとりしゅうげん
- □ ⑭ 隠居宗五郎 いんきょそうごろう
- □ ⑮ 夢の夢 ゆめのゆめ
- □ ⑯ 八丁堀の火事 はっちょうぼりのかじ
- □ ⑰ 紫房の十手 むらさきぶさのじって
- □ ⑱ 熱海湯けむり あたみゆけむり
- □ ⑲ 針いっぽん はりいっぽん
- □ ⑳ 宝引きさわぎ ほうびきさわぎ
- □ ㉑ 春の珍事 はるのちんじ
- □ ㉒ よっ、十一代目! よっ、じゅういちだいめ
- □ ㉓ うぶすな参り うぶすなまいり
- □ ㉔ 後見の月 うしろみのつき
- □ ㉕ 新友禅の謎 しんゆうぜんのなぞ
- □ ㉖ 閉門謹慎 へいもんきんしん
- □ ㉗ 店仕舞い みせじまい

- □ シリーズガイドブック「鎌倉河岸捕物控」読本（特別書き下ろし小説・シリーズ番外編「寛政元年の水遊び」収録）
- □ シリーズ副読本 鎌倉河岸捕物控 街歩き読本

シリーズ外作品

ハルキ文庫

□異風者　いひゅもん

交代寄合伊那衆異聞

こうたいよりあいいなしゅういぶん

講談社文庫

□①変化　へんげ
□②雷鳴　らいめい
□③風雲　ふううん
□④邪宗　じゃしゅう
□⑤阿片　あへん
□⑥攘夷　じょうい
□⑦上海　しゃんはい
□⑧黙契　もっけい
□⑨御暇　おいとま
□⑩難航　なんこう
□⑪海戦　かいせん
□⑫謁見　えっけん
□⑬交易　こうえき
□⑭朝廷　ちょうてい
□⑮混沌　こんとん
□⑯断絶　だんぜつ
□⑰散斬　ざんぎり
□⑱再会　さいかい
□⑲茶葉　ちゃば
□⑳開港　かいこう
□㉑暗殺　あんさつ
□㉒血脈　けつみゃく
□㉓飛躍　ひやく

【シリーズ完結】

長崎絵師通吏辰次郎

ながさきえしとおりしんじろう

ハルキ文庫

□①悲愁の剣　ひしゅうのけん
□②白虎の剣　びゃっこのけん

キリトリ線

夏目影二郎始末旅　なつめえいじろうしまつたび　光文社文庫

□①八州狩り　はっしゅうがり
□②代官狩り　だいかんがり
□③破牢狩り　はろうがり
□④妖怪狩り　ようかいがり
□⑤百鬼狩り　ひゃっきがり
□⑥下忍狩り　げにんがり
□⑦五家狩り　ごけがり
□⑧鉄砲狩り　てっぽうがり
□⑨奸臣狩り　かんしんがり
□⑩役者狩り　やくしゃがり
□⑪秋帆狩り　しゅうはんがり
□⑫鵺女狩り　ぬえめがり
□⑬忠治狩り　ちゅうじがり
□⑭奨金狩り　しょうきんがり
□⑮神君狩り　しんくんがり

【シリーズ完結】

□シリーズガイドブック　夏目影二郎「狩り」読本（特別書き下ろし小説・シリーズ番外編「位の桃井に鬼が棲む」収録）

秘剣　ひけん　祥伝社文庫

□①秘剣雪割り　悪松・棄郷編　ひけんゆきわり　わるまつ・ききょうへん
□②秘剣瀑流返し　悪松・対決「鎌鼬」　ひけんばくりゅうがえし　わるまつ・たいけつかまいたち
□③秘剣乱舞　悪松・百人斬り　ひけんらんぶ　わるまつ・ひゃくにんぎり
□④秘剣孤座　ひけんこざ
□⑤秘剣流亡　ひけんりゅうぼう

キリトリ線

古着屋総兵衛初傳　ふるぎやそうべえしょでん

新潮文庫

- □ 光圀　みつくに

古着屋総兵衛影始末　ふるぎやそうべえかげしまつ

新潮文庫

- □①死闘　しとう
- □②異心　いしん
- □③抹殺　まっさつ
- □④停止　ちょうじ
- □⑤熱風　ねっぷう
- □⑥朱印　しゅいん
- □⑦雄飛　ゆうひ
- □⑧知略　ちりゃく
- □⑨難破　なんぱ
- □⑩交趾　こうち
- □⑪帰還　きかん

【シリーズ完結】

新・古着屋総兵衛　しん・ふるぎやそうべえ

新潮文庫

- □①血に非ず　ちにあらず
- □②百年の呪い　ひゃくねんののろい
- □③日光代参　にっこうだいさん
- □④南へ舵を　みなみへかじを
- □⑤〇に十の字　まるにじゅのじ
- □⑥転び者　ころびもん
- □⑦二都騒乱　にとそうらん
- □⑧安南から刺客　アンナンからしかく
- □⑨たそがれ歌麿　たそがれうたまろ
- □⑩異国の影　いこくのかげ
- □⑪八州探訪　はっしゅうたんぼう

キリトリ線

キリトリ線

密命 みつめい ／ 完本 密命 かんぽん みつめい

祥伝社文庫

□ ① 完本 密命 見参！寒月霞斬り けんざん かんげつかすみぎり
□ ② 完本 密命 弦月三十二人斬り げんげつ さんじゅうににんぎり
□ ③ 完本 密命 残月無想斬り ざんげつむそうぎり
□ ④ 完本 密命 刺客 斬月剣 しかく ざんげつけん
□ ⑤ 完本 密命 火頭 紅蓮剣 かとう ぐれんけん
□ ⑥ 完本 密命 兇刃 一期一殺 きょうじん いちごいっさつ
□ ⑦ 完本 密命 初陣 霜夜炎返し ういじん そうやほむらがえし
□ ⑧ 完本 密命 悲恋 尾張柳生剣 ひれん おわりやぎゅうけん

※新装改訂版の「完本」を随時刊行中（巻之九・十は平成28年2月12日ごろ同時発売予定）

【旧装版】

□ ⑨ 極意 御庭番斬殺 ごくい おにわばんざんさつ
□ ⑩ 遺恨 影ノ剣 いこん かげのけん
□ ⑪ 残夢 熊野秘法剣 ざんむ くまのひほうけん
□ ⑫ 乱雲 傀儡剣合わせ鏡 らんうん くぐつけんあわせかがみ
□ ⑬ 追善 死の舞 ついぜん しのまい
□ ⑭ 遠謀 血の絆 えんぼう ちのきずな
□ ⑮ 無刀 父子鷹 むとう おやこだか
□ ⑯ 烏鷺 飛鳥山黒白 うろ あすかやまこくびゃく
□ ⑰ 初心 闇参籠 しょしん やみさんろう
□ ⑱ 遺髪 加賀の変 いはつ かがのへん
□ ⑲ 意地 具足武者の怪 いじ ぐそくむしゃのかい
□ ⑳ 宣告 雪中行 せんこく せっちゅうこう
□ ㉑ 相剋 陸奥巴波 そうこく みちのくともえなみ
□ ㉒ 再生 恐山地吹雪 さいせい おそれざんじふぶき
□ ㉓ 仇敵 決戦前夜 きゅうてき けっせんぜんや
□ ㉔ 切羽 潰し合い中山道 せっぱ つぶしあいなかせんどう
□ ㉕ 覇者 上覧剣術大試合 はしゃ じょうらんけんじゅつおおじあい
□ ㉖ 晩節 終の一刀 ばんせつ ついのいっとう

□ シリーズガイドブック「密命」読本（特別書き下ろし小説・シリーズ番外編「虚けの龍」収録）

酔いどれ小籐次留書　よいどれことうじとめがき

幻冬舎時代小説文庫

- □ ① 御鑓拝借　おやりはいしゃく
- □ ② 意地に候　いじにそうろう
- □ ③ 寄残花恋　のこりはなよするこい
- □ ④ 一首千両　ひとくびせんりょう
- □ ⑤ 孫六兼元　まごろくかねもと
- □ ⑥ 騒乱前夜　そうらんぜんや
- □ ⑦ 子育て侍　こそだてざむらい
- □ ⑧ 竜笛嫋々　りゅうてきじょうじょう
- □ ⑨ 春雷道中　しゅんらいどうちゅう
- □ ⑩ 薫風鯉幟　くんぷうこいのぼり
- □ ⑪ 偽小籐次　にせことうじ
- □ ⑫ 杜若艶姿　とじゃくあですがた
- □ ⑬ 野分一過　のわきいっか
- □ ⑭ 冬日淡々　ふゆびたんたん
- □ ⑮ 新春歌会　しんしゅんうたかい
- □ ⑯ 旧主再会　きゅうしゅさいかい
- □ ⑰ 祝言日和　しゅうげんびより
- □ ⑱ 政宗遺訓　まさむねいくん
- □ ⑲ 状箱騒動　じょうばこそうどう

□ 酔いどれ小籐次留書 青雲篇 品川の騒ぎ　しながわのさわぎ（特別付録・「酔いどれ小籐次留書」ガイドブック収録）

新・酔いどれ小籐次　しん・よいどれことうじ

文春文庫

- □ ① 神隠し　かみかくし
- □ ② 願かけ　がんかけ
- □ ③ 桜吹雪　はなふぶき

キリトリ線

キリトリ線

吉原裏同心　よしわらうらどうしん

- □ ① 流離　りゅうり
- □ ② 足抜　あしぬき
- □ ③ 見番　けんばん
- □ ④ 清搔　すがかき
- □ ⑤ 初花　はつはな
- □ ⑥ 遣手　やりて
- □ ⑦ 枕絵　まくらえ
- □ ⑧ 炎上　えんじょう
- □ ⑨ 仮宅　かりたく
- □ ⑩ 沽券　こけん
- □ ⑪ 異館　いかん
- □ ⑫ 再建　さいけん
- □ ⑬ 布石　ふせき
- □ ⑭ 決着　けっちゃく
- □ ⑮ 愛憎　あいぞう
- □ ⑯ 仇討　あだうち
- □ ⑰ 夜桜　よざくら
- □ ⑱ 無宿　むしゅく
- □ ⑲ 未決　みけつ
- □ ⑳ 髪結　かみゆい
- □ ㉑ 遺文　いぶん
- □ ㉒ 夢幻　むげん
- □ ㉓ 狐舞　きつねまい

□ シリーズ副読本　佐伯泰英「吉原裏同心」読本

光文社文庫

（本書は、平成十五年四月に刊行した作品に、著者が加筆・修正を施した「完本」です）

一〇〇字書評

切・り・取・り・線

購買動機（新聞、雑誌名を記入するか、あるいは○をつけてください）

☐（　　　　　　　　　　）の広告を見て
☐（　　　　　　　　　　）の書評を見て
☐ 知人のすすめで　　☐ タイトルに惹かれて
☐ カバーが良かったから　　☐ 内容が面白そうだから
☐ 好きな作家だから　　☐ 好きな分野の本だから

・最近、最も感銘を受けた作品名をお書き下さい

・あなたのお好きな作家名をお書き下さい

・その他、ご要望がありましたらお書き下さい

住所	〒				
氏名		職業		年齢	
Eメール	※携帯には配信できません		新刊情報等のメール配信を 希望する・しない		

この本の感想を、編集部までお寄せいただけたらありがたく存じます。今後の企画の参考にさせていただきます。Eメールでも結構です。

いただいた「一〇〇字書評」は、新聞・雑誌等に紹介させていただくことがあります。その場合はお礼として特製図書カードを差し上げます。

前ページの原稿用紙に書評をお書きの上、切り取り、左記までお送り下さい。宛先の住所は不要です。

なお、ご記入いただいたお名前、ご住所等は、書評紹介の事前了解、謝礼のお届けのためだけに利用し、そのほかの目的のために利用することはありません。

〒一〇一‐八七〇一
祥伝社文庫編集長　坂口芳和
電話　〇三（三二六五）二〇八〇

祥伝社ホームページの「ブックレビュー」からも、書き込めます。
http://www.shodensha.co.jp/bookreview/

祥伝社文庫

完本《かんぽん》 密命《みつめい》 〈巻之八《まきのはち》〉 悲恋《ひれん》 尾張柳生剣《おわりやぎゅうけん》

平成27年12月20日　初版第1刷発行

著　者　佐伯泰英《さえきやすひで》
発行者　竹内和芳
発行所　祥伝社《しょうでんしゃ》
東京都千代田区神田神保町3-3
〒101-8701
電話　03（3265）2081（販売部）
電話　03（3265）2080（編集部）
電話　03（3265）3622（業務部）
http://www.shodensha.co.jp/

印刷所　堀内印刷
製本所　関川製本

Printed in Japan ©2015, Yasuhide Saeki ISBN978-4-396-34172-5 C0193

祥伝社文庫　今月の新刊

柴田哲孝
漂流者たち　私立探偵　神山健介
辿り着いた最果ての地。逃亡者と探偵は、何を見たのか。

はらだみずき
はじめて好きになった花
「ラストが鮮やか。台詞が読後も残り続ける」北上次郎氏

南　英男
刑事稼業　包囲網
事件を追う、刑事たちの熱い息吹が伝わる傑作警察小説。

長田一志
夏草の声　八ヶ岳・やまびこ不動産
不動産営業の真鍋が、悩める人々の心にそっと寄りそう。

小杉健治
美の翳《かげり》　風烈廻り与力・青柳剣一郎
銭に群がるのは悪党のみにあらず。人の弱さをどう裁く？

井川香四郎
湖底の月　新・神楽坂咲花堂
鏡、刀、硯…煩悩溢れる骨董に挑む、天下一の審美眼！

今井絵美子
忘憂草《わすれぐさ》　便り屋お葉日月抄
粋で温かな女主人の励ましが、明日と向き合う勇気にかわる。

原田孔平
浮かれ鳶《とんび》の事件帖
巷に跋扈する死の商人の正体を暴け！　兄弟捕物帖、誕生！

佐伯泰英
完本　密命　巻之八　悲恋　尾張柳生剣
剣術家の娘にはじめての試練。憧れの若侍の意外な正体とは。